ハヤカワ・ミステリ文庫
〈HM㊳⑤-7〉

特捜部Q
―知りすぎたマルコ―
〔上〕

ユッシ・エーズラ・オールスン
吉田 薫訳

早川書房
7799

MARCO EFFEKTEN
by
Jussi Adler-Olsen

Translated by
Kaoru Yoshida
Published 2016 in Japan by
HAYAKAWA PUBLISHING, INC.
This book is published in Japan by
arrangement with
JP / POLITIKENS FORLAGSHUS A/S
through TUTTLE-MORI AGENCY, INC., TOKYO.

特捜部Q

―知りすぎたマルコ―

〔上〕

登場人物

カール・マーク……………………警部補。特捜部Qの責任者
ハーフェズ・エル・アサド
ローセ・クヌスン
} ……カールのアシスタント
ゴードン・T・タイラー…………Q課の業務管理担当
マークス・ヤコプスン……………殺人捜査課課長
ラース・ビャアン…………………殺人捜査課の次期課長
トマス・ラウアスン………………元鑑識官。署内食堂のチーフ
ハーディ・ヘニングスン…………カールの同居人。元刑事
モーデン・ホラン…………………カールの家の下宿人。介護士
ミカ・ヨハンスン…………………理学療法士。モーデンの友人
モーナ・イプスン…………………カウンセラー。カールの恋人
リスベト……………………………ウスタブロー図書館副館長
マルコ・ジェイムソン……………街で物乞いやスリをしていた少年
ゾーラ………………………………マルコの叔父。一族《クラン》の首領《ドン》
エイヴィンド
カイ
} ……………………クリーニング店経営者
レニ・E・イーレクスン…………外務省開発援助事業評価事務局局長
ヴィルヤム・スターク……………レニの部下。外務省上級参事官
ティルデ・クリストファスン……スタークの義理の娘
マリーネ・クリストファスン……ティルデの母
タイス・スナプ……………………カーアベク銀行頭取。レニの友人
イェンス・ブラーゲ＝スミト……カーアベク銀行監査役会会長
ルイ・フォン………………………カメルーン開発援助プロジェクトの
リーダー
スヴェレ・アンヴァイラー………ハウスボート殺人事件の容疑者

プロローグ

二〇〇八年秋

ルイ・フォンの人生最後の朝は、優しく静かに始まった。眠い目をこすり、簡素なベッドから起き上がると、頬をなでてくれていた少女の頭を軽くたたいて、鼻水をぬぐってやった。そして土の床に置かれたサンダルに足を入れた。目をしばたたかせながら、伸びをする。強い日射しで暑くなった部屋は、ニワトリの鳴き声とバナナを刈り取る若者の声で満ちている。

なんて平和なんだ。ルイは村の芳《かぐわ》しいにおいをめいっぱい吸いこんだ。川の対岸のバカ・ピグミー族が焚《た》き火のまわりで踊っているときの歌をふと思い出し、さらに心がはずむ。いつも通りに、ルイはジャー動物保護区に、そしてこのカメルーンの辺境にあるバンツー族の村ソモロモに戻ってきてほっとしていた。

小屋の裏手で、子供たちが赤い土ぼこりをあげて取っ組み合いをしている。そのかん高い声に驚いたハタオリドリの群れが、梢《こずえ》からいっせいに飛び立った。ルイは窓辺に行き、太陽が降りそそぐ窓台にひじをついて、向かいの小屋の前で、ニワトリの頭を切り落としている少女の母親に向かって微笑んだ。

それがルイ・フォンの人生最後の笑顔になった。

二百メートルほど先のヤシの森に沿った道に、大柄な男の姿が見えた。ルイは悪い予感に襲われた。その男が首都ヤウンデから来たムボーモであることはわかったが、その横にいる真っ白い髪の白人の男には会ったことがない。

「あいつ何しにきたんだ？　一緒にいる白人は誰なんだろう？」ルイは少女の母親に語りかけた。

母親は肩をすくめてみせた。この村はジャー動物保護区の端にあたり、観光客を見かけるのは珍しいことではない。だから気にもならないのだろう。謎めいた熱帯雨林で、四、五日、動物保護区のバカ族とともに過ごす——どうせそんなところでしょ？　どっちみち、ヨーロッパから来た金持ちよ、と思っているのだ。

だが、ルイには何かが違って見えた。ふたりとも真剣な顔で、内密の話をしているようだ。いや、あの白人は観光客ではない。それに、ここはムボーモが来るところではない。ルイは、デンマーク政府がカメルーンのこの地域で進めている開発援助プロジェクトのリーダーだ。だが、ムボーモはヤウンデのビジネスマンの使い走りにすぎない。来るなら来るで、事前に連絡があってしかるべきだ。

あのふたり、何か企んでいるのか？ つい勘ぐってしまうのは、最近、プロジェクトを巡ってさまざまな問題が起きていたからだ。情報も金も入ってこないので、仕事がちっともはかどらない。ルイが雇われたときの約束とは何もかもが違っていた。

ルイは首を横に振った。ルイはバンツー族で、この村から北西に何百キロも離れた村の出身だ。そこは誰もが生まれながらにして互いに不信感を抱いて生きているような村だった。ルイがジャー動物保護区に暮らすピグミーのバカ族のために心血を注いでいるのは、結局のところそのせいかもしれない。〝不信感〟などという言葉を知らず、森が生まれた時代に深く根ざした暮らしを送っているこの心優しき民の村は、ルイにとって、忌《い》まわしい世界で真《しん》の人間らしさを感じられる最後のオアシスだった。バカ族や、南はコンゴに接する草原のこの地域とのつながりは、ルイの生命の水であり、慰めだった。それなのに、今、こうしてまた不信感に襲われはじめている。

しょせん永遠の安らぎを見つけられる場所なんてないということか。

ムボーモのオフロード車が少し離れた小屋の裏にとまっていた。サッカーのユニフォームを着た汗だくの男が運転席で居眠りをしている。

「ムボーモは私を捜しているのか、シロウ？」ルイはようやく目を開けた運転手に訊いた。運転手は大きな体を伸ばし、自分がどこにいるのか考えているようだった。

そしておもむろに首を振った。ルイがなんの話をしているのかわからないらしい。

「ムボーモが連れてきた白人は誰なんだ？　知ってるか？」

運転手はあくびをした。

「フランス人か？」

「いや」運転手は肩をすくめた。「フランス語も少ししゃべってはいたが、あれはもっと北の人間だろう」

「ひょっとして」ルイはしだいに不安になってきた。「デンマーク人か？」

運転手はルイを指さした。

ビンゴ。

デンマーク人。不吉な予感がする。

ルイはバカ族の将来のためだけでなく、森林の動物のためにも闘っている。ジャングル周辺の村々には、銃を持った若者が必ずいて、毎日、たくさんのマンドリルやアンテロープがその犠牲になっている。

そうした密猟者たちとルイとは少なからず緊張関係にあったが、その日、ルイは彼らのオートバイに同乗させてもらうことにした。バカ族の村に行くには、細い道を三キロも歩いていかなければならないが、オートバイならわずか六分で行ける。選択の余地はなかった。

一軒目の泥壁の小屋が見えてきたとき、ルイにはすでに状況がわかりはじめていた。出迎えてくれたのが、小さな子供たちと、腹をすかして吠える犬だけだったからだ。

族長のムルンゴはヤシの葉の寝床に横になっていた。酒のにおいをぷんぷんさせ、意識をなかば失っている。そのまわりには川の反対側でしか手に入らないウィスキーの空き袋が散乱している。夜通し酒盛りをしていたのだろう。この静けさからすると、おおかたの村人が参加していたようだ。

ルイは一軒ずつ様子を見て回った。おとなたちはルイにろくにあいさつも返せないありさまだった。

ひょっとして、ムボーモが酒で村人を手なずけているのだろうか。

ルイは族長のカビ臭い小屋に引き返すと、ムルンゴをゆさぶった。ムルンゴはびっくりして目を覚ますと、後ろめたそうな笑みを浮かべ、針のようにとがった歯を見せた。だが、ルイの怒りはそんなことでは鎮まらない。

ルイはウィスキーの空き袋を指さした。

「酒を買う金はどうしたんだ、ムルンゴ？　なんの見返りだ？」

族長は不思議そうに顔を上げた。〝見返り〟という言葉はここでは通じないらしい。

「ムボーモに金をもらったんだろう。いくらもらったんだ？」

「一万フラン」即答だった。バカ族にとっては大金だ。魅力的でないわけがない。

ルイはうなずいた。ムボーモのやつ、いったいなんの真似だ？

「一万フランだな。どのくらいの間隔でもらってるんだ？」

ムルンゴは肩をすくめた。バカ族の考えや暮らしに時間の観念はあまりないようだ。

「ところで、新しい種をまだまいてないようだが、なぜだ？ 話し合って決めただろう」

「金が来ないからだろ？ 知ってんだろう？」

「なんだって？ 送金伝票をこの目で見たぞ。一ヵ月以上前に支払われているはずだ」

いったいどういうことなんだ？ 書類と実際の金の流れが一致しないのは、これでもう三度目だ。

ルイは顔を上げた。セミの鳴き声に別の音が混じっている。オートバイの音だ。ひょっとして、またムボーモか？ この酒代の説明にでも来たのか？ だとしたらぜひ、話を聞かせてもらいたいもんだ。

ルイは村を見回した。明らかにおかしなことになっている。だが、すぐにまた元に戻してやろう。ルイはムボーモを恐れていなかった。確かにムボーモは、ルイより頭ひとつ分は背が高く、腕はゴリラのようだ。だが、それがどうした。バカ族がルイの質問に答えないなら、ムボーモに答えてもらうまでのことだ。ここで何をやっているのか？ 送られた金はどこに消えたのか？ なぜまだ種まきを始めていないのか？ そして、ムボーモと一緒にいたあの白人の男は誰なのか？

ムボーモがオートバイから降りる前に、質問攻めにしてやろう。ルイは広場の真ん中に立ち、村に近づいてくる砂ぼこりを見ていた。この森で安定した暮らしを送るためにバカ族が受け取る権利のある金を、もしムボーモが横領しているのなら、容赦はしない。コンデングイ刑務所に送り込んでやる。

コンデングイ――その名前を聞いただけで、誰もが恐怖におちいる監獄だ。

エンジン音がセミの鳴き声をかき消し、カワサキのオートバイが警笛を鳴らしながら広場に入ってきた。ルイはすぐに荷台の箱に目を留めた。周囲の小屋がにわかに活気づき、戸口にねぼけ顔の男たちが姿を現しはじめる。そのうちのふたりが、箱からもれ聞こえてくる音におびき寄せられるように前に飛びだしてきた。

ムボーモは男たちに袋詰めのウィスキーを配りながら、敵意もあらわな視線をルイに投げてきた。その背中で鉈《なた》がきらりと光った。

それを見た瞬間、ルイは自分に最後のときが迫っていることを知った。逃げろ、今すぐに。バカ族たちはなんの助けにもならない。完全にふぬけにされている。

「たくさん持ってきてやったぞ」ムボーモは大声をあげながら、残りのウィスキーを荷台から降ろした。そして突然、ふり返ってルイを見た。

ルイは駆けだした。背後でバカ族が歓喜の声をあげている。ルイは走りながら、隠れられる穴はないか、せめて身を守れるような道具が転がっていないか、探し回った。

原生林の中の移動にかけては、ルイはムボーモよりはるかに場数を踏んでいる。地面に張り巡らされた木の根っこ、目に見えない穴、蟻塚《ありづか》。森には多くの危険が潜んでいる。都会育ちのムボーモはそんなことを知らない。だからルイは、追ってくる足音がだんだん小さくなり、川に通じている迷路のようなわき道に出たときにはなかば安心していた。

とにかくムボーモより先に舟にたどり着き、川を渡らなくてはならない。向こう岸のソモロモに渡ってしまえばもう安全だ。ソモロモの人々なら、ルイを守ってくれる。

茂みに入るとじめじめしていて、カビ臭いにおいが漂っていた。経験豊かな密林のガイドなら、そのにおいで気づいただろう。だがルイは、気づかなかった。川まであとわずか百メートルのところで、沼に膝まで足を取られてしまった。

あわてて何かつかむものを探した。早くしないと時間がない。あっという間に頭まで泥に埋まってしまう――それに、また足音が近づいてきた。

ルイは目を見開き、深く息を吸い、歯を食いしばって、手を伸ばした。背骨が悲鳴をあげる。ついに何かをつかんだ。細い枝が次々に折れ、木の葉が顔を鞭《むち》打っていく――それでもルイは手に持った蔓《つる》を握りしめ、力をふりしぼってぬかるみから体を引き上げた。そこまでわずかな時間だったはずだ。それでも、二、三秒多くかかりすぎた。茂みがカサカサ音を立てたかと思うと、鉈の一撃がルイの肩甲骨《けんこうこつ》を襲った。焼けるような痛みが稲妻のように走る。ルイはなんとか立ち上がると、よろめきながら前に進んだ。とにかく泥沼からは脱出した。後ろからムボーモの悪態が聞こえてきた。やつも沼にはまったらしい。罵声《ばせい》はしだいに小さくなり、ついに梢の中に消えた。

だが、ようやく川岸にたどり着いたルイを今度は痛みが襲ってきた。シャツが背中に貼りついているのは泥のせいではなかったのだ。

急に体から力が抜け、その場にくずおれた。その瞬間、ルイは死を悟った。

ゆっくりと体が前に傾いていき、川岸の砂と髪がからみ合っていく間に、ルイは最後の力をふりしぼり、ズボンのポケットから携帯電話を取りだした。

一文字打ち込むたびに、心臓がドクンと鳴り、体から血液が外に出ていった。最後の報告を作成し、送信ボタンを押したとき、ルイはおぼろげな意識の中で電波が届かない場所にいることを知った。

近づいてきた足音がすぐそばで止まった。手から携帯電話が奪い取られた。それが、ルイ・フォンの最期だった。

＊

ムボーモ・ジェムは満足していた。ジープを揺らしている赤土の道は、まもなく首都ヤウンデに向かう幹線道路に合流する。隣に座っている男は、われ関せずを決め込んでいるようだ。それでいい。ルイ・フォンの死体は川に流された。後始末はワニがやってくれるだろう。すべてが計画通りに進んだ。唯一、邪魔な人間も消えた。これでまた未来は明るくなった。

〝任務完了〟ってやつだ。違うか？

ムボーモは、死にかけていたルイから奪った携帯電話を取り出した。新しいＳＩＭカードなんて安いもんだ。息子のいい誕生日プレゼントになるだろう。

息子の顔が輝くのが目に浮かんだそのとき、ディスプレイが突然明るくなり、電波が届く圏内に復帰したことがわかった。

その数秒後、一件のショートメッセージが送信されたことを告げる音が携帯電話から聞こえてきた。

1

二〇〇八年秋

レニ・E・イーレクスンは決して慎重すぎる人間ではない。だから勝利だけでなく、思いがけない敗北も味わってきたのかもしれない。それでも、これまでの人生はかなり満足できるものだ。最後にはいつも運が味方してくれた。

とはいえ、レニは用心深いほうだった。子供の頃は、何か問題が起きるたびに母親のエプロンの陰に避難した。おとなになってからも、新しいことを始める際には、必ず非常口を開けておくようにしている。

あの午後、よき友人で同窓生でもあるカーアベク銀行頭取のタイス・スナプが、外務省のレニの執務室に電話をかけてきたときも、レニは充分に考えた。そのときのタイスの提案は、レニのような高い役職にある者なら、はねつけて当然のものだった。

金融危機の醜《みにく》い面が見えはじめた頃だ。貪欲《どんよく》な株式投機と無責任な経済政策が相互に作用しあい、致命的な結果となって表れた頃だった。

タイス・スナプが電話をかけてきたのも、そのせいだった。

「カーアベク銀行はこのままではあと二ヵ月で破綻《はたん》する。すぐにでも追加資本を調達しなければならない」タイス・スナプは単刀直入に言った。

「私の株はどうなるんだ？」レニは思わずそう口にした。脈が跳ね上がったのがわかった。定年後に約束されていた南国のヤシの木陰での悠々自適の暮らしのことを考えた。その夢が砂上《さじょう》の楼閣《ろうかく》のように崩れ去ろうとしているのだ。

「それはなんとも言いようがない。早急に資本の流入を確保しなければ、われわれはすべてを失う。そうなりそうだ」タイス・スナプは答えた。

友人同士ならではの間があく。抗議もできなければ、反論もできない。

レニは頭《こうべ》を垂れ、深く息を吸った。胸が痛い。つまり、これは現実なのだ。だとしたら、今はこの現実を受けとめて、思案を巡らせ、何か行動しなければならない。胃がむかつき、額から玉のような汗が流れている。だが、レニは外務省の開発援助事業評価事務局の局長として、どんなストレスを受けても平静を保つすべを身につけていた。

「追加資本と言ったな。どういう意味だ？　詳しく説明してくれ」

「最終的に必要になる額については、今ここで言うつもりはない。あちこちに探りを入れているところなんでね。だが、ざっと言うと、今後四、五年の間に二億から二億五千万クローネ必要だ」

レニは汗が首すじを伝っていくのを感じた。「なんてことだ、タイス。年に五千万クローネってことじゃないか」

「その通りだ。レニ、われわれはこの一ヵ月、やれることは全部やった。だが、うちの債務者ときたら貸した金の利息すら払える状況にないんだ。ああ、わかっているよ、われわれはこの数年、満足な担保も取らずに拙速に巨額の融資を続けてきた。だが、不動産市場が破綻してしまった今になって後悔したところで、もはやなんの役にも立たない」

「くそっ、せめてわれわれ個人の持ち株だけでも売却できないのか？」

「もう遅いんだ。うちの株価はまた大幅に値を下げた。すでに投資家は手を引いている」

「私にどうしてほしいんだ？」レニは冷たく言い放った。「私の財産がどぶに捨てられたことをわざわざ伝えるために電話をかけてきたわけじゃないんだろう。きみは自分の利益はちゃんと確保しているはずだ。いくらだ、タイス？　ごまかされないぞ」

旧知の友は気分を害したようだったが、はっきりと言った。「そんなものはない、レニ。誓ってもいい。もう公認会計士も入っている。だが、残念ながら、これほど逼迫《ひっぱく》した状況では、会計士が有効な解決策を見つけるのは難しいだろう。電話したのは、最善の打開策を見つけたと思ったからさ。きみにとっても悪い話じゃないはずだ」

これが詐欺《さぎ》行為の始まりだった。あの日から数ヵ月が経ち、すべてが順調だった……一分前に突然、最古参の部下ヴィルヤム・スタークがやって来て、一枚の紙を見せるまでは。

「オーケー、ヴィルヤム」レニ・イーレクスンは言った。「きみはルイ・フォンから、わけのわからないメールを受け取ったあと、彼と連絡を取ろうとしたが取れなかった。そういうことだな。だが、きみも知っての通り、カメルーンは遠い国だ。電話がうまくつながらないなんてことはしょっちゅうだ。なのに、どうして彼に何かあったに違いないなんて思うんだね？」

ヴィルヤム・スタークは浮かない顔でレニを見た。レニは急に不安になった――差し迫る危険を感じ、パニックを起こしそうだった。

上級参事官ヴィルヤム・スタークは唇を固く結んだ。うつむいて床を見つめている。赤い髪が額に落ちて目を覆った。「私がこのわけのわからないメールを受け取ったのは、局長がカメルーンから戻ってこられた頃です。それ以来、ルイ・フォンの姿を見た者はひとりもいません」

「だが、さっきも言ったように、フォンがいるジャー動物保護区は電話で連絡が取れないことが多い」レニ・イーレクスンは手を伸ばした。「ちょっとその紙を見せてくれ、ヴィルヤム。メールになんて書いてあったんだ？」

レニは手の震えを抑えながら、ヴィルヤムが差し出したメモを受け取った。

そこにはこう書かれていた――

Cfqquptiondae(s+l)la(i+l)ddddvdlogdmdntdja.

レニは手の甲で額の汗をぬぐった。なんだ、まったく意味を成してないじゃないか。驚かせやがって。

「きみの言う通りだ、ヴィルヤム。確かに妙なメールだ。だが、これだけで気をもむのはまだ早いんじゃないか。フォンが携帯のキーをロックもせずに、ズボンのポケットにでも入れていたんだろう」レニはメモを机の上に置いた。「きみは気にするな。誰かに頼んで見てもらうよ。心配することはないと思うがね。ムボーモ・ジェムと私は、まさにその日にソモロモでルイ・フォンに会ってるんだ。ヤウンデに行ったときだ。何も変わりはなかった。フォンは次の出張の準備をしていたようだった。ドイツ語の資料が置いてあったと思う」

ヴィルヤム・スタークは首を横に振った。そう言われても、不安は払えないようだった。

「つまり、私にこれ以上この件には関わるなとおっしゃるんですね。ですが、このメールをもう一度よく見てください。本当にこれが間違って送られてきたものだと思いますか――〝dja〟すなわち〝ジャー〟で終わっているのはただの偶然だと？　そんなはずはない。ルイ・フォンは私に何かを伝えようとしたんです。何か重大なことを。私は真剣に彼の身を心配しているんですよ」

レニ・イーレクスンは深呼吸をした。局長たるもの、どんな状況にあっても部下の心をつなぎとめておくことがいかに重要かは心得ている。

「いや、いや、もちろん、きみの言う通りだとも。確かに変だ」レニは答え、後ろの窓台に置いてあったソニー・エリクソン製の携帯電話に手を伸ばした。「きみはこれが〝ジャー〟だと思うんだな」レニは携帯電話のキーパッドをしばらく眺めて、うなずいた。「まあ、そうかもしれんが、まったくの偶然ってこともありそうだぞ。見たまえ！　DとJとAはどれも、キーの最初のアルファベットだ。うっかり3、5、2と押してしまえば、〝dja〟すなわち〝ジャー〟だ。キーロックしていなければ、こういうことも起きるんじゃないかね。どうだろう、もう二、三日様子を見ては。私もムボーモを介してルイの所在を調べてみよう」

レニ・イーレクスンは、ヴィルヤム・スタークが部屋を出ていくと、また額の汗をぬぐった。なんてことだ！　ヤウンデに戻る車中でムボーモがいじくり回していたのは、ルイ・フォンの携帯電話だったのだ。なんて馬鹿なやつだ！

レニはこぶしを握り、目を閉じた。死人から携帯電話を盗むなんて、どうしてそんな浅ましいことができるんだ！　あの携帯電話のことが気になって訊いたときには、ムボーモはルイ・フォンのものだとは言わなかった。しかも、あのまぬけときたら、未送信のメールが残っていないか、なぜすぐに調べなかったんだ？　なぜすぐにバッテリーを抜いて、メモリーを空《から》にしなかった？

レニは首を横に振った。なんて愚かなやつだ。だが、今、問題なのはムボーモではなく、ヴィルヤム・スタークだ。実際、ヴィルヤムはこれまでずっと厄介な存在だった。レニは最初から、タイス・スナプにもそう言っていたのだ。誰よりも頭が切れ、部署での決定事項や予算にも通じている。開発援助事業を評価するときも誰よりも慎重だ。だから、この計画に感づく者がいるとしたら、それはヴィルヤム・スタークだ、と。

レニ・イーレクスンはため息をつくと、次の一手を考えた。選択肢は限られている。

もし、この件できみが問題を抱えるようなことになれば、すぐに電話をくれ。タイス・スナプはそう言っていた。

レニは携帯電話を手に取った。

2

二〇〇八年秋

上級参事官ヴィルヤム・スタークが仕事の相談を持ちかけられる同僚は多くなかった。ヴィルヤムは外務省という灰色の海に浮かぶ離れ小島の管理人みたいな存在だった。今回のように直属の上司に相談できない場合は、いったい誰に訴えればいいものか。あとは次官しかいない。だが、この種の問題で、しかもこの程度の疑惑で、具体的な証拠も呈示できないのに、次官のもとへ駆けこんだりする者などいるだろうか。少なくともヴィルヤムはそんな気になれなかった。

官庁というところは、部下が上司の不正や職権濫用の疑いを通報すると、同僚からたちまち総スカンを食う。通報したほうが悪者になるのだ。昨今のデンマークでは、厳正さを重んじるあまり疑惑を追及しすぎる公務員はろくなことにならない。ごく最近も、軍の情報部の人間が懲役刑をくらった。国務大臣が国民に基本的な情報を隠していたこと、そのうえで自国をイラク戦争に導いたことを明らかにしてしまったからだ。そんなことでは透明性を図ろうとする気概もなくなるというものだ。

それに、ヴィルヤムはこの件に関して百パーセントの確信があるわけではなかった。すべてはまだ勘にすぎない。

上司のレニ・E・イーレクスン局長に、ルイ・フォンのメールの件を報告したあと、ヴィルヤムは、カメルーンにいる心当たりに少なくとも十本は電話をかけた。だが、ルイ・フォンと日頃接触のある人はみんなひどく驚いた口ぶりで、あの信頼できるバンツー族の仕事熱心な男が何日も消息を絶っているのはおかしい、と言った。

昼前にようやく、カメルーン北西部のサルキ・マタに住むルイの妻と連絡がとれた。これまで常にルイの居場所を把握していた妻は、夫は密猟者に殺されたのかもしれないと不安を口にした。熱帯雨林がどれだけ広大で危険なところかは、ヴィルヤムも知っている。ルイの妻と話したあとはとても落ち着いてなどいられなかった。

もちろん、ルイ・フォンが連絡をしてこない理由はほかにも考えられた。カメルーンは誘惑の多いところだ。ルイ・フォンは男盛りで、容姿も悪くない。女遊びにうつつをぬかすことだってあるかもしれない。

だが、ヴィルヤムはこの出来事が起きる以前、そもそもバカ・プロジェクトがどのように始まったかを再びふり返っていた。緊急動議によっていきなり年間五千万クローネという援助金が、ジャー動物保護区に暮らすピグミーの生活保障のために承認された。なぜ、バカ・ピグミー族なのか。なぜ、そのような大金が投じられるのか。合点がいかないことだらけだった。

ヴィルヤムは最初から疑念を抱いていた。

確かに、五年間で総額二億五千万クローネという額は、デンマークが対外援助金として組んでいる年間予算百五十億クローネからみれば、特に目を引く数字ではない。それでも、これだけの大金をこれほど局地的な事業に注ぎこんだことなど今までにあっただろうか。そこまでするなら、コンゴ盆地全域のピグミーたちを援助したってよさそうなものだ。

予算が決定した後のことは、どんなに馬鹿な担当者でも、目隠しをしていても、この事業が正規の手順を逸脱していることに気づけたはずだった。それとなく聞き耳を立てていたヴィルヤムは、ある事実を知って驚いた。つい最近まで、金はヤウンデのあるビジネスマンの口座に振り込まれ、その男が現地で金を割り振っていたという。しかも、それは汚職がまかり通っていることで有名な国での話なのだ。

自分にも脛《すね》に疵《きず》がないわけではないが、公務員としてそれなりの信念はもっている。ヴィルヤムは局長の態度がにわかに気になりはじめた。

レニ・E・イーレクスンは当初からこのプロジェクトにやけに肩入れしていなかったか？そもそも局長自ら現地に進捗《しんちょく》状況を視察に行くなんて、いつ以来だ？

だが、イーレクスンが急に熱意を見せたからと言って、そこに不正があるとは限らない。事業が適正に進んでいても入念な管理は必要だというパフォーマンスともとれる。ヴィルヤムはため息をもらした。どちらもありうる。確かめたければすべてを掘り起こせばいいだけの話だ……だが、そんなことはしてはならない。自分の身の安全のためにも。

「やあ、ヴィルヤム、浮かない顔だな」後ろから不意をつかれた。ヴィルヤムは驚いてレニ・イーレ局長がヴィルヤムの部屋に来るのは数カ月ぶりだった。ヴィルヤムは驚いてレニ・イーレクスンの顔を見た。妙ににこやかな顔だ。

「さっき、ヤウンデの者と話をしたんだが、きみと同じようなことを言っていた」イーレクスンは言った。「やはりおかしいそうだ。きみの推測は間違っていなかったようだな。ルイ・フォンが資金の一部を持って逃走した可能性もあるらしい。それでこちらから誰か出向いていって、このプロジェクトの金の流れを徹底的に調べてほしいそうだ。向こうはできるだけ早く片を付けたがっている」

「私に行けということですか？」ヴィルヤム・スタークは耳を疑った。そんな展開になるとはまったく考えていなかったからだ。「いったいどういうことです？ルイ・フォンが着服したかもしれない金っていくらなんですか？　わかっているんですか？」

「いや、それは現時点ではわからない。だが、フォンに今期任されている額は約二百万ユーロだ。まあ、どこかに買い付けに行っているだけかもしれん。それなら問題はない。安くて品質のいい種や苗が手に入るところを見つけたのかもしれんからな。だが、いずれにせよ、はっきりさせておかなくてはならん」

「そうですね」ヴィルヤム・スタークはうなずいた。「ですが、私はその任務をお引き受けできそうにありません」

イーレクスンの顔から笑みが消えた。「理由を聞かせてもらえるかね」

「一緒に暮らしている女性の娘が入院しているんです」

「それで？」

「ふたりをできる限り支えてやりたいんです。もう長く一緒に暮らしているものですから」

イーレクスンはうなずいた。「きみがその母娘《おやこ》のことを親身になって考えるのは立派だと思う、ヴィルヤム。だが、二、三日のことじゃないか。それだけあれば充分なはずだ。すでにブリュッセル経由のフライトを予約した。これはきみの仕事だ、ヴィルヤム。それから、ドゥアラからヤウンデ行きの便は満席だった。ムボーモがドゥアラの空港に迎えにきてくれるから、ヤウンデまでは車で移動してくれ。長旅になるがな」

ヴィルヤム・スタークは病院のベッドに寝ているわが子同然の少女の顔を思い浮かべた。こんなときに出張などとても行けない。

「私に行けとおっしゃるのは、私がルイ・フォンのメールを受け取ったからですか？」

「そうではない、ヴィルヤム。きみが一番優秀だからだよ」

＊

ムボーモ・ジェムは頼りになる男だという評判だった。ドゥアラ国際空港の前で、ムボーモはそのことを証明してみせた。六、七人の男たちがポーターを買って出てきたときのことだ。「タクシーが待ってる、こっち、こっち！」男たちは叫びながら、ヴィルヤムの荷物を力ずくで引っぱった。

するとムボーモは目くばせひとつで、男たちを追い払った。なるほど、こうやって二、三フラン節約させてくれるわけだ。

ムボーモは大柄な男だった。写真では、小柄なバカ族の隣に立っているせいでそう見えるのだと思っていた。だが、こうして実際に見ても人混みの中に岩のようにそびえ立っている。大勢の男たちが食べていくためのわずかな金欲しさに、一個のスーツケースを奪い合っているようなところでは、確かにムボーモのような男は頼りになるのだろう。

「今日はオーレリア・パレスに泊まってください」口汚く罵《ののし》るポーターや、うるさくつきまとってくる装飾品の売り子を振り切ると、ムボーモは言った。「明朝の会議に出るんですよね。九時に迎えにいきます。ドゥアラと違って、ヤウンデは比較的安全な街ですが、何があるとも限りません」ムボーモは笑いをかみ殺しているかのように肩を震わせた。

灼熱《しゃくねつ》の太陽はすでに梢の向こうに沈みかけている。人々が群れをなして道路わきを歩いている。そのほとんどが手に鉈を持っていることに気づくと、ヴィルヤムは少し不安になった。

定員オーバーの小型タクシー、疾走するオフロード車、傷だらけの小型トラック、荷物を満載しているヘッドライトが壊れた大型トラック――そのすべてが無謀な運転で、抜きつ抜かれつしながら先を急ぐ。道路の左右に車の形をしたくず鉄が転がっているのも無理はなかった。

わが家から遠く離れてしまったことを、ヴィルヤムはあらためて感じていた。

食事を選ぶと、ヴィルヤムはラウンジの隅の席に向かった。そこには七〇年代を彷彿《ほうふつ》させる色鮮やかな布張りのひじ掛け椅子と長椅子が待っていた。テーブルの上にはすでによく冷えたビールが二杯置かれている。

「ここに来たら、私はいつも一度に二杯注文するんですよ」隣に座っていた太った男が英語で話しかけてきた。「ここのビールは薄くてね、汗と一緒にすぐに出てしまうもんだから、飲んだ気がしません」男は笑った。

小さな黒塗りの仮面がふたつ付いたヴィルヤムのネックレスを指さして、男は言った。

「アフリカに来られたばかりのようですね。空港でさっそく買わされたんでしょう?」

「いえいえ」ヴィルヤムはネックレスに手をやった。「確かに今日着いたばかりですが、このネックレスはここで買ったものじゃありません。でも、おっしゃる通り、アフリカのものです。プロジェクトの査察に行ったときにカンパラで買いました」

「カンパラですか。ウガンダのなかなか興味深い町だ」男はヴィルヤムに向かってグラスを掲げた。男のかたわらにはブリーフケースが置かれている。やはり仕事で来ているのだろう。

ヴィルヤムは鞄《かばん》からファイルを取り出して、テーブルの上に置いた。問題はバカ・プロジェクトに出資されている五千万クローネの行方だ。資料に目を通して、質問を用意しておかなければならない。ヴィルヤムはファイルを開き、資料を三つに分けて、テーブルの上に積んでいった。ひとつ目は請求書関係、ふたつ目はプロジェクトの内容に関する資料、三つ目は手紙、報告書、電子メール。ルイ・フォンのショートメッセージを書いたメモも持ってきていた。

「ここで仕事をさせてもらってもいいですか？」ヴィルヤムは英語で隣の男に言った。「部屋に机がないもので」

男は快くうなずいた。

「デンマークから来られたんですか？」男は外務省のレターヘッドを指さして訊いた。

「ええ、あなたは？」

「ストックホルムです」男はヴィルヤムに握手を求め、スウェーデン語に切り替えた。ふたりは簡単に自己紹介をすませた。

「カメルーンは初めてですか？」

ヴィルヤムはうなずいた。

「それは、ようこそ」ストックホルムから来た男はヴィルヤムにビールのグラスをひとつ押しやった。「ひとつ、教えて差し上げましょう。このカメルーンという国は何回来ても慣れるということはありませんよ。乾杯！」

ふたりはグラスを掲げた。スウェーデン人は一気に飲み干すと、手を上げて、ウェイターにお代わりを求めた。南方の国でアルコール依存症になる役人は多い。ヴィルヤムも依存症で身を持ち崩した同僚を少なからず見てきた。

「私がアルコール依存症だと思ってるんじゃないですか？　でも、違いますよ」スウェーデン人はヴィルヤムの心が読めたかのように言った。「こういう飲み方をしているだけです」

男はそっとラウンジの片隅を指さした。白っぽいスーツを着た黒人がふたり座っている。

「彼らは私が明日交渉する会社の人間です。ああやって私を観察して、一時間後には上司に報告しているんですよ」男は微笑んだ。「明日の会議に私が二日酔いで現れると思ってくれたらこっちのものです。油断させて、有利に事を運ぶんです」

「こちらには商用で？」

「ええ、まあ。契約に来ました。こう見えて、優秀なビジネスマンなんですよ」男はビールが運ばれてくると、ウェイターに礼を言って、またグラスを掲げた。

「乾杯！」

ヴィルヤムはつき合わなかった。商談の相手を欺《あざむ》くために酒をがぶ飲みするとは。自分の胃袋では、とてもそんなゲームに耐えられない。

「おや、暗号化されたメッセージを受け取ったんですね」スウェーデン人はヴィルヤムが置いていたメモを指さした。

「いや、それがわからないんです。現地の協力者が送ってきた携帯メールなんですが、本人が一週間ほど前から消息を絶っていましてね」

「携帯メール？」男が笑う。「ビール一杯賭《か》けませんか。私が十分以内に解読してみせますよ」

ヴィルヤムは眉を寄せた。

スウェーデン人の男はメモを手にとると、白紙を一枚テーブルに用意し、ポケットからノキアの携帯電話を取り出して、その横に置いた。

「念のために言っておきますが、これは暗号なんかじゃありません」ヴィルヤムは説明した。「うちの省ではそんなものは使っていないんですよ。正直言って、さっぱりわからない。意味があるのかどうかもわかりません」

「わかりました。じゃあ、このメールはなんらかの困難な状況下で打たれた可能性もあるわけですね？」

「かもしれませんが、本人に訊くことはできません。姿を消してしまいましたから」

すると、スウェーデン人はペンをとって、メッセージを書き写しはじめた——


Cfqauptiondae(s+l)la(i+l)ddddvdlogdmdntdja.

それから、携帯電話のキーパッドを見ながら、文字の下に別の文字を書き込みはじめた。二、三分経った頃、男は顔を上げて、ヴィルヤムを見つめた。

「このメールが困難な状況下で打たれたとしましょう。たとえば暗闇の中とかです。単語認識機能が働いていない場合、ひとつのキーは複数の文字を表します。たとえば、〝3〟は、D、E、Fです。一回たたくとD、二回だとE、三回だとF。もっとたたくと、大文字になったり、特殊文字になったりしますよね。さらに、キーを押し間違える可能性もある。間違えるとしたら真上か真横か真下のキーでしょうが、それだけでも組み合わせは膨大にあります。でも、私にとってはお遊びみたいなもんです。さあ、時間を計ってください」時間はどうでもよかった。少しでも謎が解けるなら、男が気を悪くしないようにうなずいた。

だが、そんなたやすく解けるとはとうてい思えない。ビールをおごるくらいなんでもない。それでも、各文字の隣接するキーを見ているうちに、ふたつ目の文字〝F〟を〝O〟に置き換え、その次に二回続く〝Q〟が〝R〟なら、冒頭の〝C〟とその後の〝uption〟と合わせて、〝Corruption〟すなわち〝不正〟を意味する単語になることがわかった。

ヴィルヤムの眉間《みけん》のしわが一気に深まった。

それから十五分後、ヴィルヤムがさらに二回ビールを注文しなくてはいられなかった間に、スウェーデン人の男は謎を解いた。

「さて、これでよさそうだ」男はメモを見直した。

そしてヴィルヤムに紙を差し出した。「読めますか？〝Corruption dans l'aide de development Dja〟と書いています。正確なフランス語じゃありませんが、〝ジャーの開発援助で不正〟という意味です。課題としては簡単なほうでしたよ」

背筋が寒くなった。

ヴィルヤムはラウンジを見回した。あの隅に座っている男たちが見張っているのは、本当にスウェーデン人なのだろうか？自分ではないのか？

スウェーデン人がウェイターを呼んだ。ヴィルヤムはメモに目を落とした。〝ジャーの開発援助で不正〟。フォンはそう伝えてきたのだ。それ以来、フォンの姿は消えた。

ヴィルヤムは窓に目をやった。ガラスの向こうに無限に広がる闇から急に身を守りたくなった。不安に駆られることはこれまでもあったが、これほど恐怖を感じたことはない。ここは本当に遠い国だ。あまりにも遠く離れすぎている。

＊

「なんだって、ムボーモ？」受話器を握るレニ・E・イーレクスンの手が汗ばみはじめた。

「だから、今朝、迎えにいったら、ヴィルヤム・スタークのやつ、ホテルにいなかったんですよ。飛行機に乗って帰っちまったそうです」

「どうしてそんなことになるんだ？　あいつの面倒をみるのがおまえの仕事じゃなかったのか！」

レニ・イーレクスンはなんとか落ち着こうとした。打ち合わせ通りにいけば、ムボーモかその手先が、今朝、車でヴィルヤム・スタークをホテルに迎えにいき、その後、スタークは消息を絶つはずだった。どこで、どう消えるかは重要ではない。粛々《しゅくしゅく》と事が進みさえすればいいのだ。ところが、スタークは今、デンマークに戻る空の上だという。何があった？偶然何かを知ってしまったのか？　だとすると、レニの関与を示す手がかりかもしれない。

「いったい何があったんだ？　そっちの状況はすべておまえが握っているはずじゃなかった

のか、ムボーモ？　スタークは何か探り出したに違いない」

「そんなこと知りませんよ」ムボーモは答えた。ムボーモは、レニがここ数日、地獄の苦しみに耐えてきたことを知らない。またひとり死に追いやるのだと思うとレニはたまらなかった——そして今、ほかに選択肢はないことをようやく確信するに至ったところで、また新たな悪夢が始まろうとしている。

やるべきことはわかっている。ムボーモをバカ・プロジェクトからはずすだけでは駄目だ。完全に消えてもらう必要がある。この愚か者は災《わざわ》いしかもたらさなかった。多くを知りすぎてもいる。

「また連絡する、ムボーモ。それまでおとなしくしていろ。家に帰って、外出は控えるように。あとで誰かを行かせるから、その指示に従ってくれ」

レニ・E・イーレクスンは受話器を置いた。

＊

カーアベク銀行がいつも役員会議を開いている部屋は、質素とは無縁だった。場所も、家具調度も、テクノロジーも、一流銀行の本拠地であることを実感させられる。目にするものすべてに贅《ぜい》が尽くされていた。頭取のタイス・スナプが現れると、そうした印象はさらに強まった。

「監査役会会長のイェンス・ブラーゲ＝スミト氏にも話に加わってもらうことにしたよ。彼もわれわれとは一蓮托生《いちれんたくしょう》だからな」

タイス・スナプは自分の机についた。

「イェンス、われわれの声が聞こえますか?」

クルミ材のスピーカーから返事が聞こえてきた。ややかすれてはいるが、威厳を感じさせる声だ。

「では、始めようか」タイス・スナプはレニに向かって言った。「残念だが、レニ、単刀直入に言わざるをえない。今日、きみがムボーモと話した後、イェンスと私は、この問題を解決する方法はひとつしかないという結論に達した。どんなことがあっても、ヴィルヤム・スタークを止めなくてはならない。手段は選んでいられない。そしてきみは、スタークのような職務熱心な部下が、今後二度とバカ・プロジェクトに近づくことのないよう保証してくれ」

「ヴィルヤム・スタークを止める? 彼はもうすぐデンマークに帰ってくるんだぞ。わかって言ってるのか?」

「そうするほかないんだ。時限爆弾を放っておくわけにはいかないからな。ルイ・フォンはすでに止めた。次はムボーモ、そしてヴィルヤム・スターク。それでまたすべてが計画通りに運ぶんだ。ヤウンデの事務所の職員は心配ない。彼らはもうこの件に深く関わっている。きみは今後も現地の職員から定期的に報告を受け取ってくれ。ただし、しばらくの間は、ルイ・フォンの名前で報告書を作成し、プロジェクトがいかに成功裏《せいこうり》に進んでいるか、きみの省に必要な情報が伝わるようにするんだ。それでまた万事うまくいく。アフリカの支援事業とはそういうものだ。ときおり、何かいい知らせがあればいいんだよ。それ以上のことは誰も期待しちゃいない」

スピーカーから同意する声が聞こえた。レニはこのブラーゲ＝スミトに会ったことはないが、声から察するに人に命令することに慣れているようだった。こういう男は決して異論を許さない。植民地の大農園主や船主を思わせる声だ。ブラーゲ＝スミトはアフリカ通として知られている男だった。長年、中央アフリカ諸国で領事を務めた一方、実業家としてアフリカで得た評判はあまりかんばしいものではない。うわさによると、ブラーゲ＝スミトは身の回りの世話をする召使いを常に〝ボーイ〟と呼んではばからなかったという。だが、それはこの男に対する陰口のほんの一端だった。

レニ・イーレクスンは、このブラーゲ＝スミトが今回の援助金横領の黒幕であることをほぼ確信していた。タイス・スナプによると、ブラーゲ＝スミトは赤道アフリカから木材を輸入して成功していた時期があり、その全財産をカーアベク銀行に投資し、やがて大株主になった。それが本当なら、ブラーゲ＝スミトが自分の財産を必死で守ろうとしているのも不思議ではない。レニもその点に関しては同じ思いだった。だが、もう金を盗むだけの話ではなくなった。さらにふたりの男に死刑判決が迫っている。自分はなぜ、こんな話を黙って聞いていられるのだろう。

レニは無意識に首を振っていた。この黒幕の言わんとすることはわかりすぎるほどわかっている。きれい事を並べる余地などない。ほかに方法はないのだ。

「確かにつらいことだ」と、ブラーゲ＝スミトは口を開いた。「こんな決断をしなくてはならんとはな。だが、考えてみたまえ。仕事を失ってしまう行員のことを、貯金を失ってしまう小口投資家のことを。ここで舵《かじ》を切り損ねるわけにはいかんのだ。顧客に対する責任もある。犠牲を払わなくてはならないのは残念だが、世の中とは常にそうしたものではないのかね。多くを救うために、多少の犠牲はつきものだ。二、三年もすれば、また事態は正常化する。銀行は資金力を強化し、再び投資を呼びこみ、雇用は維持される。株主はこれ以上の損失をこうむらずにすむんだ。イーレクスンさん、その間、いったい誰がわざわざ金と時間を費やして、ジャーくんだりまで、ピグミーの農場の進捗状況を見にいったりするんだね？　プロジェクトが始まってから教育制度や医療が実際に改善されたかどうかなんて、誰がわざわざ調べようと思う？　担当者がこの世からいなくなったら、誰にそんなことができる？　イーレクスンさん、あんたに訊きたいね」

それは自分しかいない。レニは採光窓を見上げた。ということは、私も……？

いや、不意打ちなど許さない。彼らの扱い方なら心得ている。脅されてたまるか。レニは深呼吸すると言った。「私はただ、あなたとタイスが自分のしていることをわかっていさえすればそれでいいんです。そして、自分の胸にしまっておいてもらえさえすれば。私はこれ以上何も知りたくありませんからね」しばらく間をおいてから、レニはさらに言った。「それから、ヴィルヤム・スタークがこの件を最初から記録に残していて、それを貸金庫に保管していなければいいんですがね。ちなみに私はそうしていますが」

レニはタイス・スナプを見据えながら、スピーカーの雑音に聞き耳を立てた。だが、彼らは驚いているようなそぶりはみじんも見せなかった。

「いいでしょう」レニは先を続けた。「ルイ・フォンの報告書は別人が作成しても、誰も気づかないかもしれません。ですが、ヴィルヤム・スタークの失踪はどうです？　新聞に大きく出ますよ」

「だからなんだね？」ブラーゲ＝スミトの声がわずかに沈んだ。「スタークの失踪がわれわれと結びつかん限り、どうということはない。彼はアフリカに出張したが、約束の時間に現れず、勝手に帰国の途につき、その後、姿を消した。これは明らかに情緒不安定というやつだ。スタークは自分から消息を絶ったと考えられるんじゃないか？　私はそう思うがね」

タイスとレニは顔を見合わせた。ブラーゲ＝スミトは貸金庫の中のレニの証拠書類についてはひと言も触れなかった。どうやら、ブラーゲ＝スミトもタイスも、好むと好まざるとにかかわらず三人は持ちつ持たれつの関係だとわかったようだ。それは好意的に見れば、〝相互信頼〟とも言えた。

「いいかね、イーレクスンさん」ブラーゲ＝スミトは続けた。「今後は、打ち合わせた通りに事が運ぶだろう。あんたは引き続き、毎年、五千万クローネの資金がカメルーンに送金されるよう取り計らってくれ。そして、毎年、そうだな、ルイ・フォン・レポートとでも呼ぶか、それを作成して現地ですばらしい成果があがっていることを報告するんだ」

ここでタイス・スナプが口を開いた。「その間、カーアベク銀行はこれまで同様、数週間後に、現在の財政状況に必要な額を頂戴《ちょうだい》する。方法はいつも通りだ。ヤウンデの協力者がいわゆる〝投資グループ〟を介してキュラソーの銀行に送金する」タイスは宙に指でちょんちょんと引用符を書きながら言った。「その前に取締役会が提案する増資に株主たちが賛同しなければならないが、それは問題ないだろう。ほかの株主たちだって、銀行と自分の出資金を守りたいだろうからな。そして残った金は、非上場株に投資して、キュラソーに保管する。これはいわば、金融界に不測の事態が起きたときの備《そな》えだ。この方法で、カーアベク銀行の経営はこの先も安定し、われわれのこれまでの出資分も保証される。そのうえ、表向きは投資グループが所有している優先株まで手に入る。同時に、キュラソーに保管しているわれわれの株式資産は年々増え続ける。要するに、われわれ三人には喜んでいい理由がたくさんあるというわけだ」

タイスの言いつくろいをレニは耐えられない思いで聞いていた。「なるほど、確かにきみの言う通り〝喜んでいい理由〟だ」レニも宙に引用符を書いた。「まさかルイ・フォンの件はそこには入ってないだろうな。それに、ムボーモやヴィルヤム……」

タイスはレニの言葉を遮《さえぎ》った。「レニ、ムボーモやルイ・フォンのことで頭を悩ませるのはやめろ。時期を見て、遺《のこ》された女房に〝年金〟でも支払ってやろうじゃないか。あの国は人が消えることには慣れっこだ。騒ぎにはならない。それにスタークには家族はいないんじゃなかったか？」

「いや、同居している女性と、その病気の娘がいる」レニはタイスの目を正面から見据えた。

「なるほど」タイスは言った。「要するに家族はいないわけだ。スタークと不安定な関係にある母娘がふたりいるだけだろう。しばらく悲しみに暮れたら、また立ち直るさ」

レニはゆっくりと息を吐き出した。答える必要はないだろう。

スピーカーの声が取って代わった。

「バカ・プロジェクトの金、二億五千万クローネを使うことに関しては、デンマークの金融界に対する一種の国家的支援だと思えばいい。カーアベク銀行を含め、デンマークの収益力のある民間企業を国家が支援することは至極当たり前のことじゃないか。国際収支や生活水準のためだけでなく、社会が機能していくために、人々に雇用を生む企業が不可欠なんだよ。もし、カーアベク銀行のような大手銀行が倒産したら、直接間接を問わず、社会の歯車は停滞してしまう――そんなことは誰も望んでおらん」

レニはブラーゲ＝スミトの話などもう聞いていなかった。もし計画が傾きだしたら、タイスとブラーゲ＝スミトだけは即座に逃げのび、あとに残された自分がひとりで責任と罪に問われることになるのではないか。いや、そんなことは絶対にさせない。

「もう一度言うが、きみたちが何をしようがどうでもいい。それは私のあずかり知らぬことだ。その件についてはもう何も知るつもりはない。だが、きみたちが本当に次の行動に出るのなら、スタークのノートパソコンがすぐに私の手に入るようにしてくれ」

「もちろんだ、レニ。いいだろう。きみのつらい気持ちはよくわかっている。すべてを理解しろとは言わない。きみはまじめな男だからな。だが、きみの家族のこともよく考えるんだ、いいな？」しばらく間をおいたあと、タイスは言った。「ここはイェンスと私にまかせてくれ。そして、もう心配するのはやめろ。この種の問題の解決に慣れた男に入ってもらうことにした。その男が、ヴィルヤム・スタークを迎えに空港まで人を遣《や》ってくれる。だから、きみは日に日に株価が上昇していくのを楽しむといい」

3

二〇一〇年秋

十七時きっかりに、黄色のライトバンが、コペンハーゲンの市庁舎広場のチボリ公園側にやって来る。チボリ公園のアンデルセン城のすぐそばだ。城の隣の大きな建物は、増改築のための足場が組まれている。時間も場所もいつも同じだが、マルコは二十分前から待っていた。車が来たときにそこに立っていなければ置いていかれ、しかたなく近郊列車《エストー》とバスを乗り継いで帰った日には、しこたま殴られるからだ。そんな危険は冒《おか》したくないし、地下の階段で寝るにはもう寒すぎる。

マルコはライトバンに乗り込むと、仲間に向かってうなずいた。うなずき返す者がひとりもいないのもいつものことだった。みんな死ぬほど疲れている。今日一日にも、この暮らしにも。

車内を見回すと震えている者がふたりいる。みんなびしょ濡れで、病人のようにやせて、弱っているように見える。

「今日の稼ぎは？」サミュエルが訊いてきた。

マルコは頭の中で数えた。「今日は合計四回金を運んだ。二回目は五百クローネ以上あったよ。ポケットの中の三百クローネを足したら、全部で千三百か千四百クローネになると思う」

「わたしは八百くらい」一番年かさのミリャムが言う。ミリャムはいつもたくさん稼ぐが、それは片足が不自由なせいでもある。

「俺はたった六十だ」サミュエルが声を落とす。「俺なんかにはもう誰も恵んでくれない」

十対《じゅっつい》の目が気の毒そうにサミュエルに向けられる。それっぽっちでゾーラの前に立ったら、ただではすまないだろう。

「じゃあ、これを持っていきなよ」マルコはサミュエルに百クローネ札を二枚渡した。そんなことをするのはマルコだけだ。ゾーラに告げ口されるのも承知のうえだった。

マルコはサミュエルの稼ぎが少ない理由を知っている。子供に見えなくなったら、物乞いはもうやっていけないのだ。マルコは十五歳だが、まだ十三歳で通る。子供っぽい大きな目をしており、背も低い。サミュエルやピコやロメオと違って、肌は柔らかく、髪は絹のようにしなやかだ。サミュエルたちはひげも生えはじめており、すでに女の子との初体験もすませていても、成長の遅いマルコをうらやましがっている。

マルコもそのことは自覚していた。

確かに、年の割に体は小さい。でも、頭脳はおとな並みだ。それを使うすべも心得ている。

「父さん、学校に行かせてよ」マルコは七歳のときに父に懇願した。その頃はまだイタリアに住んでいた。マルコは父を愛していたけれど、その頃からすでに父は無力だった。父の弟、つまりマルコの叔父のゾーラが、子供たちを学校にやるより、路上に立たせることを望んだ。ゾーラが言えば、それが掟《おきて》になった。ゾーラが一族《クラン》の首領《ドン》だった。

それでもマルコは学びたかった。イタリアのウンブリア州では、どこの村に行っても小さな学校があったので、マルコは朝日を浴びるとすぐに出かけていって、開いている教室の窓の前に立って耳に入ってくるものすべてを吸収していった。それが終わってから、〝仕事〟に繰り出した。

ときどき教師が出てきて、教室に招き入れてくれることもあったが、マルコは一目散に逃げだし、二度とその学校には行かなかった。そんな誘いにのったら、家でさんざん殴られることになる。幸い、絶えず引っ越していたので、学校と教師には事欠かなかった。

ある教師がとうとうマルコを捕まえた。でも、その教師はマルコに教室に入るよう説得する代わりに、マルコの手に重たい麻の袋を持たせた。

「さあ、これを持っていきなさい。きみの役に立つかもしれないから」教師はそう言って、マルコを解放した。

袋を開けると教科書が十五冊も入っていた。おかげで、ひとところに留まるようになっても、マルコはおとなたちが忙しくしているときには、いつでも勉強できるようになった。

二年後には、算数と読み書きを身につけていた。イタリア語と英語だけでなく、デンマーク語もできるようになっていた。

というのも、その間にクランはデンマークに移り住んだからだ。デンマークに来てすでに三年が経つが、ほぼよどみなくデンマーク語を話せるのは、クランの中でマルコだけだった。

「ねえ、何か話をきかせてよ」仲よしのミリャムはしょっちゅうマルコにねだる。

だが、ゾーラとその側近たちはマルコの向学心を快く思っていなかった。彼らに必要なのは考える人間ではなく、意のままに操《あやつ》れる人間なのだ。

その夜、マルコたちは二段ベッドに横になって、サミュエルがこっぴどく殴られている音を聞いていた。子供たちはみんなゾーラに殴られて育ってきた。それが全部こだまになって返ってくるくらいのすさまじい音が、ゾーラの部屋から聞こえていた。マルコは殴られるのは恐くなかった。ほかの子供たちより手加減されるからだ。そのくらいの影響力は父にもまだあった。マルコはベッドに横たわり、毛布をこねくりながらサミュエルに対するやましさに耐えていた。ようやく音が止んだ。仕置きは終わったみたいだ。玄関のドアが開く音が聞こえた。ゾーラのボディーガードが近所の様子をうかがっているのだろう。寝静まっているのを確かめてから、自尊心も体もぼろぼろに傷つけられたサミュエルを隣の棟の部屋までひきずっていくつもりなのだ。

ここは中流家庭が多く暮らす地域だ。近所の人のうわさに上らないように、ゾーラは隣人たちと友好的な関係を保てるように用心していた。一見、ゾーラは穏やかで上品な男に見える。そのイメージはどんなことがあっても汚してはならなかった。ゾーラは自分のように白人で、恰幅《かっぷく》がよく、人を惹《ひ》きつける魅力を持ち合わせ、英語を話し、アメリカの出身だと言えば、〝彼らの一員〟として信頼に足る人間だとみなされることを心得ている。デンマーク人がそうした男には懸念を抱かないことを知っていた。

ゾーラが子供たちに体罰を加えるのは、闇とカーテンを閉め切った防音窓に守られた夜間と決まっている。そして、殴るときは人の目に触れる痕《あと》を残さないように細心の注意を払う。明朝、サミュエルは足をひきずりながら歩行者天国を歩くことになるだろう。だが、その姿を隣人が目にすることはない。隣人にさえ見られなければ、そうした姿はかえって哀れを誘って商売に好都合に働く。

マルコは暗闇の中で起き上がり、足音を忍ばせて従兄弟《いとこ》たちの部屋の前を通り、居間のドアをノックした。すぐに返事があればいいが、そうでない場合は用心が必要だった。

今回は、「入れ」と言われるまでに一分以上かかった。マルコはすでにどんな事態も受け止める覚悟をしていた。

ゾーラは国王のように臣下に囲まれてティーテーブルについていた。大きな液晶画面には大音量で映像が流れている。

入ってきたのがマルコだとわかって、ゾーラの表情は少し明るくなったかもしれない。でも両手はまだ震えている。クランの中には、ゾーラは人が殴られるのを眺めるのが好きなのだと言う者がいる。けれどマルコの父は、事実はその正反対だと断言する。ゾーラは自分の僕《しもべ》たちを、イエス・キリストが使徒を愛していたように愛していると。

マルコにはそうは思えなかった。

そのとき、深夜のニュースが響き渡った。「コペンハーゲン警察本部で未解決事件を担当している特捜部Qのカール・マーク警部補は、実に三昼夜もの間、この密閉された部屋にミイラ化した死体とともに……」

「クリス、くだらん、消せ」ゾーラがリモコンをあごで指し示して部下に命じると、即座に音は止んだ。

ゾーラは最近手に入れた脚の細い猟犬を軽くたたきながら、マルコを見据えた。「大胆なことをするじゃないか、マルコ。サミュエルに稼いだ金を譲ってやってるんだって？　だが、そんなことは二度とするな。わかってるな」

マルコはうなずいた。

ゾーラは微笑んだ。「今日はよく働いたな、マルコ、まあ座れ」ゾーラは向かい側の椅子を指し示した。「それでなんの用だ？　あの金はサミュエルが稼いだもんじゃないと言いにきたわけではないだろう」

ゾーラは笑みを消し、クリスに向かって身ぶりでマルコに茶を注ぐように命じた。

「じゃましてごめん。でも、サミュエルのことで聞いてほしいことがあるんだ」

ゾーラは何も言わなかったが、クリスが即座に立ち上がり、マルコをにらみつけた。クリスはクランの誰よりも背が高く、肌の色が白い。クリスが背筋をめいっぱい伸ばして立つと、たいていの者はたじろいでしまう。だが、マルコは叔父をじっと見つめていた。

「いいか、マルコ。サミュエルの件はおまえには関係ない。あいつの今日の稼ぎときたら、まったく話にならなかった。それはあいつが努力しなかったからだ。おまえと違ってな」ゾーラは首を横に振って、子羊の毛皮を掛けた椅子の背に深くもたれた。「口出しするな、マルコ。俺はおまえの叔父だ。言うことを聞け」

マルコは驚いた。サミュエルはおまえほど努力をしなかった、とゾーラは言った。つまり、サミュエルが殴られた原因はマルコにもあるということだ。だとしたら、もっとひどい話だ。マルコはうなだれ、蚊の鳴くような声で言った。「それはわかってるけど、サミュエルは街で物乞いをするには、もう歳がいきすぎてるよ。通行人は誰もサミュエルを見ないし、見たら見たで恐がって避けていくんだ。本当だよ。そのせいで……」

ゾーラがクリスに向かって指を立てた。マルコは顔を上げた瞬間に、クリスに耳がおかしくなるほどの平手打ちを食らった。

「サミュエルのことはおまえには関係ないと言ってるんだ、マルコ、わかったか」

「はい、でも……」

クリスからもう一発殴られ、話は終わった。マルコは顔色ひとつ変えなかった。ずっとこうして育ってきた者は、こんなことくらいで泣いたりしない。

マルコはゆっくり立ち上がると、ゾーラに軽く頭を下げて、ドアに向かって歩きはじめた。歩きながら笑いたくなった。二発殴られて〝謁見《えっけん》〟終了だ。マルコはドアノブを握ったときにもう一度勇気をふりしぼった。

「僕は殴られたっていい」マルコはそう言って顔を上げた。「だけど、サミュエルを罰したのは筋違いだ。もう一度やったら、僕はここを出ていく」

クリスが目でゾーラに指示を請う。だが、ゾーラはそれに対して軽く首を横に振り、甥《おい》に向かって早く出ていけ、と合図した。

マルコはベッドに戻って横になると、ゾーラに言えなかったことを順を追って検討していった。そうすることがマルコの習慣になっていた。適切な言葉を見つけていさえすれば、もっとうまくいっていたかもしれないと思うからだ。マルコの頭の中でしゃべっているゾーラは、ときどきざっくばらんで気さくな男になった。するとマルコはほんの少し気が楽になった。

サミュエルはちゃんとやっている。ゾーラにそう言えたらいいのに。サミュエルは何かを学ぶべきなんだ。学校に行って、たとえば機械工になれたら、ライトバンの修理もできるようになる。サミュエルはヘクトやマルコのような優秀なスリには決してなれない。不器用すぎるから。どうして別のチャンスを与えてやらないのだろう？思っていることをすべて口にしている自分を想像するだけで、マルコは気分がよくなった。だが、明かりが消されるとたちまち現実に引き戻された。

マルコたちの暮らしは悪夢のようだった。

表向きはみんなきちんとした家に住んでいる、感じのいい人間だが、裏の顔は、偽造パスポートを持った犯罪者集団だ。でも、それが最悪なんじゃない。最悪なのは、自分の素性を知っている子供がほとんどいないことだ。マルコにしても、ずっと父さん、母さんと呼んできたクランの男女が実の両親かどうかはわからなかった。子供たちが街でゾーラの帝国のために金を稼いでいる間、おとなたちが何をやっているのかも知らない。イタリアを去る前は、楽しいことも少しはあった。なのに、それもゾーラの新体制によって崩壊した。今も変わらないのは悪事を働いていることだけだ。よい方向に変わったことなんか何もない。いまだに読み書きができる子供はほとんどいない。その多くがもうすぐおとなになる。みんなが身につけている技能といえば、他人のものを自分のものにすることだけだ。街に出たら、みんなプロの仕事人になる。物乞いやスリだけじゃない。半地下の窓から住居に侵入したり、年配の女性をだまして金品を奪ったり、自転車に乗って通行人からバッグを引ったくったり。クランの子供たちはそれらすべての技をマスターしていた。なかでもマルコは、何をやっても才能を発揮した。大きな瞳に哀れみを誘う微笑みを添えて施《ほどこ》しを乞うことができる。他人の家の一番小さな窓から音を立てずに入り込むこともできる。路上で先を急ぐ人々の中に入ると水を得た魚のようになり、鮮やかな手並みであっという間に時計や財布を奪い取る。無駄な動きはいっさいない。よけいな音も立てない。もっともらしく振る舞って相手の注意をそらす。そして誰の心もとらえてしまう。

けれど、マルコは自分の存在や自分がしていることを、誰よりも深く憎んでいた。

暗闇の中で人の寝息を聞きながら横たわっていると、自分にない人生をつい想像する。普通の子供を目に浮かべただけで、彼らが人生から何を得ているかがわかる。父親も母親もいる。親は働きに行き、子供は学校に行く。子供は抱きしめられ、プレゼントをもらう。毎日ちゃんとした食事を与えられ、友だちや親戚が家に訪ねてくる。殴られるんじゃないか、ばれるんじゃないかと不安を抱えながら生涯を過ごすこともない。

考えているうちに苦しくなってくると、マルコはいつもゾーラを呪った。イタリアに住んでいた頃のクランには、まだある種の連帯感があった。午後は遊び、夜は歌をうたった。夏の夜は焚き火を囲み、その日の英雄談に興じた。女たちは男たちのためにめかしこみ、男たちは威張っていた。喧嘩《けんか》もした。そしてみんなゲラゲラとよく笑ったものだ。それはマルコたちがまだ〝ロマ〟だった頃のことだ。

マルコは、ゾーラがなぜクランの首領になれたのか、なぜ誰も異議を唱えなかったのか、理解できなかった。おとなたちはなんでそんなことを認めたのだろう？　ゾーラがクランのために何をしてくれているというのだろう？　みんなの人生を自分の思い通りにし、暴力で恐怖におとしいれ、みんなが苦労して他人からだまし取ってきた金品をすべて取り上げているだけじゃないか。それなのに、みんなただ黙って我慢している。マルコはそう考えると、おとなたちのことが恥ずかしくなる。なかでも自分の父親を恥じていた。

その夜、マルコがベッドでまんじりともしなかったのは、用心する必要を感じていたからだ。ゾーラはさっき居間でマルコに手加減をしたが、その代わりに何かろくでもないことを考えているような目をしていた。

父さんにサミュエルのことを相談しよう。とにかく誰かに言わないと。言って役に立つのかどうか、自信はなかった。マルコの父はずっと心ここにあらずといった状態だからだ。何か相当ショックなことがあったのかもしれない。

マルコが父の変化に気づいたのは二年ほど前のことだ。ある朝、父は気が抜けたように座って、額にしわを寄せたまま目の前の食事をじっと見ていた。体の具合でも悪いのだろうと思ったけれど、翌日はすっかり元気になっていた。それどころか以前にも増して生き生きとしているように見えた。ほかのおとなたちのように、チャットの葉をかむようになったからだろう。それでも、父の額に深く刻まれたしわが消えることはなかった。マルコは心細くなり、とうとうミリャムに不安な気持ちを打ち明けた。

「何を言ってるの、マルコ、しっかりしてよ。あんたのお父さんはちっとも変わらないわ」

ミリャムはそう言って、笑ってみせた。

その後、ふたりでその話をしたことはなく、マルコもなるべく考えないようにしてきた。けれど半年前に父はまた別人のような顔を見せるようになった。その夜、廊下から騒々しい音が聞こえてきた。だが、夜の十時以降は子供は部屋を出てはいけないことになっており、誰も何も知ることはできなかった。

マルコもそのときの廊下の騒ぎで目が覚めた。誰かが殴られているようなうめき声がしていた。よほどのことが起きていたのだろう。翌朝、罪人の烙印《らくいん》を押されたような父の顔を見た。だが誰が何をされたのかは、マルコには知る由《よし》もなかった。ただ、クランの人間でないということだけはわかった。

その頃から父はレイラと寝ている。マルコは廊下に出ると、足音を忍ばせて居間の反対側のレイラの部屋に向かった。

そっと居間の前を通り過ぎようとしたその時、父の声が聞こえた。激しく抗議する父の声をゾーラが遮った。自分の名前が出たので、マルコは立ち止まって聞き耳を立てた。

「あいつの反抗心を今くじいておかないと、俺たちは収入の大半を失うだけじゃすまないぞ。あいつの毒がほかの子供たちにも伝染したらどうする？　ほっといたら、いつかあいつは俺たち全員を売るに違いない。いいかげんにわかったらどうなんだよ！」

父があらためて抗議する。さっきよりも必死さが増し、懇願に近かった。

「ゾーラ、マルコは警察なんかには行かない。逃げたりもしない。口で言ってるだけだ。おまえだってわかってるだろう。あいつは頭がいい。よすぎることもある。なんでも考えすぎるだけなんだ。あいつは俺たちを売ったりしない、ゾーラ。ほっといてやってくれ。俺がきちんとあいつと話すから」

「駄目だと言ってるんだ！」ゾーラがそう言えば、もう反論は許されなかった。

マルコは廊下を見回した。クリスがゾーラにいつ寝酒を持ってくるかわからない。こんなところを見つかったらたいへんだ。

「サミュエルから聞いたが、マルコはここのところ、スリをしたくないそぶりを見せることが多いらしい」ゾーラは話を続けた。「それが本当なら、俺たちにとっていかに危険かがわかるだろう。ためらうやつは遅かれ早かれパクられる。そして、ためらうやつってのは、いざとなると簡単に口を割るんだよ。マルコがクランを絶対裏切らないなんて思ったら大間違いだ」

マルコはいつのまにかドアに耳を当てていた。犬に気づかれないことを祈った。サミュエルは本当にそんなことを言ったのか？　ばかばかしい。いつ、そんなそぶりを見せたというんだ？　盗みを働くときにためらったことなんか一度もない。ためらうのはサミュエルのほうだ。それをマルコがかばってきてやったのに。

「マルコも最近じゃひねてきたし、障害者になってもいい頃だ。それでまた稼げるようになる」

「ゾーラ、ミリャムは事故に遭《あ》ったんだ。事情が全然違うだろう」父がまた哀願するような声を出す。

「本当にそう思ってんのか？」ゾーラは乾いた声で笑った。マルコは背筋が寒くなった。どういう意味？　あれは事故じゃなかったってこと？　ミリャムは道路を走って渡っていて、けつまずいたと聞いている。

部屋の中がしんとなった。父の衝撃を受けた顔が目に浮かぶようだった。だが、父は黙っている。

「まあ聞けよ」ゾーラは話を続けた。「子供たちには将来いい暮らしをさせてやりたいじゃないか。そうだろう？　そのためには失敗も妥協も許されないんだ。もうじき、フィリピンに引っ越せるだけの金が貯まる。なあ、思い出せよ、兄貴だってそれが最初からの夢だったじゃないか。その夢の中に兄貴の息子の居場所もちゃんとある」

しばらくして父は答えた。その少し前に体を折り曲げる音をマルコは聞き逃さなかった。戦いに敗れたのだ。「そのためにマルコの体を傷つけなくちゃならないのか？　本当にほかに方法はないのか、ゾーラ？」

マルコはこぶしを握りしめた。その顔を殴ってやりたいよ、父さん。父さんはゾーラの兄貴だろうが！息子には手を出すなって言えよ！」

「クランのためを思えば、「小さな犠牲にすぎない。鎮静剤を与えて、通りでふらついてこけたところを、車に脚を轢《ひ》かれる——それだけだ。数秒で片付く。デンマークの病院は優秀だから、歩ける程度には治してくれるさ。見ばえは悪くなるが、その分、同情を引いて〝ボーナス〟をはずんでもらえるんだ。まだ何かガタガタ言うつもりなら、次は兄貴の脚が轢かれるかもな」

マルコは息をのんだ。ミリャムのゆがんだ体、生きていくために足をひきずっている姿が目に浮かんだ。マルコは懸命に涙をこらえた。そういうことだったのか。やつらはミリャムを障害者に仕立て上げたのだ。

何か言えよ、父さん。マルコは心の中で叫んだが、ドアの向こうから聞こえてきたのは父の声ではなかった。

「事故に遭い、障害者になり、保険金を受け取る。それで俺たちはまた一歩先へ進めるんだ」ゾーラは平然と話し続けた。「ありがたいことにおまけまで付いてくる。効率よく稼いでくれるサラブレッド級の物乞いが、うちのラインナップに加わるんだ。しかも、そいつはどこにも逃げられないときた」

マルコは突然かすかな風を感じて、あたりを見回した。遅すぎた。キッチンのドアが開いて、廊下に出てきた人影に見つかった。

「そこで何をやってる？」闇にクリスの声が響いた。

マルコは壁を離れて、玄関に向かって走ったが、すぐにクリスが追ってきた。同時に居間のドアも開いた。

頭の中で逃亡を思い描いていたときは、いつも近所の家にかくまってもらうことを想定していた。だが今、外に走り出てみると、人の気配はまったくない。木立の間に見える家々はひっそりとしており、明かりが灯《とも》った家は一軒もなかった。通りの少し先のほうに、テレビの明かりがひとつだけぼんやりと見えていた。

マルコはその家に向かって走った。捕まる、捕まる——ほかに何も考えられなかった。マルコは裸足《はだし》だった。雨が降ってきた。冷たいしずくが顔を濡らしていく。あの家にたどり着けても、住人が出てくる前に追いつかれてしまうだろう。駄目だ、ほかの方法を考えなくちゃ。

走りながらマルコは後ろをふり返った。従兄弟がふたり、クリスと一緒に追いかけてくる。

全力で走ってくる。マルコは腹ばいになって、生け垣の穴を通り抜けた。クリスたちが通り抜けられないことを祈った。

この家の向こう側の国道まで行けたら、チャンスがあるかもしれない。

考えがまとまらないうちに、突然、庭に光が射した。動作感知装置付きのサーチライトだ。その家の者はまだ居間にいる。マルコは一番近い生け垣を這《は》って抜け、道の側溝に転がり出た。

後ろから追っ手が叫ぶ声が聞こえてくる。だが、マルコは数百メートル先の丘の手前に広がる森しか見ていなかった。

あそこに行こう。追っ手にわき道から先回りされる前に、あの森の中に逃げ込まなければ、自分は終わりだ。

ハロゲンのヘッドライトの青白い光の輪が丘の頂《いただき》を照らし、雨で濡れた国道を自由への輝く橋に変えた。車道に出て車がとまってくれたら、チャンスがあるかもしれない。それとも、車の前に身を投げて、すべての苦しみを終わりにするか。

「とまって！」マルコは車に向かって叫びながら腕を力いっぱい振った。そしてヘッドライトにまっすぐ向かっていった。

肩越しにふり返ると、家の外側を回ってきた追っ手がすでに車道のわきに立っていた。遠すぎて顔は見えなかったが、おそらくマルコの従兄弟と、ほかに二、三人の子供が立っている。車に乗せてもらえなければ、捕まるのは時間の問題だ。

だが、向かってくる車の運転手は何度もパッシングするだけで、ブレーキを踏む様子はない。マルコは運命に従った。急ブレーキの音が聞こえ、横滑りした車が自分に向かってくるのが見えた。マルコの膝のわずか数センチ手前で車はとまった。フロントガラスの向こうで運転手が腕を振り上げて大声でわめいている。その間もワイパーはせっせとガラスを拭いていた。

マルコは助手席側に駆け寄って、運転手が反応する間もなく、ドアを開けた。

「何をするんだ、この馬鹿野郎！」運転手が叫ぶ。顔の色を失っている。

「お願いです、乗せてください、お願いします！　あそこにいる男たちに追われているんです。乗せてください。お願いします！」マルコは必死で追っ手がいるほうを指さした。

男の表情は衝撃から怒りへと一気に変わった。

「この移民が！　おまえらの面倒はおまえらで片付けろ」男はこぶしを突き出した。

こぶしは的をはずれたものの、マルコは後ろ向きで道路に投げ出された。男はさらに捨て台詞《ぜりふ》を残して助手席のドアを閉めた。

薄いパジャマ一枚の体に、雨に濡れたアスファルトが冷たかった。それでも、こけた痛みよりも、車が加速して、追っ手のほうにまっすぐ突き進んでいくヘッドライトの光を見ていることのほうがつらかった。

「車をとめろ！」クリスがわめく声が聞こえ、くぐもった銃声がした。弾は当たらなかった。車はクリスたちを蹴散らすようにして走り去った。

マルコは森に向かって坂道を腹ばいで前進しながら、追っ手の声に耳を澄ませた。彼らはマルコが車に乗って逃げたと思っている。

森に入ったマルコは小枝をかき分けて様子を探った。おとながふたり、追っ手に加わっていた。その輪郭《りんかく》から、ゾーラと父だとわかった。

誰かが、マルコが車をとめた場所をゾーラに指し示している。そして、車が走り去った方向を指さしたあと、平手打ちを一発くらった。

殴られた少年が倒れている場所に、子供たちが駆け寄る。くそっ、ここにいちゃまずい。森のもっと奥に、見通しのきかないところに行かないと。マルコは慎重に立ち上がった。闇の中で見えるのは木の幹《みき》の輪郭だけだった。さっきから体がぶるぶる震えている。寒さと、激しく脈打つ心臓が全身にアドレナリンを送り込んでいるせいだろう。パジャマは雨でぐっしょり濡れており、寒さが体を突き刺してくる。裸足ではこれ以上長くは歩けそうになかった。なのに、追っ手は声が聞き分けられるほど近くまで迫ってきている。

どうやらみんな一緒にいるようだ。ヘクト、ピコ、ロメオ、ゾーラ、サミュエル、そして父さん。ほかにもいる。女たちの声まで聞こえる。

マルコは今頃になって恐怖がこみあげてきた。

「車には乗っていなかったぜ」サミュエルがイタリア語で言った。

「そんなことわからねえだろ。あいつは小さいんだ」誰かが英語で返した。

サミュエルがまた何か言い返している。

ゾーラの怒号が響き渡り、ほかの声がかき消された。ゾーラは激怒している。マルコを取り逃がしたうえに、マルコが車に乗ったかどうかもわからず、おまけに馬鹿な手下が銃を撃ったのだ。当分の間〝仕事〟は控えることになるだろう。車を運転していた男が警察に届け出ることは間違いなく、子供たちが顔を見られた可能性も高い。もし近所に捜査が入ったら、子供たちを家に置いておくわけにはいかない。落ち着きを取り戻すまで、どこかに移さなければならないだろう。

ゾーラの声は怒りで震えていた。「発砲した馬鹿もんは覚悟しておけ。とにかく、マルコを捜せ、まだ近くにいるかもしれん。ぐずぐずするな」ゾーラがわめく。「もしまた逃げやがったら、そのときは撃て。マルコは今やわれわれ全員にとっての脅威だ」

マルコは耳を疑った。クランを出ていった者たちがどうなったのか、これまで一度も考えたことがなかった。クランを〝守る〟ためにゾーラに始末された者もいるってことか？

マルコは全身を震わせ、裸足のまま慎重に足元を探りながら、森の奥に進んでいった。足の裏を、小枝やモミの実やとがった石が突き刺してくる。百メートルほど進んだところで、マルコは力尽きた。足が焼けるように痛かった。それでも前に進まなくてはならない。どこか隠れられるところは？　このままだとおしまいだ。さっきからずっと頭が痛い。それに、こんなところにじっとしてはいられない。地面は氷のように冷たく、石のように硬かった。

マルコは四つんばいになり、膝の痛みに耐えながら茂みの中を進んだ。そうやって長い間さまよっていると、突然、柔らかい地面に突き当たった。最初は沼地に出たのかと思った。だが、土が湿っているわけではなく、誰かが掘り起こしたような感触だった。

マルコは急いで地面を掘りはじめた。しばらくすると、縮こまればすっぽり体が収まるほどの穴ができた。マルコは中に入って横たわると、腕を伸ばして土を体にかけ、顔をモミの枝で覆った。

追跡の手はどんどん近づいてきているに違いない。マルコはふとゾーラの犬のことを思い出した。

乾いた枝が折れる音と人の足音が聞こえてきた。地面が震動している。すぐそこまで来ている。マルコは落ち着くことに集中し、息を荒らげないように努めた。

ゾーラたちが茂みの中に散らばり、何人かがゆっくりと穴に近づいてくる。ふたつの懐中電灯の光が蛍《ほたる》のように木々の間をはね回っている。

「道路にひとり残れ。逃がすんじゃないぞ。ほかはこのあたりを徹底的に捜せ」ゾーラの声が闇の中でひときわ大きく響く。「棒で地面をつついて回れ」

そこらじゅうで枝を折る音が聞こえ、小枝を踏みしめる音が近づいてきた。みんなが枝を地面に突き刺しながら、この穴を取り囲むように近づいてきていると思うと、冷や汗が噴きだした。いったいどのくらいそうしていただろうか。十秒か、一分か。すると再びざわめきは遠のいていき、彼らは森のさらに奥へと入っていった。

このままでいよう。ゾーラは捜索をあきらめたら、きっと同じ道を引き返してくるだろう。

道路に見張りがいなければ、戻って畑を越えて逃げていたかもしれない。でも、そんな勇気はなかった。だったら、静かにじっとしているしかない。

そのときマルコは、初めてカビのにおいと、かすかな腐敗臭に気づいた。動物の死骸でも転がっているのだろう。鳥とか、リスとか、ウサギかもしれない。冷たい土の中に横になってから、ずいぶん長い時間が経っていた。モミの枝をすり抜けてきた雨のしずくでマルコの顔は濡れていた。ようやくゾーラたちが戻ってきた。マルコは彼らの声に耳を澄ませた。罵る声。猛烈に怒っている声。だがマルコはその中から〝不安〟を訴える声を聞き取った。

「もし、わたしたちに見つかったら、マルコは大変なことになるわね」少女のひとり、おそらくサッシャの声だ。サッシャとはずっと仲よくやってきた。

最後にマルコのそばを通り過ぎていったのは、ゾーラと父だった。このふたりの声だけは聞き違えようがない。犬も一緒だった。犬の荒い息づかいを聞いて、マルコは首すじが緊張するのを感じた。

突然、犬が吠えはじめた。穴のすぐ横にいる。土を掘りはじめたら終わりだ。マルコは無駄だとわかっていながら息を止めた。

「このあたりだったな。穴を掘ったのは」ゾーラの押し殺したような声がすぐそこから聞こえてくる。「犬を見ろよ。いかれちまったみたいに吠えてるぜ。ここに違いない」ゾーラは悪態をつきながら、激昂《げきこう》している犬を引き寄せた。「今の状況は、あのときよりも厄介だぞ。兄貴の息子のせいでな。しばらく身を潜めるしかないだろう――マルコが何を思いつくかわかったもんじゃないからな。あれも別の場所に移したほうがいい。ここじゃ家に近すぎる」

マルコは石になったように横たわっていた。だが、人の声が消えるとすぐに土を振り払った。ゾーラとクリスが後でまた犬と一緒に戻ってくるかもしれないからだ。それまでにできるだけ遠くに逃げなくては。

かじかんだ手を懸命に動かし、背中を伸ばした。体中の骨が悲鳴をあげる。穴の両側につかまって、体を引き上げる。枝をのけていると、突然、柔らかいものに手が触れた。その下に何か固いものがある。そう思ったとたん、屍臭《ししゅう》と腐敗臭が襲ってきた。

マルコは息を止めて、穴を出た。そして、さっき触れたものを確かめようと身をかがめた。それは人間の手だった。皮膚はすでにはがれていて、爪は土のように茶色く変色している。

マルコは思わず飛びのいた。それからしばらく、その腕に目を奪われていた。雨がマルコの顔と体から土を洗い流していった。

〝このあたりに穴を掘った〟とゾーラは父に言っていた。マルコはその穴に死人と一緒に寝ていたのだ。死体を見るのは初めてではなかったが、触ったのは初めてだった。急に、吐き気か恐怖かわからないものがこみあげてきた。

マルコは立ち上がった。さあ、どうする？　この発見はゾーラを破滅に導き、マルコが自由を手に入れるチャンスかもしれない。だが、マルコはすぐにその考えを捨てた。これには父も関わっている。少なくとも死体を埋めるのを手伝っているのだ。

突っ立ったまま、においも感じなくなった頃には答えは出ていた。ゾーラを売れば、父も無事ではいられない。マルコは父を愛していた。弟に逆らえないような頼りない父親。それでも、愛している。そして父にはマルコしかいないのだ。それがわかっていながら警察に行って、助けを求められるのか？　いや、そんなことはできない。絶対に。

再び凍えそうな寒さを覚えたマルコは、広い世界にたったひとりで立っていることに気づいた。クランに戻らないなら、自分にはもう目の前の道しか残されていなかった。マルコはまったくのひとりだった。一日の終わりに迎えにやって来るライトバンもない。食事の世話をしてくれる者もいない。自分が誰で、どこから来たのか、知っている者もいなくなる。マルコ自身でさえろくに知らないのだ。

涙があふれてきた。それでも、すぐに気を取り直した。ゾーラの家では、人も自分も哀れんでなんかいられなかった。

マルコは自分の格好を見た。まず、服を手に入れよう。侵入できる家はいくらでもあるが、夜間に見張り役もなしにひとりで侵入するのは危険すぎる。

マルコは足で地面をつついた。もしかしたら服も一緒に埋まっているかもしれない。枝を拾って、死体の肩の周囲の土を取り除いていった。だが、現れた男の胴体は裸だった。

真っ暗なうえに、泥まみれだったが、顔の輪郭だけはわかった。少し残っている髪は赤味がかっている。だが、皮膚が溶けてしまっているため、年齢はわからない。闇に覆われていなければ、においと同じくらい恐ろしい光景だっただろう。

服も何も残されていなかった。マルコは男の曲がった手を見て、ふと悲しみに襲われた。

何かをつかもうとしているようでもあり、命そのものを引き留めようとしているようにも見えた。

手を見ながらあれこれ考えていたときだった。死体の親指の下にネックレスの留め具が見えた。小さな金属の輪っかに、引いて開けるための突起が付いているタイプだ。マルコは何度もそうした留め具を女性の首からはずしたことがあった。

マルコは鎖を引っぱって死体からはずした。鎖には風変わりなペンダントがぶらさがっていた。細い針金をたくさん使った細工に、小さな角《つの》が二本と小さな木彫りの仮面がふたつ付いている。お守りのようにも見える。きれいとは思わないが、珍しい物だった。珍しい物ではあるが、金にはならない。単にアフリカっぽい首飾りというだけだった。

4

二〇一一年春

「いったいこれは何ごとだ？」カール・マークは思わず口にすると、コペンハーゲン警察本部の狭い食堂の厨房《ちゅうぼう》から巨体をのぞかせた元鑑識官、現在はこの食堂のチーフを務めているトマス・ラウアスンの顔を怪訝《けげん》そうに見た。「このテーブルに並んだ趣味の悪い小旗はなんなんだ？　俺がロッテルダムから戻ってきた祝いか？　たった一日留守にしていただけなんだがな」

モーナに買った指輪を取りにいくと、たまたまその店が警察本部の近くにあった。店を出るとどうしてもコーヒーが飲みたくなって、警察本部の食堂に立ち寄った。そうでなければ空港から家にまっすぐ帰っていたところだ。この様子じゃ、そのほうがよかったのかもしれない。

カールは食堂を見回した。いったい何が始まるんだ？　まるで子供の誕生日会じゃないか。また再婚でもしたやつがいるのか？　何度結婚したって地上の楽園なんか待ってやしないぞ。

ラウアスンはにっこり笑った。「いらっしゃい、カール。がっかりさせて悪いんですが、ラース・ビャアンが戻ってきたんですよ。これはそのお祝いです。マークス・ヤコプスン課長が三十分後に、殺人捜査課のみんなをコーヒーに招待しているんです。それで、リスがちょっと飾り付けしたんですよ」

カールは眉を寄せた。ラース・ビャアン？　あいつ、どこかに行ってたのか？　ま、殺人捜査課の副課長がいなくても困るわけじゃない。気づかなくて当然だ。

「戻ってきたって、どこから？　レゴランドからか？」

ラウアスンはカールの隣の男の前に、緑色の怪《あや》しげなものが載っている皿を置いた。こいつ、メニューの選択を誤ったことを後悔するぞ。賭《か》けたっていい。

「知らないんですか？　それはびっくりだな。カブールですよ」ラウアスンは笑った。「知らなかったなんて、あまりおおっぴらに言わないほうがいいですよ。ビャアンは二カ月も行ってたんですから」

カールは隣の男のフォークが震えているのを横目で見ていた。菜っ葉ばっかり食ってるから力が出ないのか？　それとも、俺のことを笑っているのか？　いや、笑い物になっているのはラース・ビャアンのほうらしい。あいつを恋しがる者なんて誰もいないってことだ。

それにしても二カ月とはびっくりだ！

「カブールだなんて、そりゃまた危険なところじゃないか。何しに行ってたんだ？」あの寄宿学校出身のビャアンが戦闘服を着ている姿なんてとても想像できない。「ちゃんと生きて帰ってきたんだろうな。元々ミイラみたいなやつだから、ぱっと見じゃ、死んでたってわからないぞ」隣の男がフォークから菜っ葉を落とした。

「警察官の養成のために行ってたんですよ」

ラウアスンはいつのまにかすっかり大きくなった腹の前で手をぬぐった。この先もここで仕事を続けるつもりなら、もっと大きなエプロンを買ったほうがよさそうだ。

「へえ。だったら、向こうにずっといればいいじゃないか」

カールは食堂を見回した。数人が苦笑いをしていたが、カールは気にしなかった。きみたちもアフガンの砂漠に引っ越したらどうだ。

「心から礼を言うよ、カール」後ろから声がした。「きみまで私の海外での仕事を高く評価してくれるとはありがたい」

十五人の目がカールにいっせいに注がれた。おもしろがっているのが手に取るようにわかる。カールは悠然と後ろをふり返った。きっと真っ赤に日焼けしているぞ。

ところが、ラース・ビャアンはすこぶる元気そうだった。自信に満ちていた。あんなにやせぎすだった体がしっかり太って、水牛の皮を一枚かぶっているみたいに見える。太陽の光で背筋が伸び、肩幅が広がったみたいだ。とにかく急に恰幅がよくなっていた。もしかすると、左の胸ポケットを飾り立てている四列の略綬《りゃくじゅ》のせいかもしれない。

カールはポケットを見てうなずいた。「ラース、これはまたずいぶんたくさんの勲章やら何やらをせしめてきたもんだな。心からお祝いを述べさせてもらうよ。運がよけりゃ、ボーイスカウトの勲章ももらえるぞ」

ラウアスンがカールのシャツを引っぱった。カールはおもしろがった。かまうもんか。ビャアンが今さら俺に何ができるっていうんだ？　こいつにまだされていないことなんてあったか？

「カール・マーク、頭に大けがを負ったのはきみのほうじゃないのかね。それはそうと、優秀な助手のアサドの具合はどうだ？」

「これはこれはビャアン副課長、デスクに戻ったら部下に対しても責任があるってことか？　だが、ありがとう。おかげさまであいつは順調だ。あと二、三週間もすれば仕事に復帰する。幸いローセがいてくれるから、俺は大丈夫だ」

カールは、ローセの名前を聞いておおかたの者がにやりと笑ったことに気づいた。このアホどもが。おまえたちがローセの半分でも有能なら、この食堂の雰囲気もがらりと変わるってもんだ。

「でも、アサドの顔はいまだに少しゆがんでますよね」この食堂でそのことを気にかけているのは、おそらくラウアスンただひとりだろう。

カールはうなずいた。「だが、顔がゆがんでいるやつならほかにもいるぞ」カールはそう言って、レジで飲み物の金を支払っているラース・ビャアンを見た。驚いたことにビャアンはカールの侮辱《ぶじょく》を無視した。

「ま、そうなんだ、ラウアスン」カールは話を戻した。「まじめな話、脳内出血の後遺症で、アサドは顔面の筋肉に問題を抱えている。平衡感覚《へいこう》も完全じゃない。だから、まだ定期的に検査にも行かなくちゃならないし、大量の薬も飲んでいる。それでも、なんとか峠《とうげ》は越したようだ。だからほっとしてるんだ。会話にはまだ少し苦労しているが、それは今に始まったことじゃないからな」

カール以外は誰も笑わなかった。くそっ、笑えよ。

ビャアンは財布をポケットにしまうと、ビャアンのトレードマークとも言えるむかつくまなざしをカールに向けた。

「アサドが順調に回復していることは、私も非常に嬉しく思っているよ、カール。地下室のきみにも進歩が見られればいいんだが。今後は、きみにもう少し注意を向けるべきかもしれんな。手遅れにならないうちに、きみをサポートできるように」

それからビャアンはラウアスンに顔を向けた。「歓迎会の準備をしてくれてありがとう、トマス。まるで祭りのようだな。帰ってきて嬉しいよ。ところで、カール、きみはオランダに行ってたんだったな。お帰り」

ビャアンが食堂を出ていくまで、カールは憎悪のまなざしで見送っていた。どうやらコブラは砂漠に行っても干からびて死ぬことはないらしい。

「馬鹿なやつだな」後ろで誰かが言った。

ラウアスンがカールのシャツを引っぱった。ここで喧嘩はしてほしくないということだろう。「さあ、オランダの会議の話を聞かせてください。向こうの釘打ち機事件とうちの事件とは関連があったんですか？」

カールは鼻を鳴らした。「会議？　まったく意味なかったよ。時間を無駄にしただけだ」

「それでいらいらしているんですね、違いますか？」

カールは図星を指された気分でトマス・ラウアスンを見つめた。コペンハーゲン警察本部に、こんな踏み込んだことをカールに訊いてくる者はめったにいない。もっとも、訊かれたところでカールが答える気になる相手もほとんどいなかった。もちろん、今ここにいる馬鹿どもの中にはひとりもいない。

「どんな事件だって解決しなきゃ、いらいらするだろう。まっとうな警官ならな」カールは周囲を見回した。少しは考えてほしかった。「自分の相棒が犠牲になった事件ならなおさらだ」

「ちょうどその話をしていたんですよ。ハーディの具合はどうなんです？」

「ハーディは今でも俺の家で寝たきりだ。それは俺たちのどちらかが死ぬまで変わらない。俺はそう思っている」

すると、隣でサラダを食べていた男が突然うなずいた。「あんたは嫌なやつだが、カール、ハーディの面倒をみるなんて偉いと思っているよ。誰にでもできることじゃない」

カールはわずかに額にしわを寄せた。ひょっとしたら、笑みまで浮かんでいたかもしれない。妙な気分だった。同僚の口からそんな言葉を聞くのは初めてのことだった。

三階の殺人捜査課はまさにお祭りムードだった。狭い秘書室に、女王の誕生日を祝う宮殿前広場やデンマーク党の夏の大会にもひけを取らないぐらいの数のデンマーク国旗がずらりと並んでいる。

「やあ、リス。これはまた大騒ぎだな。国旗の安売りでもあったのか？」

捜査部Aにふたりいる秘書のうちの若いほうで、ここの唯一の希望の光ともいえるリスが首をかしげて言った。「カールったら、ひがまないでよ。あなたがアフガニスタンから戻ってきたときには、もっとたくさんの旗を飾ってあげるから」

「それはそれは」カールはそう言って、リスがほんの少し口をゆがめて笑うのを見て楽しんだ。それはカールのお気に入りのちょっとした戯《たわむ》れだった。モーナでさえ、これほどベルトの下を刺激するようなセクシーな笑顔は作れない。「だけど、俺はアフガニスタンなんかには行かないよ。マークスは部屋にいるか？」

リスはドアを指さした。

殺人捜査課の課長は窓辺に座っていた。ハーフフレームの老眼鏡を額に押し上げ、向かいの屋根の向こうをじっと見ている。底なしの疲労感と忘我の境地の間を行ったり来たりしているような顔だ。とても元気そうには見えなかった。だが、机の上だけでも製紙工場の倉庫に匹敵《ひってき》する、塔のように積み上げられた書類の山を見ると、毎日そこに座ってぼんやりしているわけではないことが驚きだった。

マークス・ヤコプスンは椅子をくるりと回転させると、うんざりした顔でカールを眺めた。

まるで後部座席に座っている子供に、コペンハーゲンから十キロ南に下ったあたりで、もうすぐイタリアに着くのかと二十五回も尋ねられたような顔だ。

「やあ、カール、どうした？」もう何も聞きたくないと言わんばかりの訊き方だった。

「まるで祭りですね」カールは秘書室を指し示した。「花火はいつ上がるんです？」

「ふん、上げて見せてくれ。で、オランダはどうだった？　少しは釘打ち機事件の解明に近づいたか？」

カールは首を横に振った。「近づいたかと訊かれたら、いいかげんな仕事を山のようにやってるのは、ここだけじゃないっていう認識には近づきましたよ。近隣国で過去二年間に起きた釘打ち機殺人事件をすべてまとめた報告書というのを見せてくれたんですがね、あれがそうなら、俺はクギウチキスタンのムガル皇帝だ。実際、まともな仕事と言えるのは、テアイ・プロウが作成したソールーとアマー島の事件の資料だけでしたよ。それに引き換え、オランダ人ってのはまったくなってない。捜査報告書には不備が多いし、捜査介入が遅すぎるし、凶器の科学分析なんてひとつもやってない——何もかも頭にくるだけでした。進展なんかありませんよ。オランダ側が何かまったく新しい情報をテーブルの上にのせてくれない限りはね」

「そうか。だったら、きみからも気のきいた報告は期待できないってことだな。洞察力がきらりと光るような報告はないのかね？」

その皮肉な言い方にカールは一瞬たじろいだ。何かが変だ。

「ここには別の理由で来たんですよ」

「けっこう。わざわざお越しいただいた理由を聞こうか」

「困ってるんですよ。アサドはまだ完全には回復していませんから、われわれはのろのろ運転しかできません。この機会に少し書類の片付けでもしようと思っているんです」書類云々《うんぬん》は口からでまかせだった。「ちょうど今はこれといった事件にも取り組んでいませんしね。しかし、ローセに一日中邪魔をされると、書類もおちおち見ていられないんですよ。そこで考えたんです。この時間を利用してローセに研修させたら、一石二鳥だってね。どうでしょう、彼女を二、三日、課長の有能な部下が聞き込みに回るのに同行させてやってもらえませんか？　彼女が少しでもそうした経験をすることは、俺にとっても意味があると思うんですよ。テアイ・プロウか、ベンデ・ハンスンのチームがいいと思うんですが。彼らはいつも人手が足りないってこぼしているそうですから」

カールは目をつむって返事を待った。カールの留守中に、ローセは古い事件をどっさり掘り出してきて、すでにひづめで地面を掻《か》いている。できるだけ早く、あの超大型タンカー並みに搭載しているエネルギーを別の場所に誘導しなければ、カールはあっという間に鼻の下まで仕事に埋もれてしまうだろう。

「人手不足なんて今に始まったことじゃない、カール」ヤコプスンは笑いながら、机の上の煙草のパックをいじった。「人まかせにせず、自分でローセの研修に取り組んだらどうだ。ここの連中はローセにうろちょろされるのはごめんだろう。ローセは訓練を受けた警官じゃないからな。路上では役に立たん。そのことを忘れているようだな」

「忘れてなんかいませんよ。いいですか、俺たちは今年に入ってから、二件の事件を解決しています。どちらもローセの手柄みたいなもんですよ。アサドはまだ病欠に近い状況ですからね。それでも、ローセはまだ実地の経験を積んでない、なんて言うおつもりですか？ まだやってないのは聞き込み捜査だけですよ。やるなら今です。進行中の捜査は特にないですから。俺は今、うちに回ってきた事件を自分のペースで見直しているところなんです。そんなときにローセに口を挟まれたくないんですよ。いつのまにか言いなりにされちまうんだから」

マークス・ヤコプスンは椅子から体を起こした。「まあいいだろう。ローセが役に立つような事件があるかもしれん。だが、彼女をひとりで街に出して何もかも台なしにされる前に、きみが三日間同行して手ほどきしてやるように。わかったな」

殺人捜査課課長は、標高五十センチの書類の山の頂《いただき》から十センチほど下にあったファイルを一冊抜き出した。それが目的のファイルなら、意外にきちんと整理されているということだ。

「持っていけ」マークス・ヤコプスンは、これが世界で一番簡単な事件だとでも言うようにファイルを差し出した。「スヴェレ・アンヴァイラー。南港のハウスボートの放火事件の第一容疑者だ。死者も出ている。細かいところまで読んだわけじゃないが、保険がらみで不審な点がある。船はアンヴァイラーのもので、彼は船が爆発して沈没した後、姿を消している。

で、船に乗っていた恋人のミナ・ヴィアクロンがどうやらその爆発で死亡したようだ」

「焼死ですか、溺死《できし》ですか？」

「私が知っているのは、かつて彼女の体だったものが、小さな炭の塊になって漂流物の間で波にもまれていたということだけだ」

「スヴェレ・アンヴァイラーって言いましたよね。外国人ですか？」

「スウェーデン人だ。捜索したが見つからなかった。大地に飲み込まれたように消えてしまった」

「じゃあ、そいつも小さな塊になって港の土の上にでも転がってるんじゃないですか？」

「いや、それは念入りに調べた」

「じゃあ、おそらくスウェーデンに戻って、ノールボッテンあたりの野なかの一軒家にでも潜んでいるんでしょう」

「そうだったのかもしれんが、実は、事件から一年半経った今、やつはまたデンマークにいるんだよ。先週、ウスタブロー通りの防犯カメラに映っているのが偶然発見された。正確には、五月三日の火曜日だ。これだ、自分で見るといい」

マークス・ヤコプスンはカールにビデオと男の写真を手渡した。なんと印象の薄い顔だろう。広い額、薄いブロンドの髪、水色の瞳、まつげのないまぶた。まるで子供みたいだ。頬《ほお》に小さなつけぼくろをひとつ貼るだけで、変装できそうな顔だった。

「防犯カメラのビデオなんて、どこから手に入れたんです？」

殺人捜査課課長は肩をすくめた。「一本だけじゃない、もっとあるぞ」

「喜べませんよ、課長。それより、こんな蠟《ろう》人形みたいな男、いったいどうやって見つけたんですか？　よく見分けがついたもんだ」

「それはビデオを見て、報告書を読めばわかる」

まるで詐欺師の台詞だ。カールはあきれて首を横に振った。「ま、これが課長が差し出せる精いっぱいのものなら、俺は嫌とは言えません。わかりました。ローセと聞き込みに回りますよ。ですが、せいぜい一日です。それだけあれば時間の浪費だってことが、課長にもわかるでしょう」

「ああ。きみが決めることだ。やりたいようにやりたまえ」

まただ。この投げやりな態度。それはマークス・ヤコプスンにはまったく似つかわしくなかった。

「よかったですね、ラース・ビャアンが戻ってきて」カールはわざと嬉しそうに言った。

「ああ。そうだ、もうひとつあった、カール。明日、予算会議がある。当面は現状通りだが、今後変わることもあるだろう。ビャアンに予定より早く戻ってきてもらい、今、新たに仕事を割り振っているところだ。そのうち、すべてがまたうまく収まるよ」

カールにはさっぱり理解できなかった。「ビャアンは予定より早く呼び戻されたんですか？」

「そうだ、あと一カ月半は向こうにいるはずだったんだが、彼に帰ってきてもらうほうが手っ取り早いんですか？　いったい何がどうなっているのか、教えてくれませんか？」

「さっぱりわからない。すべてがまたうまく収まる？　何が手っ取り早いからな」

「そうか、きみは昨日はオランダにいたから、幹部会議に出ていなかったんだったな。きみはまだ何も知らないってことをすっかり忘れていたよ。それはそうと、まだ訊いてなかったな、ロッテルダムの会議はうまくいったのか？」

カールは目を白黒させた。「ここでいったい、何が起きているんですか、マークス？」

「いや、ただ、家内と私は年金生活に入ることにしただけだ。政府に年金を完全にカットされないうちにな」

「年金？　いくらなんでもまだ若すぎるでしょうが！」

「それはきみの思い違いだよ。金曜日を最後に、私は退職する」マークス・ヤコプスンは遠慮がちに微笑んだ。「金曜日は十三日だ。縁起がいい」

カールは目をむいた。金曜日だって！　あと三日しかないじゃないか！　そんなことってあるか。

延々と悪態をつきながら、カールは地下室に向かって階段を下りていた。マークス・ヤコプスンのいない殺人捜査課など想像がつかなかった。まして、ラース・ビャアンがその後任に就く予定だなんて、言語道断だ。そんなことになるくらいなら、自転車でノルウェーのロフォーテン諸島まで行き、そこで蚊に喰《く》われていたほうがよっぽどましだ。平穏なはずの火曜日に水のシャワーを浴びせられた気分だった。

「ピクルスみたいな顔してるぞ」下から声がした。ボーウ・バクだった。地下の保管室から出した盗品を警官のところに持っていく途中らしい。無駄口たたいてないで、とっとと行けよ。

「ふん、いたのか」カールはつっけんどんに返すと、この男と関わらないために、二段飛ばしで階段を下りていこうと身がまえた。

「聞くところによると、オランダまで行っても大した成果は上がらなかったそうだな。そもそも関心なんかあったのか？」

カールは立ち止まった。「何が言いたい？」

「おいおい、俺はただあの事件がそろそろ、おまえにとっちゃ厄介なことになりかねない局面を迎えてるんじゃないかと思ったまでさ」

「厄介なこと？」

「ああ、おまえも知っての通り、ここじゃ、うわさはインフルエンザウイルスよりも速く広まるからな」

カールは眉をひそめた。もしこのスッポンタケがさっさとこの場から失せないなら、戦争だ。今すぐここで。この階段で。

バクは察したようだった。

「それじゃあな、カール。頑張れよ」バクの足はまだ三センチも上がっていなかっただろう。カールは階段をのぼりかけたバクの胸ぐらをつかんだ。

「どんなうわさだ、バク？」

「離せ」バクがあえぎながら言った。「さもないと懲戒処分を受けるぞ。アマー島の事件では免《まぬか》れたがな」

懲戒処分？　この馬鹿はなんの話をしてるんだ？　カールはさらに締め上げた。「おまえに言っておく、バク。金輪際《こんりんざい》……」

カールは足音を耳にして、手を止めた。そして、新入りの男がまぬけな笑みを浮かべて、できるだけ目を合わせないようにかたわらを通り過ぎようとしているのを見て、手を離した。その若者は警察本部が最近採用した新人で、親はよほど酒好きだったのか、息子にゴードンと名付けた。のっぽで、やせっぽち。太ももはスキーのストックほどしかなく、猿のように腕をぶらぶらさせている。今風のおかしな髪型で、口はしまりがない。これがコペンハーゲン警察本部の強化に役立つ人材であるとはとうてい思えない。

カールは歩く灯台みたいな男を軽く会釈して見送ると、バクに向き直った。

「俺にはおまえの言ってることがまったくわからん。だが、おまえがいつかそのうわさとやらを俺にも耳打ちする勇気が持てたら、地下室に下りてきて俺に面と向かって言え。そのときまで、保管室のまわりに鉄の壁でも築いておくんだな。そうすりゃ、これ以上いいかげんならうわさを耳にしなくてすむだろう。おまえにはうんざりだ、ボーウ・バク」

カールはバクを押しのけ、階段を下りていった。上着のポケットに小さな絹の袋が入っている。カールはこれを渡したときのモーナの反応を早く見たくてしかたがなかった。今のところ、今日は正真正銘のろくでもない一日だ。飛行機に乗っている間はずっと気分が悪く、手にエチケット袋を握りしめていた。スキポール空港を離陸して五分後にはもう厄日は始まっていたということだ。マークス・ヤコプスンが引退を決め、ラース・ビャアンがすでに〃王位〃に就いたという。それだけで今日はもう散々だった。

そこへバクのバカタレが登場した。本来、カールにはどうでもいいことだ。ハーディを全身不随《ふずい》にしたアマー島の銃撃事件のことを人がなんと思っていようが、あの呪わしい釘打ち機事件の解明にカールが協力していることをどう思われていようが、そんなことはくそくらえだ。だとしても、同僚がいわれのない告発から身を守る権利くらいは尊重すべきだろう。それがこんな誹謗《ひぼう》中傷ならなおさらだ。くそっ、でたらめばっかりほざきやがって！

廊下の先から修繕工事のすさまじい音が聞こえてくる。キャラメルをからめた果物と線香のむっとするにおいの中に、カールは祈禱《きとう》用のカーペットを巻いている助手の姿を見つけた。顔のゆがみと血色の悪さを除けば、アサドの状態はかなり安定しているようだ。

「やあ、来てたのか」カールは声をかけた。時計は見ないようにした。アサドの治療はあと数週間は続くはずだ。遅刻を叱るのはまだ早い。「具合はどうだ？」カールは無意識に訊いていた。

「ええ、ずいぶんよくなりました」

カールは顔を上げた。なんだって？

「ずいぶんよくなった、って言ったのか？」

アサドは重そうなまぶたをカールに向けた。「ええ、そうですよ、カール、安心してください。じきに治ります」

アサドは巻き終わったカーペットを棚に置いて、机の上のキャラメルの塊《かたまり》に手を伸ばした。その際に机の角で体を支えた――ベタベタの菓子をもうどれだけ食べてしまったかは、そこを見れば一目瞭然《いちもくりょうぜん》だった。

カールは助手の背中を軽くたたいた。十一月に重傷を負ったものの、アサドは驚異的な回復ぶりを見せている。冑《かぶと》なみの頭蓋骨《ずがいこつ》と鉄のように強靭《きょうじん》な体力がなかったらどうなっていただろう。後頭部にこれほどの打撃を受ければ、死なずにすんだとしても障害者になっていただろう。医者はそう明言した。脳の血管があと二、三本破れていたら今頃は墓に眠っていたと。気分が沈みがちだとか、頭が痛いとか、歩行が不安定だとか、顔の筋肉が垂れ下がっているとか、まだ若干《じゃっかん》の症状はあるものの、アサドはほぼ元通りだった。それはほとんど奇跡に等しかった。

「カール、ハーディのことを考えていたんです。どんな具合ですか？」

カールはため息をついた。この質問に答えるのは厄介だった。というのも、カールの家の間借り人のモーデンが、ミカという褐色の髪のハンサムな理学療法士といい仲になり、そのミカが自らの知識と筋肉を使ってハーディの麻痺《まひ》した手足を治療するようになってからというもの、理解できないさまざまなことがハーディの体に起きているのだ。二年前、脊椎《せきつい》損傷専門病院の医者たちは、ハーディは一生寝たきりだと言ってはばからなかった。だが、カールはその見立てを疑うようになった。

「妙なことになってるよ」カールは言った。「以前、ハーディが感じていたのは感じるはずのない痛みのようなものだったんだが、今は少し違うみたいなんだ。それがなんなのかは俺にはわからんが」

アサドは首を掻いた。「私が知りたいのはハーディの体より、頭の具合です」

アサドは自分の部屋の壁に新しいポスターを飾っていた。低速運転に切り替えざるをえなくなって、暇をもてあましているのかもしれないし、雰囲気を変えたくなったのかもしれない。いずれにしても、これまでと違い、国や民族にとらわれない雰囲気が感じられた。異国情緒あふれる建物にアラビア文字がのたくっていたポスターが、舌を出したアインシュタインのポスターと、ロックギターを抱えた男のポスターに貼り替えられている。ギター男のポスターのほうには〝マームード・ラダイデー＆KAZAMADA パフォーム・イン・ベイルート〟と書かれている。なんとも形容しがたいポスターだ。

「貼り替えたんだな」カールはポスターを指し示した。すると突然、アサドは魂が抜けたようにぼんやりしてしまったので、ポスターについてはそれ以上尋ねられなくなった。いつもの生き生きした表情が凍りつき、両肩は格子縞のシャツの下でだらりと垂れている——痛ましい眺めだ。カールはこうしたアサドの突然の変化をすでに何度か見ていた。

「CDもありますよ。聞きますか?」アサドはそう言って、カールの思考に割り込んでくると、返事を待とうともせず、CDプレーヤーの再生ボタンを押した。するとカールがひと言も発する間もなく、小さな部屋にすさまじい音が鳴り響いた。

「なんだこれは」カールは叫ぶなり、ドアから外に逃げ出したくなった。

「KAZAMADAです。アラブ諸国のさまざまなミュージシャンと共演しているんですよ」アサドが叫び返す。

カールはうなずいた。ただし、KAZAMADAがそのミュージシャンたち全員と同時に演奏するのはやめておいたほうがいいかもしれない。カールは停止ボタンを押した。

痛いほどの静寂があたりを覆った。「ハーディの頭の具合のことを訊かれてたんだったな。ミカが日に何度もハーディを笑わせてはいるが、俺は残念ながら、ハーディが精神的に元気だとは思えない。ハーディはいろんなことに思いを馳《は》せるんだそうだ。手に入れ損なった人生とか、機が熟したらすぐにやりたかった計画とか。アサド、あいつは何もできないんだ。俺たちは何度もあいつが夜中にすすり泣く声を聞いている。おまえならわかるんじゃないか、何もできないってことがどれだけ心にこたえるか。あいつはそんなことはいっさい口にしないがな」

「機が熟したらすぐにやりたかったこと、ですか」アサドはうなずいた。「私にはわかるような気がします。誰よりもよくわかるかもしれません」

そしてすぐにまた、がくりと肩を落とした。

その謎めいた発言はなんなんだよ？　カールは知りたかったが、それ以上は訊かなかった。マークス・ヤコプスンと話をして以来、なぜか誰に対しても個人的なことを聞く勇気がなくなったのだ。ともあれ、アサドが体調がいいと言うなら、自分がさっき味わったショックを与えても大丈夫だろう。「実はよくない知らせがあるんだ、アサド。マークス・ヤコプスンが辞める」

アサドはゆっくりと顔を上げた。「辞める？」

「ああ、金曜日に」

「金曜日？　もうすぐじゃないですか」

カールはうなずいた。こいつ、わざとスローモーションで動いているのか？　それとも脳の中で神経シナプスがショートでもしたか？

戻ってこい、アサド。おまえはいったいどこにいるんだ？「ということで、カールは心の中で叫びながら、ラース・ビャアンとやっていかなくちゃならない。残念だよ」

殺人捜査課課長とのやりとりを話して聞かせた。「ということで、俺たちは今後、ラース・ビャアンとやっていかなくちゃならない。残念だよ」

「それは変だな」アサドはそう言って、前をじっと見つめている。

変だって？　予想外の反応だった。

「どうして〝変〟なんだ？　〝ぞっとする〟ならわかる。〝ひどい〟も然《しか》りだ。だが、

〝変〟ってことはないだろう。どうしてそう思うんだ？」
アサドはしきりに唇をかんでいる。まるで別の惑星で物思いにふけっているみたいだ。
「だって、ビャアンさんは私にはそんなことひと言も言いませんでした」長い沈黙の後によ
うやくそう答えた。
カールは眉をひそめた。「なんであいつがおまえに言わなくちゃならないんだ、アサ
ド？」
「ビャアンさんと奥さんが向こうに行っている間、私は家の留守番をしていたんです。昨夜、
ふたりが戻ってきたときも、私は家にいたんですよ」
カールは思わずのけぞった。今、なんて言った？
アサドは首を後ろに倒し、あえぎながら息をしたあと、眠気を吹き飛ばすかのようにぶる
っと身を震わせた。目を大きく見開き、口を半開きにしている。なんとも言いがたい表情だ。
「おまえは二カ月もの間、ラース・ビャアンの家で留守番をしてたって言うのか？　なんで
だ？　どうして俺は何も知らなかったんだ？　そもそもどこであいつと知り合って、留守番
を頼まれるような仲になったんだ？　それにビャアンの女房もカブールに行ってたなんて、
看護師か何かか？」
アサドは唇を固く結び、視線を床の上にさまよわせた。もっともらしい答えを急いで探し
ているように見える。今、目の前にいるアサドの何もかもが、カールにとっては驚き以外の
何ものでもなかった。

アサドは最後に深呼吸をひとつすると、体をまっすぐに起こした。「私には住むところがなかったので、ビャアンさんが助けてくれたんです。彼とはアラブ時代からの知り合いです。それだけです。何も特別なことはありません。それと、ええ、奥さんは看護師です」

何も特別なことはない、とこいつは言った。こんちくしょう、大ありだよ。

「アラブ時代からの知り合いだって？」

「はい。私がデンマークに来る前に、偶然会ってるんです。デンマークに亡命を求めるようにアドバイスしてくれたのはビャアンさんだったと思います」

カールはうなずいた。アサドが秘密を抱えていることは以前から承知のうえだ。この状況では、アサドもそのうちのいくつかは明らかにせざるをえないだろう。しかし、〝偶然〟などという言葉を使って、カールを満足させられると本気で思っているなら、侮辱もはなはだしい。

カールが思いきり感じの悪い態度をとってやろうと怒りに燃えた目を向けると、アサドと目が合った。

アサドのそんな緊張した目を見ることも、茶色の瞳がそれほど強く訴えかけてくることもめったになかった。向き合って座っているふたりの間に、突然、見知らぬ他人同士のような距離があき、不信感と数カ月間口にしてこなかった言葉がその間を満たした。一瞬の間に、質問と議論が無言のうちに進んだ。

私をそっとしておいてくれませんか、カール？　私はまたここに戻ってきたんですよ、それで充分じゃないですか？　茶色の瞳はそう訴えていた。

カールは立ち上がって、アサドの肩を軽くたたいた。「じゃあまあ、これで手打ちにしよう、な？」

「手打ち？」アサドは元気のない声で聞き返した。

「俺たちはまた合意に達したってことだ、アサド」

アサドを少し元気づける必要がありそうだった。カールはローセの部屋に向かった。アサドを笑わせるには、〝妙ちきりんローセ〟一人前を出前するのが一番だからだ。

廊下から電動ドリルのすさまじい音が聞こえているにもかかわらず、ローセの部屋の半開きのドアの向こうから聞き捨てならない会話が聞こえてきた。

「出ていって、ゴードン。あなたをわたしの部屋に入れる気はないから」

「僕はただ……」

カールは頭上にあばらやが崩れ落ちてきた気分だった。のっぽのフェットチーネ男が、カールの二番目の助手を口説《くど》こうとしている。しかも、カールの縄張りであるこの地下室で！　一発食らわしてやろうと、カールがドアノブに手をかけたそのとき、ゴードンは爆笑ものの小芝居を再び始めた。

「ローセ、僕はきみのためならなんでもするよ、本当だ。何をしてほしいか言ってくれ」

「じゃあ、その長い体を真ん中で折りたたんで、高速道路の上で転がってみせて。それとも、チチカカ湖の浮き橋に使ってもらおうかしら」

カールの助けは必要なさそうだ。ローセは特捜部Qの会話教室の教えを受けている。それで充分だ。

すると、ゴードンの大弁舌が止んだ。ローセのメッセージをようやく理解したのだろう。

ところが、カールはゴードンが咳払いをするのを聞いた。

「きみがなんと言おうとかまわない、ローセ。とにかく、きみがあまりにも素敵だから、見ているだけで僕は涙がこみあげてくる」

カールは耳がもげ落ちそうになった。こいつはいったい何者だ？　どいつもこいつも頭がおかしくなっちまったのか？　それともおかしいのは俺のほうか？

5

二〇一〇年秋

マルコは、寝る場所と靴と乾いた着替えを探さなくてはならなかった。十一月の凍てつくような夜に、このままでは凍死してしまう。追っ手は引き上げていったが、森の周囲にはまだ見張りが立っているかもしれない。

森から少し離れたところの、国道の反対側に見える家並みが一番近かった。農場もある。でも、まだ見張りがいたら、どうやって道路を渡ればいい？

今からの数時間が自分の人生を決めることをマルコは知っていた。早くここを出なければ、捕まるのは時間の問題だろう。だけど、これ以上森の中は歩けない。裸足では無理だ。だったら、道路を渡るしかない。

イタリアでは、子供たちでよく缶蹴りをして遊んだ。隠れている場所からこっそり走っていって、空き缶を蹴った者が勝つ。マルコはこの遊びが誰よりも得意だった。そうだ、あれをやると思えばいいんだ。よく晴れた日にウンブリアの森に寝転がって、ブリキ缶まで見つからずに走っていけるチャンスをうかがっていたときのことを思い出すんだ。マルコは野原の向こうの一軒の農家にブリキ缶が置かれているところを想像した。姿勢を低くして丘まで行き、そこからはイタチのように全力で走る。いいか、ブリキ缶のことだけを考えろ。マルコは繰り返し自分に言い聞かせた。絶対にうまくいく。

見張りが立っているかどうか探るため、マルコは車のヘッドライトがあたりを照らすのを待った。五十メートル先の丘を下ってきたところに男のシルエットが見えた。誰かはわからなかったが、マルコと同じように、その男もこの寒さがこたえているらしい。背中を丸めて腕を体に巻きつけて立っている。

くそっ。

それでもやはりマルコに残された唯一のチャンスは、この道路を渡ることだ。腹ばいで進み、しかも闇が守ってくれることを祈らなければならない。だが、マルコは遭難信号用ロケットみたいに光っているパジャマを着ていた。それに道路を渡ってからも、少なくとも二百メートルは畑の中を進まなくてはならない。マルコは目を凝らして畑の様子をうかがった。あの先の農場で何が待ち受けているかもわからない。もしかしたら、ゾーラはあそこにも見張りを置いているかもしれないのだ。

マルコは月が厚い雲の中に隠れるのを待った。運がよければ、十秒で反対側の側溝まで行ける。

マルコは路面に体を押しつけるようにして、慎重に這っていった。道路を渡っている間に何が起きるかわからない。月が雲間からのぞいたら、たちまち湿ったアスファルトは輝きだし、マルコの姿も浮かび上がるだろう。マルコは一秒たりとも見張りから目を離さないようにして道路を這った。そして、いつでも全力疾走できるように準備しておかなければならなかった。

そのとき、低いエンジン音が聞こえてきた。丘の向こう側から近づいてくる。見張りの男も音を聞いたに違いない。男は道路から一歩後ろに引き、よりにもよってマルコがいる方向に顔を向けた。

マルコは止まった。そこは車道の真ん中だった。路面は氷のように冷たく、マルコの心臓は脱穀機のハンマーのように脈打った。

いつヘッドライトが車道を照らしてもおかしくなかった――そうなったらもう遅い。車に轢かれるまで十秒あるかないかだろう。エンジンの音からすると、おそらくトラックだ。丘のふもとに立っている男の視線は依然としてマルコの方向に注がれている。

マルコは道路の振動が徐々に強くなってくるのを感じて、目を閉じた。万事休す。あと一秒、それですべてが終わる。

道路の振動とディーゼルエンジンの音がしだいに大きくなっていく間に、マルコはふと運命に身を委《ゆだ》ねる気になった。母さんは今どこにいるのだろう。母さんと一緒に逃げられたらどんなにいいか。まもなくマルコは骸《むくろ》となり、カラスは明日の餌《えさ》の心配がなくなる。マルコは人生で初めて、自分が一度も誰かに大切に思われたことがないことに気づいてつらくなった。ヘッドライトの光が丘の稜線を越え、刻々と迫ってきた。すると、くぼ地のほうで犬が吠えた。ゾーラの犬に違いない。マルコは目を開いた。円錐形の光がフルパワーで闇を削り取るように進んできたとき、見張りの男が犬の鳴き声のするほうへふり向いた。

運転手は携帯電話を耳にあてながらマルコに向かってくる。マルコは反射的に立ち上がると、最後の力をふりしぼってアスファルトを蹴った。猛烈なスピードで通り過ぎていくトラックの風圧で、マルコは側溝にまっさかさまに飛ばされた。

体中が痛む。息もあがっている。パジャマは側溝の水を吸ってひどいにおいを放っている。なのに、マルコは体を震わせて笑いをかみ殺した。二、三分もしないうちに、犬がマルコの足跡を嗅《か》ぎつけるかもしれない。そうなったら狩りは終わりだ。だが、今この瞬間だけはマルコのものだった。道路を渡ることに成功したのだ。

側溝をあとにしてからもマルコはまだ笑っていた。遠くで叫んでいる声が徐々に消えていった。

農場の端に薪《まき》小屋があった。単純な南京錠しかかかっておらず、開けて入ってくれと言わんばかりだ。厳しい冬の先触れのような冷たい闇夜の贈り物だった。

マルコは歯を鳴らしながら、小屋の前に立ち、母屋《おもや》の暗い窓のほうをうかがった。風の音以外は何も聞こえてこなかった。あっという間に錠を開けると、マルコは古い麻袋の下に潜りこんで体を丸めた。そしてすぐに眠りこんでしまった。猫の小便や薪の樹脂のにおいも、地面に散らばる木片も眠りを妨げることはなかった。

日の出前にマルコは母屋から聞こえる住人の声で目を覚ました。本物の家族の暮らし。それは、ゾーラのクランとは音も雰囲気もまるで違っていた。マルコは再び孤独に襲われた。そして、その農場の家族にねたみにも似た感情を覚え、憎しみさえ湧いた。けれど、それでマルコのいまいましい人生がどうなるものでもなかった。父親やゾーラに愛されたことがあるかどうかなんて、知ってどうなるものでもなかった。

マルコは目をぬぐった。いつか、自分の家族を持とう。そばにいて安心できる家族を、自分を好きになってくれる家族を。

長い時間が過ぎ、ようやくその家の住人が家を出ていった。土曜日の買い出しにいったのかもしれない。子供たちを週末の活動に連れていったのかもしれない。それはマルコがずっと夢に見てきたことだった。

マルコは母屋に向かって走った。中に誰もいないことを確かめると、適当な石を選んで拾った。裏口のガラスをすばやくたたき割り、おおかたのデンマーク人が当たり前だと思っている心地よい豊かな雰囲気が漂う住まいの中に入っていった。しばらく立ち止まって、深呼吸をした。懐かしいにおいがした。朝のトイレのにおい、香水のかおり、昨日の食事のにおい、新しい木の家具が放つ芳香、洗剤の香料、それらがすべて混じり合ったにおいだった。

薪小屋の扉のすき間から、マルコはこの家の夫婦と娘と息子が車に乗り込むところを見ていた。この家にぴったりの家族に見えた。だから、母屋に入ったマルコは、ある種の敬意を払いながら、この家族の持ち物を見て回った。こんな気持ちになったのは初めてだった。傷ひとつない彼らの世界に衝撃を与えたくない。足元がぐらつきだしてから拠《よ》りどころを失ってしまうまでの速さを、マルコは身をもって知っている。だから、どうしても必要な物だけをもらっていくことにした。

そして、もうひとつ。食卓の上の本を一冊。

薪小屋の横に大きなごみ箱があった。マルコはごみ袋を二、三個持ち上げて、その下に破れたパジャマを捨てた。過去を思い出す物はいらなかった。

物置小屋に置かれていた古い自転車に心が惹かれた。だが、自転車は人目につきすぎる。これからは細心の注意が必要になる。国道やバス停や近郊列車《エストー》は、たとえ追っ手から速く離れられる手段であったとしても、問題外だ。自転車もやはり使うわけにはいかないだろう。なじみのないにおいの暖かい服に包まれ、少し大きすぎる靴をはき、本とパンをひとつセーターの下に隠し、ソーセージとハムをポケットに詰めこむと、マルコはそっと家を出た。

それから四日間の逃亡生活で、マルコは町の名前をいろいろ知った。ストレー、リュストロプ、バストロプ。茂みや森の中をジグザグに移動しながら、コペンハーゲンに近づいていった。蓄えがなくなると、街角のごみ箱を漁《あさ》り、消費社会の恩恵にあずかった。人はなんだって捨てる。マルコにとっては、それは天の恵みだった。

マルコは完璧なタイミングで市庁舎広場に着いた。ゾーラの兵隊たちはすでに家路についている時間だった。

コペンハーゲンの街の中心部のことなら、マルコはすみずみまで知っている。だからといって気を許すことはできない。ほんの少しでも注意を怠《おこた》れば、ゾーラの配下に捕まってしまうだろう。

市庁舎広場のあたりは今、全体が大きな建設現場のようになっていた。産業会館《インダストリエンス・フース》の周囲には足場が組まれ、パレス・ホテルやポリティーケン新聞社のビルに沿って地下鉄工事のフェンスが連なっている——いたるところで拡張工事や改装工事が行われているのだ。道路は掘り返され、工事車両が行き交い、鉄板が敷かれ、コンクリートの山が風雨にさらされている。

この日からマルコは、街の北東部のウスタブロー地区で新しい人生を始めることにした。でも、今日からどこで寝たらいいのだろう。しばらく三角広場の騒々しい往来のただなかに立って、急ぎ足で行き交う人々を見ていた。

喧噪の中で、マルコはたったひとりのけ者にされているような気分だった。まるで知らない場所に来たみたいだった。腹が減り、凍えているのに、金はなく、この先どうすればいいのかわからなかった。バス停に立っている女たちが不用心に肩にかけているバッグや、売店の前で男たちが金を払う間、無造作に足元に置いている鞄が、マルコを誘っていた。でも、ちょっと手を動かすだけで、半時間もあれば一日の稼ぎを得られるだろう。でも、やりたいか？　やりたくなければ、どうする？

結局、マルコは広場のカフェ〈BT〉の柱にもたれて座った。施しを乞う手を伸ばした矢先に、湿った雪が一片落ちてきた。一片、また一片、どんどん増えていった。通りにいた人々がいっせいに空を見上げる。微笑む人、コートの襟をかき合わせる人。吹雪《ふぶ》いてくると、女たちはバッグを体に押しつけ、男たちは鞄を拾って先を急いだ。

マルコもそんなところに長くは座っていられなくなった。だが、バス停の屋根の下には行けなかった。物乞いは決してこっちから近づいていってはならない。人々に嫌がられることをマルコはよく知っていた。

数分もしないうちに、通りから人がいなくなった。突然の雪にみんな驚いていた。雪にふさわしい服装をしている者はほとんどいない。もちろん、マルコもだ。

さあ、どうする？

マルコはあたりを見渡した。バスのワイパーはフル回転し、自転車に乗っていた者は、降りて歩道の上を押して歩いている。敷石の乾いていたところも解けた雪でぬかるみ、ショーウィンドーのガラスの向こう側は一気に人でいっぱいになった。暖を求めてカフェをめざす人もいた。マルコだけがそこにたたずんでいた。

どこへ行けばいい？

マルコは冷え切った唇を引き結んだ。そのとき、ブライダムス通りから女がひとり近づいてくるのが見えた。きっとここの横断歩道で信号を待つつもりだろう。女の視線はウスタブロー通りの反対側のセブン-イレブンに注がれていた。

あれは教師だ、とマルコは思った。まっすぐ前を見つめる視線、重そうなショルダーバッグ。半分口が開いているバッグは長年使い込んできたものだ。決して安物ではない。仕切りがたくさんあること、丈夫であることを基準に選び抜かれている。マルコが何度も手を入れてきたたぐいのバッグだ。財布はたいてい側面に入っている。小さな内ポケットがあれば、その中にあるはずだ。

マルコは停車中のバスの横を通って、信号のところで女を待った。

女が隣に立つと、マルコは一秒でバッグの中の財布の在処《ありか》を見つけた。けれど、すぐには動かなかった。女が歩き出してはじめて手を伸ばした。バッグが滑り落ちた拍子に、女は腿《もも》にかすかな衝撃を感じたかもしれない。だが、女の関心は店のほうに向いていた。

その数秒後には、財布はマルコの袖の中に入っていた。マルコは妙な気分だった。いつもなら、すばやく周囲を見回し、人に見られていないことを確かめて、そっと立ち去っていたはずだ。

けれど、また恥ずかしさがこみあげてきて、マルコは麻痺したように動けなかった。

ゾーラは子供たちに、そんな恥は覚えるなと繰り返し諭《さと》してきた。いいか、世間のやつらはどっちみちおまえたちは悪いことしかしないと思っている。ゾーラはそう言った。ロマのことをよく言うやつはいない。信用できない、いんちきな連中だと思われている。だから、恥じる必要なんて毛頭ないのだと。

おまえたちに盗まれたやつらこそ、偏見を抱いたことを恥じるべきだ。連中がおまえらに盗《と》られて失うものなど、連中が俺たちにしていることを考えれば、ごくわずかな埋め合わせにすぎないのだから。

それでも、マルコは恥を覚えずにはいられなかった。ゾーラは自分では一度も路上に立ったことがない。だからわからないんだ。それに、ゾーラに〝ロマ〟の何がわかるというのだろう。

マルコはセブン‐イレブンに入っていった女を目で追った。すでに品物を手に持っている。まもなくレジに向かうだろう。

マルコは急に女が気の毒に思えてきた。こんなことはおそらく初めてだ。いつもなら、とっくにその場を立ち去って、盗んだ金品を決まった場所に運んでいた。盗んだ相手のことなんか忘れていたはずだ。視界から消えてしまえば、頭の中からも消える。もう次の獲物に向かっていただろう。

今、セーターの下で燃えているみたいに感じる財布の中に、彼女が失ったらすごく困るものが入っていたらどうする？　金やクレジットカードだけじゃなかったら？　かけがえのないものが入っていたら？　もう嫌だ。こんなことは考えたくない。こんな恥はもう感じたくない。

その瞬間、ゾーラがマルコの人生を決めていた時代は終わった。そのことを、マルコは突然、悟った。

顔から雪をぬぐった。信号が青に変わると、急いで道を渡った。これまでの生涯で一番長い二十五メートルだった。

マルコがセブン-イレブンのガラス戸の前に立ったときには、女はすでにあわてふためいてバッグの中を探っていた。カウンターの後ろの店員は気づかれないようにしていても、いらだちを隠せないでいる。

マルコは深呼吸をひとつすると、女にまっすぐ向かっていった。

「すみません」マルコは言って、財布を差し出した。「あなたのじゃありませんか?」

女は固まったように立ちすくんでいる。表情が次々と変化していく。驚きが不信感と警戒心に変わり、いぶかしそうに財布を見ると、最後にはほっとした顔に変わった。マルコは本を読むように、女の表情を読み、女の反応に備えて身構えていた。どんなことがあっても、手首をつかまれるようなことにはなりたくなかった。

女がようやく礼を言って、財布に手を伸ばしたとき、マルコは相手の顔をまっすぐ見つめた。そして軽く頭を下げると、出口に向かった。

「待ちなさい」人が自分に耳を傾け、従うことに慣れている口調だった。

マルコは肩越しにゆっくりふり返った。不安が募《つの》った。今入ってきた客が出口をふさいでいる。なんてバカなことをしたんだ! どうして財布を渡したりしたんだ! とっくに正体はばれている。マルコがどんな人間か、みんな知っている。

「これはあなたによ」女は声を落として言ったが、周囲には聞こえていた。「あなたみたいに正直な子は少ないでしょうね」

マルコはためらいながら女のほうを向くと、しばらく信じられない思いで、差し出された百クローネ札を見つめていた。そして震える指で受け取った。

半時間後、マルコは同じことをもう一度やろうとしたが、失敗した。相手の女が財布を落としたことと自分の不注意にショックを受けて、泣き出してしまったからだ。

今度こそ、これが最後だと思い知った。もう二度とやりたくなかった。百クローネあれば、とりあえずはなんとかなるはずだ。

6

二〇〇七年の初め——二〇一〇年の終わり

マルコはそのとき、足元が崩れていくような衝撃を受けた。ゾーラがクランを召集し、なんの前ぶれもなく、マルコがそれまで信じてきた人生を根底から覆《くつがえ》す宣言をしたときのことだ。

マルコが十一歳になった日のことだった。その日を境に、マルコはクランの首領《ドン》へのいかなる敬意も失った。

少なくとも説明のひとつくらいはあってもよかったはずだ。だがその代わりにゾーラは、夜に不吉なお告げを聞いただの、高熱が出ただの、新しい人生をもたらす画期的な計画だのと、くだらないことをしゃべり続けていた。

マルコは子供たちの後ろに立っていたおとなたちをふり返った。彼らは微笑んでいたが、それは取ってつけたような笑みで、腹を立てているようでもあり、ほっとしているようでもあった。何かが起こりそうな気配が漂っていた。

「いいか、私は間違った道にいると告げられた」ゾーラはクランを集めたときのいつもの調子で語った。「今日から私は、おまえたちの物質的な暮らしの面倒をみるだけでなく、精神的な指導者として、おまえたちを新たな偉大なる目標に導こう」

マルコは叔父の強烈なまなざしを見て、まるで金縛りにあったような気がした。ほかの子供たちは不思議そうにゾーラを見ていた。

「長年ロマのような暮らしを送ってきたが、実際には、われわれはロマではない。おまえたちの中に、本物のロマはひとりもいない」ゾーラの声は断じて質問を許さない響きを持っていた。

マルコは眉をしかめて、身じろぎひとつせずに座っていたが、外界から身を守る城壁が崩れ落ちていく思いだった。突然、自分が姿も形もなくなり、魂すら失ってしまった気がした。

「われわれがこうして家族として血の絆《きずな》を感じていても――全員が血縁関係にあるわけではない。だが、そんなことはわれわれにとって問題ではない。いや、むしろそのほうがずっといい。われわれは神に導かれて巡り会ったのだから」

いったいなんの話？ ほかのみんなは催眠術をかけられたようにぼんやりと座っている。マルコだけが床を見つめていた。われわれは血族ではない、とゾーラは言った。だったら、なんなの？

全員を一度に抱擁《ほうよう》しようとするかのように、ゾーラは両腕を大きく広げた。「いいか、昔、この世のすべてが止まった日があった。空から落ちてくる飛行機は一機もなく、大地に荒廃をもたらす戦争もなく、誰ひとり命を落とさない日があった。この一日だけは不幸が起きないすばらしい日だった。それは、神が、この日がこの世で最も汚れのない日として平穏であることを望まれたからだ」そう言いながら、ゾーラは大きくうなずいた。「では、なぜ神はそのような日を定められたのか？　おまえたちに教えてやろう。神はある重要な出来事のために完璧な舞台を整えられたのだ」ゾーラは目を閉じた。「それがなんだかわかるかね、子供たち？」

ほとんどの子供が首を横に振った。おとなでさえ、首を振る者がいた。

「その日は私が生まれた日、一九五四年四月十一日だったのだ」ゾーラは歯茎が見えるほど満面の笑みを浮かべた。そんな笑顔を見せたのはずいぶん久しぶりだった。

おとなたちは拍手喝采《かっさい》した。だが、子供たちはそのすばらしい日の話がよく理解できず、ゾーラの顔をただ見つめていた。

ばかみたい。マルコは内心そう思いながらも、気づかれないようにしていた。ゾーラの怒りは買いたくなかった。

ゾーラは演説で力を使い果たしたかのようにしばらく頭を垂れていた。やがて顔を上げると、手ぶりで静粛を求めた。それから、自分の話を語りはじめた。若かった頃にアメリカのアーカンソー州のリトルロックで、兵士として召集され、ベトナム戦争に送られる前に姿をくらましたこととか、その後イタリア北部のダマヌールのコミュニティーで、同志とともにフラワー・ムーブメントを体験したことを。ヒッピースタイルが自分のユニフォームになったことを。そして、北イタリアに夢中になっていた数カ月間に、フラワーチルドレンたちと手と手を携《たずさ》え、その頃から互いを家族と思ってきたと語った。星空の下で、ゾーラのその〝家族〟は、イタリア中部のウンブリアに独自のコミュニティーを築き、不当な扱いを受けているロマの民と連帯して生きていこうと約束したのだそうだ。

難しい話がたくさん出てきたけれど、マルコには理解できた。要するに、おとなたちはマルコをはじめ子供たち全員をだましてきたのだ。マルコたちはロマではなかった。でも、ゾーラが何を言おうが、マルコの今後の人生が楽になるとは思えなかった。

ゾーラは子供たちから〝ロマ〟という皮はむいたものの、代わりとなる皮は与えなかった。マルコは子供たちの群れを眺めた。みんな石になったように押し黙り、じっと座っている。動揺し、とても無防備に見えた。おとなたちも似たようなものだった。

だが、マルコの後ろで素知らぬ顔で立っているふたりの男は、さっき耳打ちし合っていた。ゾーラは盗みを働いて、ダマヌールのコミュニティーをほうり出されたのだと。

ゾーラは両手を上げた。「神はユダヤの民と同じくロマの民にも、神の恩寵《おんちょう》を受けるに値するまで、永遠に世界を遍歴《へんれき》するよう宣告された。ヨブのごとく呪われたロマは生きていくために物乞いや盗みを働かなければならない。だが、それは神がアブラハムに息子を捧げるよう求められたように、神の試練の一例にすぎない。だが、おまえたちに告げる。われわれはもうロマの十字架を背負う必要はなくなった。私は神からメッセージを受け取ったからだ。

今後は、私がおまえたちに本来の生き方を示していこう」

マルコはもう聞いていられなかった。今さら何を信用しろって？　ロマではないのにロマの暮らしを送ってきた？　土地の人間から何度も辱《はずかし》めを受けて耐えてきた。道で汚いもののように押しのけられても耐えてきた。それなのに、そんな仕打ちを受けるいわれは、そもそもなかったって？

この数分間でゾーラは、マルコのこれまでの人生の要《かなめ》を奪い取ってしまった。もはや確かなものなど何ひとつなかった。そうした民族に生まれついたことを物心がついてから憎んできたとはいえ、今のマルコにはもうなんの拠りどころもなかった。

マルコは立ち上がって、部屋の中を見回した。すると、自分の頭だけは信用できる、ここに居合わせているほとんどの者より自分は頭がいいとあらためて悟った。だが、知識や理力は時に苦痛を与えることを、マルコは初めて知った。

ここにいるのは何者？　ゾーラはマルコの叔父だと言っているけれど、父さんの弟ではないかもしれないの？　従兄弟たちも実際は赤の他人ってこと？

それが事実なら、本当の家族はどこにいるの？　誰が家族なの？

〝歴史的な出来事がもっとも少なかった日〟と新聞が報じた日は、マルコにとって最悪のことが起きた日といえた。そう、ゾーラの誕生日だ。ゾーラは人間の皮をかぶった悪魔だ。クランの首領として、ゾーラは、マルコたちに物乞いや盗みを強要し、暴力をふるい、学校に通うことを禁じ、ごく普通の生活を取り上げてきた。そして今度は、神の導きだとうそぶき、みんなを思い通りにしようとしている。

ゾーラが演説をぶち、〝神の恩寵による首領〟としてクランを率いるようになってから四年が経った。恐怖と不安の四年間だった。すべてが以前よりもさらに悪くなっていった。あの夜、演説が終わると、クランは出発した。すべてを置き去りにして、それまでの暮らしを捨てた。テントも、ガスコンロも、調理器具も、空き巣狙いの道具も置いてきた。出発当時はおとなが二十人、子供も同じくらいいた。みんな、ペルージャの店で盗んだ一番いい服を着ていた。

それから、北イタリア、オーストリア、ドイツと移動する間に、高級車を十台盗み、ナンバー・プレートを付け替えた。車列はドイツとポーランドの国境の町シフィエツコを越え、そこからポズナンをめざした。どうやって車を売り払い、それでいくらを手に入れたのかについては何も語られなかったが、ある夜、全員が北に向かう列車に乗っていた。ゾーラは男をふたり自分のコンパートメントに呼び、金の番をさせた。かなりの大金だったのだろう。

それからの数カ月で、ゾーラが宣言した〝新しい時代〟が、決してよい時代という意味ではなかったことが明らかになった。クランから消えたメンバーも何人かいた。マルコにはその理由がわかるような気がした。殴られることにも、脅されることにも、ぎりぎりの生活にも、耐えられなくなったのだ。

ゾーラが大金を持っていて、金の亡者であることはみんなが知っている。金は自分だけのものだとゾーラが考えていることも知っている。それにもかかわらず、ゾーラは家族の財産を管理しているかのように振る舞い、みんなは来る日も来る日も、それを増やすことだけを考えなくてはならない。人をだましたり、盗みを働くことは、物心ついた頃からマルコの暮らしの一部であり、それはいつ終わるとも知れなかった。

冬になると、クランはデンマークに落ち着き、コペンハーゲン郊外の静かな住宅街に隣り合った二軒の家を借りた。メンバーはおとなと子供を合わせて二十五人に減っていた。マルコの父がもっとしっかりしていれば、マルコも父も、〝裏切り者〟や、マルコが〝母さん〟と呼んでいた人とともにクランを抜けていただろう。いまや、マルコの〝母さん〟のことを口にする者はいなかった。

ゾーラは定期的にみんなを呼んで、人に見られても恥ずかしくない服を支給した。街で仕事をするときに服装は大事なのだ、とゾーラは言った。女は子供もおとなもロングスカートと細身のカラフルなブラウスを着せられ、男はダークスーツと黒い靴を与えられた。マルコはスーツ姿で道端に座って物乞いをするなんてナンセンスだと思った。けれど、スリを働くときは確かに意味があった。いい服はカムフラージュになる。

こうして三年半の月日が経った。

*

吹雪の中を長い時間探し回ったあと、ゾーラとその兄とクリスは、ようやく森の中で死体を埋めた場所を見つけた。犬は役に立たなかった。霜《しも》と風でにおいは消え、目に映るものはすべて淡いブルーとその中にきらきら光る雪の結晶の中に溶けていった。

「ちくしょう、なんで天気が変わる前に片付けておかなかったんだ。土が石みたいに固まっちまってる。土を掘り起こさないことには取り出せないっていうのに」兄は悪態をついたが、ゾーラは少しも苦にならなかった。腐った死体を土の中から掘り出すんだ。凍っているほうがずっと楽じゃないか。何より場所がわかって、ゾーラはほっとしていた。

ところが、クリスが二、三回くわを入れたところで、雪の中からすぐに死体が現れた。あたり一面真っ白な世界に死体の赤い髪がまるで輝いているように見え、それを目にしたとたん、ゾーラも落ち着いてはいられなくなった。なぜ、もっと土をかぶっていないんだ？

「動物の仕業《しわざ》じゃないか？」と兄は言った。

馬鹿なことを言うな！　死体を掘り出せるだけの大きさと力がある動物なら、とっくに食っちまってるだろうが。うちの犬だって我慢できないみたいじゃないか。

「クリス、こいつをちゃんとしつけろって言っただろうが。さっさと木にくくりつけて、死体を掘り出しにかかれ」

ゾーラは兄に向き直ると言った。「動物の仕業なんかじゃない。誰かがやったんだ。ここに運んできたときに、まだこいつが生きていたんじゃなければ、だがな」

「いや、間違いなく死んでたさ」兄は請け合った。

ゾーラはうなずいた。だったら、土をのけて、死体を発見したやつはどうして通報していない？　土を引っ掻いた指の跡がはっきり残っているじゃないか。

ゾーラは地面と穴を調べはじめた。そして、穴から突き出ているモミの枝に目を留めた。枝は雪まみれだったが、その先に何かが引っかかっている。そこにはないはずのものだった。

ゾーラが靴で枝をつつくと、雪がきらきら輝く雲のように死体の上に落ちていった。ゾーラは目を細めた。

「これが何かわかるか？」ゾーラはモミの針葉に引っかかっていた布きれを指さした。

兄は顔の色をなくした。それ以上の答えは不要だった。

ゾーラは思案に暮れた。致命的――それがおそらくこの状況に当てはまる言葉だろう。

「これで、マルコが見つからなかった理由がわかったな。たぶん、あいつは俺と兄貴の会話も聞いていたはずだ」

兄の目に絶望がありありと現れた。そこがふたりの違いだった。ゾーラは決して絶望などしない。だから、弟でありながら、リーダーになれたのだ。

「俺が出さなくちゃならない結論がなんだか、兄貴にもわかっているみたいだな」

兄は震えていた。うなずこうとしたが、うまくいかなかった。

「ほかに手はない。マルコには消えてもらう。それで決まりだ」

ゾーラにとって金以外に大事なことはふたつしかなかった。周囲の者が自分に服従することと、それと、畏敬《いけい》の念を抱くことだ。それを失ってしまえば、クランを率いていくことはできない。そのために神の威光を笠に着ているのだ。

デンマークに来てからは順風満帆だった。シェンゲン協定によってフリーパスで国境を越えられるようになり、警察改革によって警察組織の中では上級管理職が増え、路上の警官は減った。行政機関の統廃合も進んだ。そのすべてが、ゾーラの犯罪ネットワークにとっては有利に働いた。ここクライメでは、隣人が密告でもしない限り、煩《わずら》わしい税務調査や警察の手入れが入る危険はない。検問を通らずに盗品を国外に運び出すこともできる。金を稼ぐためにこの豊かなデンマークをめざしてやって来たバルト人やロシア人やアフリカ人といった連中を、自分の仕事に引き入れることもできる。自分のクランと東欧人を牽制《けんせい》できている限り、すべてはうまくいく。だが、もし、弱さの片鱗《へんりん》でも見せてしまったが最後、すぐにゾーラを王位から追い落とそうとする者は少なくないだろう。

ゾーラはそのために常にクランのメンバーを支配し、優位を保とうとしてきた。その手段として、定期的に力を誇示し、しかるべき者には罰を与えてきた。クランの誰もが、掟に従って口を閉じておくことが、身を守るためには一番だと知っている。

だが今、ゾーラの手に負えないことが起きていた。力の衰えの兆《きざ》しを誰にも見せるわけにはいかない。最も信頼できる側近のクリスにさえ、知られてはならない。そのためにゾーラは、申し合わせた時間に自分の部屋にこもり、電話を待っていた。

「裏切り者がひとり出た」ゾーラは、電話がかかってくるなり、本題に入った。

居心地の悪い間が生じた。

電話の相手は汚れ仕事をゾーラに用命してくる男だった。この男は必要に迫られれば、人に頼まなくても自分でそうした仕事も片付けられる、と聞いている。仕事の条件は最初にはっきり言われていた。何か不都合が起きたときの責任はすべて、ゾーラにある。そして、責任をきちんと果たせなければ、その結果の責任はゾーラ自身がとらなければならない。

「われわれは持ちつ持たれつの関係だ」男は最初にそう言った。「われわれは互いに団結し、沈黙し、忠誠を誓う。そして、もしあんたがこの誓いを守らなければ、血が流れることになる。そういう条件なら、しっかり手を組めると思わないか？」

つまり、ことは重大だった。この男はなんだってやるだろう。ゾーラにはわかっていた。

「裏切り者？」男はゆっくりと繰り返した。「なぜそんなことになったのか説明してくれ」

ゾーラは正直に話すしかなかった。「小僧がひとり逃亡したんだ。それが逃げる途中に、よりによってスタークの墓に隠れやがった」

「口にする言葉や名前には気をつけろ」男は警告した。「その小僧は今どこにいる？」

「わからん。だが捜している」

「逃げているのは誰だ？」

「俺の甥だ」

「問題はあるか？」

「ない」

「特徴と名前は？」

「マルコ。十五歳。身長、約一メートル六十五センチ。髪は黒っぽい巻き毛、目は緑がかった茶色、肌の色は浅黒い。これといった特徴はない。逃げたときはパジャマ姿だったが、さすがにそのまんまってことはないだろうなあ」ゾーラは冗談めかして言ったが、効果はなかった。「それと、死体の首にかかっていたネックレスを持ち去っている。アフリカっぽいお守りのような首飾りだ。珍しいものだから、首にでもぶらさげていてくれりゃあいいんだが」

「なんだって？　死体にネックレスを着けたままにしてあったって言うのか？　どうかしてるぞ」

「そのことに気づいたのは二、三日経ってからで、埋めた後だったんだ。取りにいってる暇もなかった」

「なんてヘマをやらかしてくれたんだ！」

ゾーラは歯を食いしばった。そんな言葉を最後に耳にしたのは、もう何年も前のことだ。相手が違っていたら、ただではすまさなかっただろう。

「小僧の名字は？」

「ジェイムソン」

「マルコ・ジェイムソンだな。デンマーク語は話せるのか？」

「なんだって話せる。頭がいいんだ。よすぎるくらいだ」

「だったら、おまえがその小僧を捜しだして、きちんと始末をつけろよ。どのあたりにいそうなんだ？」
ゾーラは額の汗をぬぐった。それがわかっていたら苦労はしない。なんて答えるべきだ？穴さえあれば、どこにでも隠れられるやつだと？利口で適応力があるから、どこにいても人目を引かずにいられると？ジャングルでカメレオンを探すようなものだと？

「まあ、そうかっかしないでくれよ」ゾーラはなんとか納得させようとした。「まず、シェラン島全域に網を張り巡らしてある。コペンハーゲンは特に念入りに捜してるしな。ローラー作戦だ。捕まえるまで徹底的に捜しつづける」

「誰にやらせてるんだ？」

「動ける者は全員だ。クランのメンバー、ルーマニア人、スウェーデンのマルメから来た若い連中、それにウクライナ人の故買屋だ。故買屋のネットワークは特に大きい」

「もういい、全部を知る必要はない」短い間の後で男は言った。「だが、おまえたちの動きはずっと追っているぞ。どういうことかわかっているな」

男は電話を切った。もちろん、わかっている。

マルコに生きるチャンスはない。

7

二〇一一年春

カールがようやくレネホルト公園通りの駐車場に車を停めたときには、すでに長い影が伸びていた。他の日なら、湯気の上がっている鍋を照らすレンジフードの明かりを見れば、巣に戻ってきたことを実感してほっとしていただろう。今日は違った。とてもそんな気分にはなれない、ろくでもない一日だった。

間借り人のモーデンがキッチンから手を振っている。カールは手を振り返した。できれば、こんな日は、家でひとりになりたかった。

「お帰り、カール。赤ワインでも一杯どう？」モーデンが言った。

カールは手近の椅子に上着を脱ぎ捨てた。一杯？　今日みたいな日はひと瓶飲みたいよ。

「ヴィガから電話があったよ。ヴィガのお母さんの見舞いに行ってないんだって？」モーデンが言った。

カールは瓶に目をやった。残念ながら、すでに半分しかない。

モーデンはカールにグラスを渡し、ワインを注ぎかけたところで手を止めた。「へこんでるねえ、カール。ロッテルダムで失敗した？　それとも、またひどい事件を抱えているとか？」

カールは力なく首を振ると、モーデンの手首をつかんで、瓶を取り上げた。自分で注ぐからもう放っておいてくれ。

「わかった、わかった！」いつもなら、カールの気分を読むのは苦手なモーデンだが、今日ばかりは黙っていたほうがいいと察したようだ。モーデンは鍋に向かった。「あと十分で食事だからね」

「イェスパは？」カールは訊いて、一杯目のワインを一気に飲み干した。香りも、樽《たる》熟成の期間も、収穫年も気にしなかった。

「お天道《てんと》さまに訊くんだね」モーデンは肩をすくめ、指を大きく広げた。「猛勉強しにいくって出かけたよ」そう言って玉を転がすように笑った。つまり、モーデンはイェスパの言葉をまったく信じていないということだ。

カールはちっともおかしくなかった。大学入学資格を取るための予備校の修了試験まであと一カ月しかない。今度も落ちたら、デンマークの不合格記録保持者になるんじゃないのか。高校の卒業資格もない二十一歳の男が、デンマークでいったい何ができる？　お先真っ暗だ。

「アローハ、カール」居間のベッドから声がした。ハーディのやつ、起きているのか。

カールは一日中点《つ》けっぱなしのテレビを消して、ハーディのベッドのわきに座った。

全身不随の友の青白い顔をこうしてまともに見るのは数日ぶりだった。その目がわずかに輝いたような気がした。思い違いだろうか？　いや、やはり何か違っている。恋でもしているような、あるいは約束が果たされたときのような目をしている。

それは別にしても、ハーディはまるで探針《プローブ》を内蔵しているかのように周囲の雰囲気を察知できる男だ。おそらく長年犯罪者を尋問してきた間に身についたものだろう。そしてその探針が、今はカールにまっすぐに向けられている。

「どうした、相棒、ロッテルダムはスカだったか？」

「まあな。進展はなかった、ハーディ、残念だ。オランダ側の報告ときたら、ご当地ドラマのほうがよっぽど内容があるよ。この件は忘れてくれ」

ハーディはうなずいた。ハーディはもちろん、こんな結果を望んでいなかった。だが驚いたことに、怒っている様子はない。しかも、カールを〝相棒〟と呼んだ。この前、そう呼んだのはいつのことだったか？

「おまえこそどうした、ハーディ？　見ればわかるぞ。何かあっただろう？」

元同僚は微笑んだ。「ああ、その通りだ。だが、まず自分で調べたらどうなんだ、警部補殿。何があったか当ててみてくれ。それほどはっきりと目に見えることじゃないかもしれないけどな」

カールは赤ワインをひと口飲んで、ハーディの長身を眺めた。二メートル七センチ分の絶望を花柄の白いカバーをかけた毛布が覆っている。三十一センチの靴をはいていた足、長い骨張った脚、そしてスパゲッティのような細い腕の輪郭が毛布に浮き出ている。昔はその腕で犯人を締め上げることも、暴れる酔っ払いを長いリーチを使って押さえておくこともできた。それが今は、昔の自分の影でしかなくなった。そのことは顔に深く刻まれたしわにも表れている。苦悩と不安がそこに刻み込まれている。

「髪でも切ったか？」まぬけな答えだとわかりつつ、そう答えた。いつもとの違いを見つけることはできなかったからだ。

キッチンから笑い声がとどろいてきた。モーデンは耳がいい。

「ミカ！」モーデンが呼んだ。「ちょっと来て、警部補さんが手がかりをつかむのを手伝ってやって！」

すぐに地下室の階段をあがってくる音がした。

ミカは今夜はえらくきちんとした格好だった。筋骨隆々のこの理学療法士は、いつもなら凍てつくような冬の日でも、ゲイが集う浜辺向きの格好で家の中を歩き回っている。だがモーデンと違い、ミカならぴちぴちのズボンとTシャツさえ着ていてくれればまあいいか、と許せるような気がした。とはいえ、万一、警察本部の同僚や上司のラース・ビャアンがいきなりこの家にやって来たら、次の日からカールの顔をまともに見るのは難しくなるだろう。

ミカはカールに軽くうなずいた。「オーケー、ハーディ。じゃあ、僕たちがどこまで来たか、カールに見てもらおう」

ミカはカールを少しわきに押しやり、二本の指でハーディの肩の筋肉を押した。「さあ、集中して、ハーディ。圧を感じるところに集中して、そのまま。頑張れ！」

カールには、ハーディの唇のしわがわずかに深くなり、意識を自分の体に集中しているのがわかった。小鼻が震えている。そうやって数分間横たわった後、ふと顔をほころばせた。

「ほら、これだよ」ハーディがじれったそうにささやく。カールの目はベッドの上をあてもなくさまよった。いったい、なんのことを言ってるんだ？

「両目を開いていても見えないんだね」いつのまにか加わっていたモーデンが言った。

「俺がか？」

そのときカールは気づいた。

ハーディの手があるあたりで、毛布がかすかに動いている。カールはあたりを見回したが、テラスのドアもキッチンの窓も閉まっている。風のせいではない。

カールは毛布に手を伸ばして、持ち上げた。そして、何が動いているのかを知った。

カールの頭は、たちまちあの瞬間に戻った。カールの元同僚、同じチームのもうひとりのメンバー、アンカーが一発の銃弾で命を失い、ハーディが重傷を負ったあの瞬間に。この大男がくずおれた瞬間に。そのハーディの体の下敷きになっていたときの感触がよみがえる。ハーディにこの生き地獄から救ってくれと乞われたときのことがよみがえる。

だが、これを見ろ！　ハーディの左手の親指が動いている！　わずか数ミリだが、それでも動いている。絶望と恥辱の四年間だった――それが、これを見ろ！

ここまでの一日がカールにとって掛け値なしに最低の日でなかったなら、おそらく喜びのあまり泣き叫んでいただろう。だが、カールは体が麻痺したようにそこに座ったまま、この顕微鏡でしか見えないような動きの意味の大きさをとらえようとしていた。心拍数モニターのアラーム音が頭をよぎった——それは生と死を分かつ音だ。ハーディの親指のこの小さな動きはそれほど大きな意味を持っていた。

「見てくれ、カール」ハーディはささやくと、声に合わせて指の節を震動させた。

「トトト、ツーツーツー、トトト」

嘘だろ、嘘だろ、嘘だろ！　カールは唇を固く結んだ。そうしなければ、涙があふれ出して止まらなくなっていただろう。カールは喉の中にある塊が消えるまで、何度もつばを飲み込んだ。

ハーディとカールはしばらく見つめ合っていた。こんな瞬間を経験する日が来るとは、ふたりとも思ってもいなかった。

「ハーディ、こいつめ。今、ＳＯＳって打ったんだろう。モールス信号を打てるのか。ＳＯＳ！　ハーディ、おまえってやつは」

ハーディは何度もうなずいた。まるで初めて乳歯を自分で引き抜いた小さな子供みたいだった。

「モールス信号はそれしか知らないんだ、カール。もし知っていたら……」ハーディは唇を引き結んで、天井を見ていた。重大発表を待つ瞬間だ。「……知っていたら、ＳＯＳの代わりに……ヤッッッター———！　って打ってたさ」

カールは友の額をそっとなでた。「今日一番のいいニュースだったよ。いや、今年一番だ」カールは言った。「おまえは親指を取り戻したんだ、ハーディ」

ミカが満足そうに相づちを打った。「まだ何本か動くようになりますよ、カール。待っていてください。ハーディはすばらしいパートナーです。驚くほど協力的だ。僕はこんな優等生をほかに知りません」

ミカは立ち上がり、モーデンの唇にキスをすると、トイレに消えた。

「要するに、何が起きたんだ？」カールは訊いた。

「頑張れば、感じることができるんだ」ハーディは目を閉じた。「ミカは俺の体が完全には死んでいないってことに気づかせてくれたんだよ、カール。頑張れば、コンピューターを使って、また何か書けるようになるかもしれない。指でコントローラーを動かせるようになるかもしれない。いつか電動車椅子で外出だってできるようになるかもしれないんだ——人の助けを借りなくても」

カールは慎重に微笑んだ。すばらしい話だが、にわかには信じがたかった。

「床に落ちてるそれは何？」モーデンが好奇心全開で訊いた。「ワオ！　指輪の袋だ！　ちょっとカール、こんなものを持って走り回ってたの？」

モーデンは、トイレから戻ってきて人目をはばかることなくズボンのジッパーを引き上げているミカに訊いた。「ちょっと見てよ。この家に春が来た！」ふたりは互いに目を見つめ合い、そして抱き合った。カールから見れば、少しやり過ぎだ。

「中を見てもいいかな?」ふたりとも我慢できないようだ。カールは立ち上がり、モーデンの手から袋を取り上げた。

「モーナから電話がかかってきても、黙っているんだぞ。いいな?」

「うそっ! なんてロマンチックなサプライズなの。で、本当に彼女は何も気づいてないの?」

モーデンは舞い上がっていた。すでに頭の中で花嫁の衣装をせっせとデザインしているに違いない。

「ああ、気づいているようには見えないな」カールの顔がほころんだ。子供のようにはしゃぐモーデンたちの興奮がうつったようだ。

「おお、モーナ、モーナ、モーナ、その日はいつ来るのでしょう……」モーデンとミカは裏声で歌った。

カールは目玉をぐるりと回した。

食事中はハーディがここまで回復したという話で持ちきりだった。そして、カールが今日は最低の日だという判定をいくぶん修正する気になったとき、モーデンが爆弾を落とした。笑みを浮かべ、至極当然のことのようにモーデンは、ミカと自分はたった今から所帯をひとつにすると告げたのだ。ふたりはプレイモービルのコレクションをすべて、ネットオークションで売り払ったらしい。もはや恋人たちの行く手を阻むものは何もなかった。気がつくと、すでに舞台は整い、ドラマが進行していたというわけだ。前もって相談してほしかったが、今さらそんな抗議をしたところで何になるだろう。それに、今日は喧嘩をするにはあまりにも疲れていた。これで住人の数が二十五パーセント増加した——ただし、イェスパは最近では家にいるよりガールフレンドと一緒にいるほうが多い。ミカはすでに自分とモーデンのクローゼットに目を通し、服の一部を赤十字に寄付することで場所の問題を解決しようとしている。

そんなことをして服が足りなくなったって、俺のピンクのセーターだけはやらないからな。

ローセは相変わらずの黒ずくめの格好で出勤してきた。ひとつだけ例外があった。金色に近い黄色のスカーフをしていることだった。それ以外は真っ黒だ。膝まである黒の編み上げブーツ、ぴちぴちの黒いパンツ、黒々と描かれた眉。そして、耳たぶには標準サイズのホッチキスに入っている針の数より多いピアスがずらりと並んでいる。九〇年代のパンクロックのコンサートに行くには理想的な格好だが、殺人事件の捜査の聞き込みをするには必ずしも最適な服装とは言えなかった。

カールはローセの耳と頭を見て、ため息をついた。ヘアジェル・メーカーの技術の粋《すい》を集めたタワーがそびえ立っている。「ローセ、帽子は持ってるか？ 出かけるぞ、仕事だ」

ローセは、シベリアからたった今飛行機で到着した人間を見るような目つきでカールを見た。

「今日は五月十一日ですよ。外の気温は二十度です。帽子なんかかぶってどうするんです？

体内温度計、調節したほうがいいですよ」

カールはもう一度ため息をついた。じゃあ、しかたない、このまま行くか。耳にホッチキスの針をぶらさげて。

車に向かう途中で、通用口から走ってくるゴードンに出会った。偶然ではない。三階の窓から見張っていたのだ。

「こんにちは！　おふたりも出かけるんですか？　すばらしい！　どちらまで？」

こののっぽのボケナスは、ローセがさっきからまき散らしている毒にまったく気づいていないらしい。カールが今日の仕事の説明をしてから、ずっとこの調子だ。口に出さなくてもカールにはお見通しだ。ローセは自分の仕事は自分で選びたいのだ。

ローセはゴードンのひょろ長い脚を上から下までじろじろと眺めた。「あなたこそ、どこに行くつもりなのかしらね——靴もはかないで」

ゴードンはあわてた様子で、サイズ三十センチの汚れた靴下を見下ろした。七面鳥のように顔を真っ赤にさせている。怒りと恥ずかしさのどちらが勝っているのか、判断はつきかねた。

カールはウスタブロー地区に向かう道中で、ぜひともローセのボーイフレンドに関して二、三、コメントしておきたいところだったが、仕事に集中することにした。そして、ハウスボート爆発事件の最新状況を説明した。

「このスヴェレ・アンヴァイラーに前科はないってことですか？」ローセがアンヴァイラーの写真を眺めながら、訊いた。

「いや、何度か逮捕はされている。だが、大したことはやっていない。小切手の偽造とか、いかさま賭博《とばく》とか、アパートメントの又貸しとか。それで、デンマークから五年間の追放処分も受けている」

「お上品なもんですね。で、その子羊ちゃんが今度は正真正銘の悪事を働いたって言うんですか？」

「ハウスボートと一緒に燃えちまった被害者は人妻だった。彼女は事件の数時間前に夫に手紙を残して家を出た。そこに新しい男ができたと書いてあったらしい。証人もいる」

ローセはまた写真に目をやった。その間にカールは車を路肩にとめた。

「その女性、頭がおかしかったんですか？　こんな男のために夫を捨てた？　全然セクシーじゃないのに」

ゴードンはセクシーか？　とカールは茶々を入れそうになったが、やめておいた。

「それが原因なら、スワッピングってのは命がけだな」

「この男が複数の防犯カメラに撮られていたんですよね。ほかに何が映っていたんです？」

「四台のカメラに撮られていたんだが、どのカメラもこの道のこっち側の店の前の歩道を重点的にとらえていた。だからそんなに広い範囲が映ってるわけじゃない。道の反対側まで撮れていたらよかったんだがな。だが、少なくとも〈パーク・カフェ〉の前のあたりは一部映っていたんだ」

カールはウスタブロー通りを挟んではす向かいの建物を指さした——ナイトクラブとカフェを兼ねたウスタブローで一番人気の待ち合わせ場所だ。

「隣のディスカウントスーパー〈ネットー〉の前に立って、カフェに入っていく女たちをじっと見ていた」

「それで？」

「それから、通りのこっち側で姿を消した。そこの売店にソーセージを買いにいったという推測もある。その数時間後に別の防犯カメラに、〈パーク・カフェ〉の前で女性の横に立っているところが映っている。彼よりかなり背の高い女だ。写真をプリントアウトしてきた。ファイルの中に入っている」

ローセは騒々しくページをめくって、不鮮明な写真を引き抜いた。

「ええ、同じ男ですね。でも、女性のほうはよくわからないわ。身長どのくらいあると思います？」

「スヴェレ・アンヴァイラーについての資料によると、靴をはいて百七十五センチだ。だから、その女性は一メートル九十センチはあるんじゃないか」

ローセはプリントアウトしたものに目を近づけて見ている。「靴がハイヒールかどうか、よく見えないんですよ。竹馬みたいな靴で走り回ってる女性はいくらでもいますからね。駄目、やっぱりこの写真では女性の身長は推測できません」

カールはローセのピンヒール・コレクションに苦言を呈したいところだったが、なんとかこらえた。あんな靴は下品なだけでなく、健康に悪いに決まっている。靭帯《じんたい》を損傷する危険もあるが、それよりもあんなものをはいたら、顔がうんと高い所に行っちまって、空気が薄くなるじゃないか。だが、待てよ、靴下をはいたフェットチーネみたいなゴードンをあれほど夢中にさせているのは、案外この超高層ビル並みのヒールのせいかもしれないな。

「防犯カメラの映像は鑑識が徹底的に調べた。その女性はぺたんこの靴をはいているとさ。首を賭けてもいいと言ってたよ」

「で、三番目の防犯カメラは？」

「ああ、そのために俺たちは今日ここに来たんだ、ローセ。時刻表示からわかるように、これはふたりがここの建物の間に姿を消してからわずか一分半後に撮られている」

カールは地図を指し示した。

「つまり、ふたりはブロムレビューの団地を抜けていったんですね」

「ああ、ふたりは〈ランボー〉という店の横から団地に入った。だが、彼らはこの団地を通り抜けてはいないんだ。それは四番目の防犯カメラでわかっている。ウスタ通り側から記録された映像だ」

ブロムレビュー。ウスタブロー地区のオアシスだ。かつて、社会に貢献した医師のグループが、労働者に衛生的な住まいを提供しようと、ここにテラスハウスを建てたのだ。現在、ここには二百四十戸の住居があり、空き家は一軒もない。とんでもない数だ。すべてを訪ねて回るのは不可能だろう。警察がこの団地で聞き込みをするなんて初めてのことに違いない。

「こんな背の高い女性なのに、まだ見つからないんですか？」

「そうらしい。だが、俺は身長にはあまりこだわらない。靴が本当にぺちゃんこかどうか、鑑識の思い違いってこともあるだろう」

「この区域に手配写真は貼ってないんですか？　こんな人ならきっとみんな知ってるでしょう。すぐに見つかるはずですよ」

「それがだな、ひとつ問題があるんだ。先週の日曜日のフェレズ公園のメーデーの催《もよお》しが終わったら、防犯カメラを撤去しなくちゃならなかったのに、それを忘れていたらしい。つまり、火曜日に撮られた映像は公式には使用できないんだ。撮っちゃいけないものだからな。許可された期間以外に防犯カメラを稼働させていたことがばれたら、保安・情報庁は袋だたきにあうだろうよ」

ローセは頭がおかしい人間を見るような目つきでカールを見ている。「でも、わたしたちは玄関のベルを鳴らして、ここの住人にはこの写真を見せていいんですよね？」

カールはうなずいた。ローセは正しい。とんちんかんな話だ。官僚主義と監視国家が手を結んだらなんでもありってことだ。

カールとローセは、二階建てのかわいらしい淡黄色のテラスハウスが並ぶ細い通りを計画的にくまなく歩いていった。まず通りAを一方向に進み、次に通りBを逆方向に進むといった具合だ。すこぶる平凡な水曜日の、すこぶる退屈な仕事だった。一軒も留守宅がなかったら、リストに訪問済みの印《しるし》をつけるだけで終わっていたかもしれない。それでも、とんでもない作業だ。

百十軒目の家で、カールは単純な仕事に飽き飽きし、上司風を吹かせることにした。このタチアオイが似合う平和な団地なら、ローセひとりにやらせてみてもいいだろう。

「俺はこの家を最後にするよ」カールはそう言って、格子窓の向こうで忙しそうにしている人影を眺めた。「次の通りはおまえさんにまかせる」

「オーケー」アクセントによって、この二音節の単語はあらゆる意味に変化する。今の「オーケー」は、同意以外だったらどんな意味にもとれた。理由を求めている可能性が最も高いが、カールには説明する気など毛頭なかった。

「マークス・ヤコプスンが金曜日に引退するんだよ」カールは理由の代わりに言った。そう言えば理解してくれるだろう——何か感じるところがあればの話だが。ま、ローセはマークスのことはほとんど知らないからな。

「光栄です、カール、わたしに警官の仕事を実習させてくれるなんて」ローセは口先だけの言葉を弄《ろう》すると、呼び鈴を勢いよく押した。

カールは聞き耳を立てた。窓の向こうに見えていた人物は、ドアを開ける前に、足音を忍ばせてきたようだった。

「なんのご用です?」ふたりの前に出てきたのは、カールの義理の母が厚化粧したような女だった。これまで聞き込みをした住人たちより、少なくとも二十歳は上に見える。

「ちょっとお待ちを」女はそう言って、今ではめったにしなくなったが、アサドが地下室を掃除するときに使っているのとそっくりのゴム手袋を脱いだ。

「ちょっとお待ちを」また言うと、片手をエプロンのポケットに入れ、家から出てきて、日が射している玄関の前に立った。そして、ポケットからしわくちゃの煙草のパックを取り出し、一本くわえて火を点けた。そして深々と吸うと、女は嬉しそうに体を震わせた。

「さて、お待たせしましたね。ご用件は？」

カールは身分証を見せた。

「はい、はい」女は言った。「そんなものしまってもらってけっこうですよ。おたくが何者かも、このへんをあれこれ訊いて回っていることもみんな知ってますから。ここの人たちはおしゃべりしないとでも思ってるんですか？」

まるでジャングルの太鼓だな。もう伝わっているのか。カールたちがここに来てまだ三時間も経っていないというのに。

「で、刑事さんたちは人の邪魔をしにきたんですか、それとも、助けにきてくれたんですか？」

カールはブロムレビューの住民リストを見た。「これを見る限り、この住所にはあなたの年齢の女性は登録されていませんね。ビアデ・イーネヴォルスン、年齢は四十一歳とあるということは、あなたはどなたです？」

「わたしがいくつに見えるって?」女は鼻を鳴らした。「自分の母親くらいだと思ってるんでしょうがね」

カールは礼儀正しく首を横に振った。とんでもない。しわの量と深さ、それにまぶたの垂れ下がり具合を見ると、むしろカールの祖母に近い年齢と推測できる。

「わたしはここに掃除に来ているんですよ」女は言った。「他にどう見えるって言うんです? そこのテーブルでわたしがオートクチュールの仕立てをしてたとでも? ゴム手袋をはめて?」

カールは微笑んだ。女の口から出た言葉と皮肉は、第一印象とはまるで違っていたからだ。

「わたしたちは放火事件の捜査をしているんです」とローセは言った。最初のミスだった。

「この女性を捜しています。ご存じですか?」と続け、第二のミスを犯した。防犯カメラの映像をプリントアウトしたものを老女の鼻先に突きつけたのだ。

ローセは、手持ちの札を一度に全部使ってしまった。この老女がその女を知っていたら、百パーセント口を閉じてしまうだろう。

「はい、もう、けっこうですよ。放火って言いなさったけど、このご婦人がやったんですか? おたくはどうしてこの人を捜しているんです?」

「いえ、すみません」カールは間に入った。「少々複雑でしてね。この女性に疑いがかかっているわけではないんです。われわれがこの女性を捜しているのは……」

「親方はちょっと黙っててくださいな。出番を奪われたくらいでみっともない。お偉いのはわかってますがね。わたしはこちらのパンクのおねえさんと話してるんですよ」女は煙草をむさぼるように吸った。

カールはローセに目を向けなかった。ローセが少しでもほくそ笑んでいるのを見たら、年末までコピー取りの仕事に埋もれさせてしまいそうだったからだ。

「彼女をご存じですか？」ローセは平然と質問を繰り返した。パンク呼ばわりされたことはまるで気になっていないらしい。まあ、それが嫌ならまた変身するだけのことだろう……。

「いえ、知りません」女は答えた。「でも、見覚えはあります。わたしの記憶が正しければ、そこの机の上に写真が立てられてますよ」

女は何も言わなかったが、当然ついて入ってくると思っているようだった。ふたりは女に続いた。

「ほら、これ」女は、ふたりが居間に入ると、ローセに額に入った女性のグループ写真を差し出した。「ここですよ、右の端。われながらよく覚えていたもんだ。きっとビアデの音楽学校の友だちですよ」

カールとローセは身を乗り出して写真を見た。確かにそうかもしれない。

「でも、この写真だと、そんなに背が高いようには見えないですよね」ローセが言った。

「あなたに掃除を頼んでいるビアデ・イーネヴォルスンさんはどれですか？」カールは尋ねた。

老女は真ん中の女性を指さした。

「イーネヴォルスンさんはこちらに住んでいるんですよね?」カールは訊いた。
家政婦はカールをきっとにらんで、ローセに顔を向けた。
「わたしがここに通いはじめた頃は、まだカーロが生きていたから、十年は経っています
よ」
「カーロさんというのはご主人ですか?」カールは訊いた。
「とんでもない、カーロはわたしが飼っていた犬です。スモール・ミュンスターレンダーで、
とてもきれいな茶色の犬だった」
カールは眉を寄せた。「ビアデ・イーネヴォルスンさんの身長はどのくらいですか?」
「そんなこと知りませんよ。次は靴のサイズでも聞きなさるんですかね」
「助手の非礼をお詫びします。ときどき先を急ぎすぎるんです」ローセが口を挟んだ。「ビ
アデさんはわたしより背が高いかどうか、教えていただけませんか?」
エプロンに手を入れて、家政婦はローセをつま先から頭のてっぺんまでじろじろと眺めた。
そして、勝ち誇ったようにカールのほうに向き直った。
「ビアデは親方の上司のこのおねえさんと同じくらいの背丈だと思いますよ」
カールは車に乗り込むと、ローセの薄笑いを無視して言った。「ふたつ言っておく、ロー
セ。まず第一に、俺をおまえの助手だなんて二度と言うな。俺はユーモアのセンスはあるほ
うだが、あれは許さん、わかったな。第二に、思ったことは、フィルターにかけてから口に

する習慣を身につけろ。今日は運がよかったが、次にまたあんな不用意な発言をしたら、牡蠣《か き》のように口を閉ざされてしまう恐れもある」

「はい、はい、カール。肩の力を抜いてください。一応これまでのところ、わたしの聞き込み捜査はほぼ百パーセント成功しているじゃないですか。ちなみに牡蠣は大好物です。さあ、先に進みましょう」

カールはため息をついた。「じゃあ始めるぞ。捜していた女性の身長は百九十センチではなくて、百七十五センチだということがわかった。写真のほかの女性の身長を基準に引き出したらそういうことになる。したがって、警察の資料に記載されたスヴェレ・アンヴァイラーの身長は間違っているに違いない。初めて逮捕されたときに、つま先立ちで身長を測っていたなら別だがな。防犯カメラの画像の彼女の身長とアンヴァイラーとを比較すると、アンヴァイラーは靴をはいた状態でも、百七十五センチより、百六十五センチに近い。かなり背の低い男だ」

「どっちにしろ変な男ですよね」ローセはファイルを閉じた。「あの家政婦が正しければ、ビアデは旅行に出ている間はしょっちゅう自分の住まいを友だちや知人に貸していた。もしこの写真の女性が二、三日あそこに寝泊まりしていただけなら、近所の人に気づかれなくても不思議じゃありません」

カールは車のエンジンをかけた。「よし、そこまではいいだろう。車を降りてくれ、ローセ。おまえさんはここに残って、ビアデ・イーネヴォルスンの帰りを待つんだ。逃がすんじゃないぞ。しっかりな。腹が減ったら、そこの聖ヤコプ広場の売店でソーセージを買ってこい。それから、ゴードンのことは心配するな。あいつのことは俺が面倒みてやる」

カールは車を出すときに、バックミラーに映ったローセの白塗りの顔を見た。そんなにかっかすると、化粧が浮いて、はがれちまうぞ。

8

二〇一〇年冬——二〇一一年春

「どのくらいかかりますか?」マルコは自分の服を指さして訊いた。

スピード仕上げを謳《うた》ったクリーニング店の年配の男は、カウンターに手をついて、首をかしげた。質問が理解できないようだ。

「ここで洗って乾くまでに、どのくらいかかりますか?」マルコは説明すると、セーターを脱ぎはじめた。

「ちょっと、待ってよ」男は鼻先でアンモニアの瓶を開けられたみたいに頭をのけぞらせた。「うちはお客さんが待っている間に洗う、なんてことはしてないのよ。あんたも裸で店に座っているわけにはいかないでしょう?」

「でも、ほかに着るものがないんです」

ビニールのカバーがかかった服が並んだラックの後ろから、ごそごそする音が聞こえ、コートの列が左右にぱっと広がった。

ラックの後ろから出てきた男はカウンターの男ほど女性的ではなかったが、マルコはひと目で、このふたりが初老のゲイのカップルだとわかった。道で出会ったら、きっと小さなバッグを持っているはずだ。そのバッグを常に体に押しつけるように持ち、しかも手提げひもを手首に巻きつけている。スリにとってはありがたいものが入っていることが多い。だが、ゲイの男たちは用心深いのが難点だ。長年周囲から横目で見られてきたためにそうした警戒心が身につくのかもしれない。

「感じのよさそうな子じゃないか、カイ」コートの後ろから、男はパートナーに向かって言った。「ごらんよ、本を持ってる。よほど本が好きなんだね」こんどはマルコに向かって親しげに微笑んだ。「こっちにおいで。その格好じゃ笑われる。なんとかしてあげるから。ところで、お金は持ってるのかい?」

マルコは紙幣を見せた。それで足りるかどうかわからなかった。

「百クローネだね」男はまた微笑んだ。「奥から何か持ってきてあげるから、洗っている間はそれを着てるといい。洗濯に出しておいて取りにくるのを忘れるお客さんがけっこういるんだよ。だから、うちはいつも先にお代をいただくんだ」

男は店の奥から洗ってある服を出してきてマルコに渡した。百クローネ札はマルコが持っていていいことになった。服は二日後に取りにくるように言われた。着替えの服はプレゼントしてくれた。一年以上ラックに掛かっていたもので、保管期間が切れているのだそうだ。

マルコが店を出るとき、ショーウィンドーのガラスに、ふたりが尻を軽くたたき合っているのが映っていた。気分がよさそうだった。人助けをしたことが嬉しかったのかもしれない。
こんなにも親切にされ、マルコは驚きのあまり言葉が出なかった。

盗みも物乞いもしない新しい暮らしを始めた当初は、始終腹が空いていて、路上で生活することも容易ではなかった。しかし、マルコはまもなく世の中を渡っていくすべを身につけた。ちょっとした仕事を請け負うようになったのだ。仕事は次から次へと入ってきた。最初は、朝の五時にパン屋に行って窓を拭かせてもらった。それで、大きな袋いっぱいのパンを手に入れた。それを持って温かいものが飲めるカフェに行き、ついでに次の仕事を手に入れた。床を拭かせてもらったのだ。それで、五十クローネ稼いだ。

マルコは街をぶらつきながら、仕事をくれる人々のネットワークを築いていった。もちろん、かつての仲間たちが昼間うろついているあたりは避けて通った。代わりに買い物をしてあげたり、スーパーマーケットの客の荷物を車まで運んであげたり、段ボール箱を解体してコンテナに捨てにいったり——そんな仕事を、寒気が居すわる厳しい冬の日でも、唇の色をなくし、手を震わせながら引き受けた。

二、三週間そうやって雪とぬかるみの中を、店から店へ、家から家へと歩き回った。一度、厄介な仕事を引き受けたことがある。見るからに頭がおかしい女に、一週間分の買い物が入った紙袋を五階まで運ぶように頼まれたのだ。しかし、女はドアを開けずに、郵便の差し入れ口から金を突き出した。そのとき、部屋の中からぞっとするようなにおいがもれてきた。

マルコが階段の吹き抜けに隠れていると、恐ろしく汚い半裸の女が紙袋を取りに出てきた。女は階段の隅にいたマルコに気がついた。

「なに見てるんだ、いやらしい子だね！」女は激昂して、腕を振り回した。

デンマークにもこうした社会の一面があることをマルコはまだ知らなかった。

マルコはどんな仕事もきちんとやる。仕事ぶりがいいので、賃金を惜しまれることはなかった。そうやって、常に金が入ってくるようになった。しかも、その金はマルコだけのものだ。

マルコは朝の八時から夜の十時まで働いた。日曜日だけは休んだ。一時間六十クローネで商店の片付けをし、九十クローネでビラ貼りをした。マルコの見積もりでは、一ヵ月で一万五千クローネは貯められそうだった。家賃を払う必要もなければ、食事や服に金を使うこともない。今、マルコが着ている服はピザ屋の女にプレゼントされたものだ。

「坊や、あんたの服はもう季節はずれよ」女は声をかけてきた。「ねえ、あんた、ラテン系でしょ。隠さなくてもいいわよ。ほら、これをあげるわ。マリオが着てたんだけど、先月、ナポリに帰っちゃったから」

当初、マルコは、以前から知っていた、人目につかない街の片隅でこっそり寝ていた。けれど、長くは続けられなかった。寒いだけではなく、危険だったからだ。貯まった金のほとんどは別の場所に隠していたものの、わずかな小銭のために襲ってくるごろつきはいくらでもいる。それに、夜でもゾーラの配下が街を歩いているおそれがあった。

そんな折、クリーニング屋のゲイのカップル――カイとエイヴィンドのおかげで、マルコは毎晩寝床を探さなくてもよくなった。もしかしたら、彼らはノアハウン駅の片隅で寝ているマルコを見かけたのかもしれない。もしかしたら、人づてにマルコが野宿していることを知ったのかもしれない。一月の終わりのある日、マルコは街角でふたりに話しかけられた。ふたりともひどく心配しているようだった。

「ときどき、うちの店で配達の仕事をするのはどう？」カイは訊いた。「そうしてくれるなら、当分はうちに住んでもいいから。どこかよそが見つかるまで」

マルコは本能的にあとずさった。

「いいか、よく聞くんだ。私たちはきみを信用する。だから、きみも私たちを信用してくれていい。わかったね？　こんな寒い夜に外にいちゃいけない。死んでしまうよ」エイヴィンドは言った。こんな提案をしたことを後悔する日が来るとは知らずに。

街には、湖を挟んで二つの地区がある。洗練されているほうの地区で、マルコは通りを行き交う人々を新しい見方で眺めるようになった。以前はスリのターゲットとしか見ていなかったが、今は血の通った人間として見ることができる。家族で買い物をしている人、急ぎ足で職場に向かっている人、一日中ただぼさっと過ごしている人。以前なら予想もしなかった暮らしが人生にはあるのだとマルコは知った。やがて、コペンハーゲンの人々もよその都会の人間と違わないことに気づいた。一番気になるのは、表情のない人が多いことだった。せいぜい知人に偶然出会って笑顔を見せるのが関の山だ。

こうした人と人との偶然の出会いの場面を見ることが、マルコにとっては一種の遊びとなった。いまや出会って別れるまでの時間の予想にかけては名人の域に達していた。たいていはすばやく言葉を交わして、今どれだけ急いでいるかを互いに確認し合っているだけだった。そしてマルコは自分で測った時間が予想していた時間と一致するたびに、ひそかににやりとした。そうやって人を観察するのが、マルコには楽しくてしかたがなかった。

みんな、ストリート・ミュージシャンや、ホームレスや、酔っ払いや、頭のおかしい人間には見向きもしなかった。気を散らされたり、行く手を邪魔されたりするのが嫌なのだ。だから自然と人々の目は内に向けられ――周囲のバラエティーに富んだ人々には向けられなくなってしまう。

デンマーク人が感じがよくてほがらかなのは、自分たちと似たような、あるいは同等の人といるときだけだ。マルコがずっと以前から気づいていたことだった。それでも、そのことから覚える疎外感がこれまで以上にマルコにはつらく思えた。

罵倒されすぎて、何も感じなくなってしまう日もあった。「とっとと失せろ！　生まれた国に帰れ！　登る木がないのか、このサル！」

そんな日は自分の殻に閉じこもる。その殻から解放してくれたのが、カイとエイヴィンドだった。マルコはふたりから、完璧なデンマーク語で言い返してやれと教えられた。「友だちとのおしゃべりのリハーサルでもやってんのか？　みんなが見ている前で恥ずかしくないのか？　あんた、家はあるのか？」と。

マルコは路上で、金を稼ぐだけでなく、人に敬意も払われる人間にならなくてはならない、とつらい思いをしながら学んでいった。


こうして数週間、数カ月と経つうちに、マルコはだんだん過去と距離が置けるようになった。その日暮らしではない将来を思い描くことさえあった。ウスタブローのエイヴィンドとカイの小さな住まいで、マルコは冬から春にかけて、前を見て、普通の生活を営んでいく心構えを学んだ。デンマーク語の上達のための特訓もした。カイとエイヴィンドに手伝ってもらって発音に磨きをかけ、新しい単語を覚え、基本的な文法を学んだ。言葉を間違って理解したり、アクセントが強すぎたりすると、ふたりはおもしろがって、マルコを〝イライザ〟と呼び、〈マイ・フェア・レディ〉のナンバーを歌った。それが意地悪でないことを知っていたマルコは、一緒になって笑った。

マルコはカイとエイヴィンドから、他人を信頼することだけでなく、規則正しく日々の仕事をこなしていくことの大切さも学んだ。それは、ゾーラと暮らしていたときのように人を無気力にさせるものではなく、日々の負担を軽くするものだということにも気づいた。やがて、マルコは予定が入っていることを楽しむようになった。でも、何よりも楽しかったのは、〝家族〟の一員として、錦織のカーテンと磁器の置物に囲まれ、笑い声の中に自分がいることだった。

だが、そんな楽しい日々を送っていながらも、そこはあくまでトランプで組み立てたような、いつ崩れるともしれない家であることもまた、マルコは知っていた。そしてある晩、エイヴィンドは言った。「なあ、マルコ。おまえがこの国に住んでいるのは法律違反だ。だから、私たちはおまえの将来が心配なんだ。許可証がなきゃ、いつなんどき、追い出されるかわかったもんじゃない」

もちろんマルコも、毎晩明かりを消した後でそのことを考えている。その晩、マルコはある決心をした。なんとかしてできるだけ早く、この国のみんなと同じように教育を受けて、仕事に就き、できればいつか、家族も持とう。でも、そのためには滞在許可証がいる。そして、その許可証は、パスポートのような出自を証明できるものがなければ決してもらえない。マルコは無知ではなかった。新聞も読んでいた。

新しい自分を手に入れない限りどうにもならない。いったいどこに行けば、新しいパスポートが手に入るのだろう？ もし、それが金で買えるなら、夢ではないかもしれない。

一番もうかる仕事はビラやポスター貼りだった。冬場は、古いビラやポスターをこそぎ落とし、どろどろの糊《のり》を塗る作業はつらかった。だが、つぼみが開きはじめ、暖かくなってくると、マルコは街のあちこちに色鮮やかなイベントのポスターを貼っていくのが楽しくてしかたがなかった。

マルコは天候にかかわらず外に出て、仕事をきちんとやってのけるので、ウスタブロー全域だけでなく、ヘルプの一部も任されるようになった。

たまには自分も、ポスターに書かれているイベントに行ってみたいと思ったが、それはやはり危険が大きすぎた。今でもゾーラはマルコを捜しているに違いなく、不用意に外を出歩くことはできなかった。常に警戒を怠るな。マルコは一日一秒たりともそのことを忘れなかった。

マルコは、そんな気の抜けない日々でもくじけないように努めた。今は我慢が大事だが、時が経って見た目が変われば、誰も気づかなくなるだろう。いや、それまでに、マルコがクランにとって危険な存在ではないことをゾーラも悟るかもしれなかった。

その間にパスポートか、なんらかの身分証明書を手に入れよう。それを人生最後の違法行為にしようと誓った。マルコはちゃんとした仕事で金を稼ぐことを切に願っていた。そのために大学で勉強しようといつのまにか心に決めていた。医学を勉強し、給料のいい仕事に就こう。そのためにマルコは稼いだ金をできるだけ蓄えに回し、空いた時間を利用して将来の準備をした。

市立図書館に行くと、マルコは自由を感じ、人生の夢を組み立てられた。何よりゾーラの手下は用もなくこんな場所に近寄らないことを知っていたからでもあった。それに閲覧室で本を読むだけなら、身分証明書は必要ない。エイヴィンドとカイがそうしたことを全部教えてくれた。

マルコは毎日、新聞の見出しに目を通し、毎日、新しい本のページをめくった。図書館員の視線にはマルコも気づいていた。だが、マルコが本に熱中するか、インターネットでときおり調べものをする以外は何もしないことがわかると、そっとしておいてくれた。

二年待って、十八歳になったら、フレズレクスベアの夜間高校に通い、大学入学資格を取ろう。女性が適切な仕事を得るには特に努力が必要だ、と何かに書いてあった。マルコはそれを読んで笑うしかなかった。肌の色が濃く、身分証明書もなく、正式な教育も受けていない人間もおそらく同じだろう。

マルコは、今はこれ以上、法に触れるようなことはしてはならないとわかっていた。だから、賃金の出所が怪しい雇い主からの仕事は断った。新しい雇い主にも気を許さないようにしていた。いつ密告されるともしれないからだ。マルコはゾーラのクランはもちろん、誰に対しても常に用心を怠らなかった。

ここウスタブローでクランの連中を見かけたことはないが、それは驚くことではない。彼らは街のもっと中心部で動いているからだ。それでも、ゾーラには無数の人脈があり、コペンハーゲンの一番はずれの一番細い裏通りに至るまで、目の詰んだ巨大なネットワークを駆《く》使《し》して、悪事を手伝ってくれそうな連中や敵を捜し出す力を持っている。マルコはいまやその敵のひとりだった。ゾーラに協力している人間には、幸いなことに、目につきやすい東欧出身者が多い。同じ犯罪者でも、バルト人や、ポーランド人や、ロシア人にはそれぞれ独自のスタイルがあった。

気温が上がるにつれ、ウスタブローは活気づき、あっという間に街の様子が変わった。若い女性は半袖のブラウスに衣替えをし、子供は騒々しくはしゃぎ回っている。そういう日は、楽しいこともたまにあったイタリアでの日々を思い出した。

アルミ製の脚立を肩にかつぎ、糊のバケツを手に持って、マルコはウスタブロー通りの反対側の店の主人に手を振ってあいさつをした。主人は店の外に出て、ショーウィンドーにもたれ、カラチの自宅にいるみたいにひなたぼっこをしている。マルコは広場の名前にもなっているゴナ・ヌー・ハンスンの胸像の後ろに道具を置いた。そこなら誰の邪魔にもならなかった。

この広場の広告塔はこの街で最も美しく、最も立地のいい場所にある。もちろん、それはマルコが仕事で回るコースでの話だ。以前は、街のいたるところに、こうした広告塔があったと聞いたことがある。でも、それはずっと昔のことなのだろう。

広告を貼るにはまさに完璧な場所だった。〈パーク・カフェ〉や競技場や映画館が近いうえに、往来の多いウスタブロー通りのおかげで、莫大な数の富裕層がこの広告塔の前を通り過ぎていく。そうした人々こそ、この広告塔で宣伝されるイベントのターゲットなのだ。そのせいで、この広告塔に貼られたポスターやビラは親指の太さくらいの厚さになっている。このままでは紙の重さで全部はがれ落ちてしまうだろう。マルコは先手を打つことにした。

脚立にのぼり、へらを使って、古いポスターの層を次々はがしにかかったのだ。

最後の層まで到達したとき、マルコは捜索願いのビラを目にした。それは街灯の支柱や分電箱によく貼ってあるようなビラだった。〝灰色と白のまだらの子猫が逃げました〟とか、〝うちの犬を見かけませんでしたか？〟といったたぐいの。

だが、このビラは少し様子が違っていた。捜しているのは、動物ではなく人だった。〝捜しています！　わたしの義父ヴィルヤム・スタークを見かけた方は、お電話ください〟と男性の写真の上に書かれており、その下に電話番号と日付も書かれていた。

写真の赤毛の男をひと目見て、マルコはぎょっとした。全身に鳥肌が立つのがわかった。恐ろしい過去がよみがえる。一気にあの光景がマルコの目に浮かんだ。

マルコは大きく息を吸った。吐き気がこみあげてきて、全身が震えていた。人差し指で写真の男が首にかけているネックレスに触れた。

アフリカのお守り。それは今、マルコの首にかかっている。

急に暑さを感じた。シャツのボタンをはずし、地面に帽子を投げると、ビラに書かれている日付を見た。

男は二年半前に行方不明になっていた。それもぴたりと合っている。動物の死骸。穴に隠れていたとき、最初はそう思った。でも、この男だったんだ。ヴィルヤム・スターク。マルコの父とゾーラの手で、クライメの森に埋められた。

麻痺したように動けないまま、マルコはそこに書かれた言葉を読み返した。「わたしの義父ヴィルヤム・スタークを見かけた方は……」

見たさ。そして、その事実がマルコにとって命取りになろうとしていた。その貼り紙から目を離せなくなったマルコは、周囲に視線を配ることを怠った。そのわずかな不注意で、横からまっすぐマルコに向かって近づいてくる人影を見逃してしまった。

マルコが人の気配にようやく気づいて後ろをふり返ると、真正面にヘクトの顔があった。ヘクトはマルコの従兄弟のひとりで、ひょっとしたら異父兄弟の可能性さえある。ゾーラは寝る女を選り好みしない男だ。マルコの母も選り好みはしなかった。ヘクトはひげがさらに濃くなり、最後に見たときよりも荒っぽい感じになっていた。でも、ヘクトだ。間違いなかった。

ヘクトはいきなりマルコの上着の袖をつかんできた。その拍子にマルコは脚立から飛び降りて、従兄弟とともに地面に倒れ込んだ。だが、マルコはすぐに立ち上がって、ヘクトにつかまれている上着から身を振りほどくと、そのまま駆けだした。

この地区のすみずみまで知っているマルコは、ウスタブロー通りの反対側の網の目のように道が張り巡らされているほうへ向かった。足音が耳の中で響き渡り、心臓が破裂しそうだった。一度もふり向かずに、オルボー通りを走り抜け、ボーパ広場を越え、クラウセ通りに入った。このあたりは、いつでも開いている扉や裏庭を通ってよその家の裏庭に入っていける。ここなら、一定のリードを保っている限りヘクトに捕まる心配はなかった。

スヴェーネムレハウンのヨットハーバーの海を望む静かな緑地まで来ると、マルコは初めて後ろをふり返った。

ここはマルコの縄張りだ。いつでもヨットの中に潜り込んで、身を隠すことができる。何百というマストがすでに針のように空を突き刺しており、コンテナヤードを背景に港に春の息吹《いぶき》をもたらしていた。

マルコは息を整えて、頭をクリアにした。

たった今起きたことは、いわば想定内の最大規模のアクシデントだ。上着と仕事道具を取られてしまった。それよりも問題なのは携帯電話を取られたことだった。仕事をくれる人たち全員の番号が入っている。エイヴィンドとカイの番号も。つまり、マルコの住み処《か》がばれるということだ。馬鹿なことをしてしまった。どうして〝クリーニング屋〟だの、〝自宅〟だのと書き込んでしまったんだろう？　なんてまぬけなんだ！

マルコはこぶしをかんで、必死で考えた。ゾーラたちのやり方は知っている。足跡をたどられるのは時間の問題だ。ヘクトは一秒たりとも無駄にせずに、ゾーラに報告するはずだ。とうとう見つかってしまった。

9

二〇一一年春

「ああ、ローセか。容疑者が見つかったのか？　ビアデ・イーネヴォルスンは何か知っていたか？」

カールは携帯電話を耳にじっとあてていた。しっくいを塗ったようなローセの顔が目の前に浮かぶ。烈火のごとく怒っている顔なら、知りすぎるほど知っている。戸口にアサドが現れた。

カールはアサドを手招きして、携帯電話のスピーカーをＯＮにした。ローセは外で待ちぼうけを食らっていたに違いない。今から怒りをぶちまけるに決まっている。それをアサドにも聞かせるつもりだった。きっといい景気づけになる。ローセが本気で怒ったら、それはもう大スペクタクルだからだ。

カールはほくそ笑んだ。あの家政婦がカールたちを欺き、雇い主のビアデ・イーネヴォルスンが帰ってこなかったとしても不思議ではない。

だがローセの声はラスクのように乾いていた。「スヴェレ・アンヴァイラーは先週二日間、ここに滞在していました」報告が始まった。「アンヴァイラーはビアデの家の合い鍵をどこかに置き忘れたそうです。アンヴァイラーとビデオに一緒に映っていた女性ルイーセ・クレスチャンスンが、たまたま同じ時にビアデの家に滞在していて、彼女は鍵を持っていました。それで、アンヴァイラーと彼女は一緒に帰るために待ち合わせの場所と時間を決めていたんです。ほかに何か知りたいことはありますか、助手さん？」

アサドの顔にえくぼが刻まれ、逆にカールの笑顔は消えた。「オーケー、ローセ。調子に乗るなよ、わかったな？　興味深い情報だが、もう一度、世の中のパパたちのために聞かせてくれ。このビアデっていうお嬢さんは自分から、あの馬鹿男を家に招き入れたってことか？」

「ええ、そのビアデっていうお嬢さんは、今わたしの横に座っています。代わりましょうか？」

ローセのやつ、考えてから口にしろって言っただろうが！　だが、アサドは嬉しそうだ。

「いや、俺が出る必要はないだろう、けっこうだ。ありがとう。ところで、なぜアンヴァイラーはビアデの家にいたんだ？　三人一緒だったのか？」

「いいえ。ビアデは今、スウェーデンのマルメの交響楽団でフルートを演奏しているんです。だから、稽古《けいこ》でマルメにいる間は、住まいを交換していたんです。レベルの高いコンサートのようですよ」

「ちょっと待て、速すぎて話についていけない。おまえさんはビアデに、アンヴァイラーを捜していることを言ったのか？」

「はい。彼女は何も知りませんでした。アンヴァイラーも何も知らないだろうと彼女は言っています」

「なるほど。おめでたいお嬢さんだ、そんな話を信じるなんて」

「自分でそう言ったらどうです？　さっきも言ったように、ここに……」

「いや、いいって。彼女に伝えてくれ。アンヴァイラーに連絡をとりたいと」

「電話番号なら聞きました」

それはそれは。

「戻ったらすぐに詳しい報告をしてくれ、いいな。それから、そのビアデから目を離すんじゃないぞ。このあとどこにいるつもりかも訊いておいてくれ」

「仰《おお》せの通りに」

アサドのいる方向からクックッと笑う声が聞こえてきた。ローセのおかげだった。

「もうひとつあるんです、カール」ローセが続けた。「わたしたち、今、〈パーク・カフェ〉の外に座っているんですけど、すぐ隣の広告塔にはしごが立てかけられているんです。なんだか変なんですよ。ポスターを貼っていた人が突然、仕事をやめてしまったのか、ずっとそのままなんです。古いポスターをはがしていた途中みたいで、へらはそのまま残っているんですけどね」

「それは前代未聞の大事件だな。大の男が仕事場を離れるなんて。よし、すぐに部下の監督不行届きで訴えるとするか」

カールはため息をついた。どうしてローセはカフェなんかにいるんだ？　ビアデ・イーネヴォルスンの家にいるんじゃないのか？　カフェラテ代を経費で落とせると思っているなら、大間違いだぞ。

「ちょっと聞いてください、カール。へらのそばに尋ね人のビラが貼ってあったんです。行方不明になっている男性の。わたしの記憶によれば、うちに下りてきていた未解決事件のひとつです。とにかくそのチラシをはがしましたから、後で持っていきます。そういうことで、よろしく」

おい、ちょっと待て！　そんなものを持ってきたって、俺は絶対に見ないぞ。すべての未解決事件が俺の机の上を通らなければならないと思っているなら、思い違いもはなはだしい。いくら見ろって言われても、無視するからな。

カールは電話を切った。アサドが何か皮肉っぽいコメントをするかと思ったが、すでに目の前に広げた書類に没頭しているようだった。

「アンヴァイラー事件の報告書に目を通してみたんですが、カール、わからないことがたくさんあります。ローセがさっきなんのことを言っていたのかも全然わかりません」

なんてこった。アンヴァイラー事件なんか、マリアナ海溝の底に沈んじまったっていいんだよ。アサドのやつ、急に張り切って、どうしたんだ？　まだ回復もしていないのに、ローセを手伝ってやろうってか？　なんというドリームチームだ。カールは、目頭《めがしら》が熱くなるほどの感動の波に襲われた。アサドがまた何かに興味を傾けるようになった！　事件の詳細を見る気になっただけでも、価値ある一歩だ。

昨日、アサドはラース・ビャアンについて口をすべらせてからというもの、すっかり待機モードに切り替えてしまった。それが今、ようやく目が覚めたかのように一気に様子が変わった。こうなったら、アサドを眠らせておく手はない。

「何がわからないんだ、アサド？」

「このハウスボートにはエンジンが付いていませんでした」

「それで？」

「この船はかなり大きいです。キャビンもひとつではなく、なんでもあります。まるで小さな家ですよ。家具付きの居間に、キッチンに、寝室が二部屋。安物のカーペット、本棚、壁には複製画」

カールは首を横に振った。すばらしい。アサドのやつ、かつてはインテリアデザイナーだったのか？

「ステレオまであったんですよ。船の残骸の下から見つかっています」

まだあったか。ひょっとしてプレーヤーに入っていたCDまでわかっているとか？

「セットされていたCDはホイットニー・ヒューストンです」

ほら来た。で、次はなんだ、アサド？　カールは目で尋ねた。

「たくさんあるんですよ。このハウスボートの火災にはおかしな点が。特に保険の件です」

カールは眉をひそめた。アサドの目に突然深い底なしの淵《ふち》が現れたのだ。アサドのそういう状態はまったく予想がつかないほど長く続くこともあった。

「保険が解約されていることなら、俺も知っている。そのどこがおかしいんだ？」

「ああ、ええ、一週間前はまだそのハウスボートには賠償責任保険と、船体保険と、家財保険がかけられていました。スヴェレ・アンヴァイラーはそのボートが気に入っていたに違いありません。そう思いませんか？」

「そうかもな。俺もまず保険金詐欺を疑ったんだが、報告書をよく読んだんだ。おまえも読み返したらわかるはずだが、警察がアンヴァイラーを疑ったのは、まさに保険が解約されているからだ。もしアンヴァイラーがその女性の殺害を計画していたのなら、保険調査員に目をつけられないために、あらかじめ保険を解約しておこうとするだろうからな。保険会社が保険金をできるだけ抑えようとすることも、受取人の周辺に密偵を送り込んでくることも知らないやつなんていない。アンヴァイラーが保険を解約していなけりゃ、船に対して十五万クローネ、家財に対して十万クローネが支払われていた。かなりの金額だ。それに、アンヴァイラーには詐欺の前科があるから、船に保険がかけられていたら、当然、詐欺がらみの殺人を疑われていただろう。まあ、今のところ推測の域を出ないが、アンヴァイラーは〝潔白〟を証明するために保険を解約したというのが警察の見方だ――それで金銭的な動機はなくなったわけだからな」

アサドはうなずいた。「ええ、カール、わかります。じゃあ、どんな動機があって彼は殺人を犯したんでしょう？　それにプレーヤーに入っていたCDもおかしいです。アンヴァイラーみたいな男がホイットニー・ヒューストンを聴くとは思えません。彼があそこに住んでいたときは、ホイットニーのCDは入っていなかったはずです」

「どういう意味だ？　どうしてアンヴァイラーみたいな男はホイットニー・ヒューストンを聴かないなんて断定できる？　あいつがハードロッカーみたいに見えるからか？　ポップスを聴くロッカーなんていないと思ってるのか？」

アサドは肩をすくめた。「ちょっとこの逮捕時の写真を見てください」

アサドはファイルから写真を引き抜いて、カールに押しやった。見るからにだらしのない、ぱっとしない男だ。こんな精彩のない人間と関わりになりたがる者の気がしれない。

アサドは指で男のシャツの襟あきを軽くたたいた。「ここにタトゥーがあります。目印になるので、このタトゥーはアンヴァイラーが関わっている他の事件の資料にも記載されています。初めて刑務所に入ったときに入れたタトゥーですよ」

「俺の見間違いでなきゃ、確かにホイットニー・ヒューストンとは書かれていないな」

「ええ。キリル文字でARIAと書かれています。Aはそのまま、次のPはRで、ひっくり返ったNはIを表し、左右逆さまのRは、この場合はAです」

「おまえがキリル文字のアルファベットも読めることはわかった。〝アリア〟って言ったよな。てことは、オペラ愛好家か？」

アサドの片方の口の端がぴくりと動いた。「そうじゃなくて、これはロシアのヘビーメタルのバンドです。けっこう有名ですよ」

オーケー、ヘビメタか。だったら、カールも聴いたことがあるかもしれない。イェスパの部屋からいつも響いてくる騒音地獄にひと役買っているはずだ。

カールはうなずいた。アサドが何を言いたいのかわかったからだ。筋金入りのヘビメタファンがホイットニー・ヒューストンを聞いたらへどが出る。それは確かだ。

「オーケー、アサド。つまり、おまえは犠牲者ミナ・ヴィアクロンが自分でCDをプレーヤーに入れたと考えているんだな。だからなんだ？　おそらく彼女がボートに到着してから爆発までには時間があったんだろう。だったらCDをセットしても不思議じゃない。はは一ん、そうか、おまえは、亭主から逃げてくるときに、ホイットニー・ヒューストンのCDなんか持って出るだろうか、と考えているんだな？」

「カール、私は犠牲になった女性がアンヴァイラーの恋人だったという話そのものが信じられません。それが事実だったとして、なぜアンヴァイラーは彼女を殺さなきゃならなかったんです？　動機はなんです？　報告書によると、〝かっとなって殺害した〟と見られています。でも、何を根拠にしているんでしょう？　事件当時、船から叫び声がしたそうですが、誰の声かはわかっていません。ひょっとしたらミナ・ヴィアクロンはホイットニーに合わせて歌っていただけかもしれません。カール、市場でラクダがいっせいに吠えるのを聞いたことありますか？」

まったく、ろくでもない事件だ！　しかも、やらせてくれとこっちから頼んだわけでもない。それなのに、どうしてこんな事件のことを、いつまでもああだこうだと言わなくちゃならないんだ！

アサドはしばらくの間、無精ひげのはえた黒いあごを手で支えていた。「アンヴァイラーの前科を見ると、それほど馬鹿でもないんじゃないですか？　どれもかなり複雑な犯罪ですよね」

「ああ、少なくとも最後のネット取引の詐欺はそうだな。だが、その事件でこいつは投獄されたんだよ」

「それでも、カール、馬鹿とは言えませんよ。それなのに、コペンハーゲンに自分から舞い戻ってくるなんて、変だと思いませんか？　事実だとしたら、わずか一年半前にこんな方法でひとり殺害しているんですよ。おまけに、知人にマルメの住所を教えたりするでしょうか？　ありえません、カール。いいですか、飼い葉桶の前にいるラクダは子供を産みません」

カールは両の眉を引き上げた。やれやれ、時間はかかったが、あのアサドがようやく帰ってきた。わけのわからないラクダのたとえ話がまた聞けるようになった。

アサドは辛抱強くカールを見つめていた。「カール、わかっていないんですね。何かが根本的に間違っているときに、そう言うんですよ」

カールはうなずいた。「オーケー。つまり、目下《もっか》のところ、おまえはあらゆる点からアンヴァイラーは無実だと考えているわけだ。そうだな？」

「はい。突然ラクダがもう一頭やってこない限りは」

　ローセはロブスターみたいな色になって戻ってきた。その首から上ときたら、まるで強風にあおられたドイツ国旗みたいだった。上のほうではためく黒い髪と黒いマスカラ、その下にロブスター色の顔、さらにその下には黄色いスカーフ。

「おや、いい色になったじゃないか、ローセ」カールはそう言って、アサドの隣の椅子を指さした。五月の太陽は油断ならない。ローセのような青白い肌には容赦なく照りつける。明日になったら痛いぞ。注目されること間違いなしだ。

「ええ」ローセは燃えるような頬に手をやった。「ビアデの家にはいられなかったんですよ。あの掃除のおばさんがうるさくて。あのおばさん、以前オペラで歌ってたらしくて、驚いたのなんのって、耳が分解されそうなビブラートでした」ローセは上着のポケットから、しわくちゃの大きな紙を一枚と絵はがきを二枚出して、カールの机に置いた。

「ビアデ・イーネヴォルスンによれば、アンヴァイラーはあのハウスボートを、火災に遭う前の月末に売却したそうです。ビアデには、備品や家具もひっくるめて十五万クローネで売ったと言っていたそうです。でもビアデは誰が船を買ったのかも、その数日後に船が焼けてしまったことも知りませんでした。彼女はあまりうわさ話には耳を貸さない人のようです。オタクっぽい人でした。意味わかります？」

アサドは熱心にうなずいた。言葉の引き出しに、また一語加わった。

「それはともかく、ビアデは自分の首を賭けてもいいって言うんですが、アンヴァイラーは、女性が焼死したときにデンマークにはいなかったそうなんです。カリーニングラードの母親のところにいたって。わたしにもその理由がわかりました。自分で見てください」

ローセは二枚の絵はがきのうちの一枚を前に押し出した。インクジェットプリンターを使って自分で印刷した美しくもなんともない絵はがきだった。

「事件の見方がまったく違ってきませんか、カール？」

ビアデ・イーネヴォルスンに宛てた絵はがきの表側には、笑顔のスヴェレ・アンヴァイラーと制服を着た女性が抱き合って、どこかの港のコンクリートの上で、積み上げられた貨物コンテナを背にして立っていた。

アンヴァイラーの口元に吹き出しが描かれていて、〝おふくろと俺から、ごあいさつ！〟と書かれている。

「男と女の違いを除けば、二個の瓜みたいな親子ですね」

「〝瓜ふたつ〟だ、アサド。縦にふたつに割った瓜のように似ているって意味だ」

だが、アサドの言う通りだった。アンヴァイラーのタトゥーと母親の巨大な胸を除いて比べてみると、この小男は母親に生き写しだった。不健康な青白い肌、薄い唇、垂れ下がったまぶた。最適とは言えない生活条件と、最適とは言えないＤＮＡ鎖によって作り上げられたふたつの顔。

カールははがきをひっくり返した。消印はカリーニングラードで、ボート火災の前日に押されている。「このミミズのたくったような字が読めるか？俺には無理だ」

「おもしろい言葉ですね、カール。ミミズがのたくったような字。よくわかります」アサドは何度もうなずいた。ゆがんで部分的に麻痺していた顔は、ほぼまっすぐになっていた。

ローセがはがきを手に取り、読み上げた。「〝カールスハムンからクライペダまで海を渡るのに十四時間かかった。バスでここまで来るのも同じくらいかかった。三回もパンクしたんだ〟。言うまでもなく、スウェーデン語で書かれています」

カールは目をぐっと細めた。この街から逃げるのは簡単だ。コペンハーゲンからスウェーデン南部のカールスハムンまで、列車の切符一枚あれば行ける。そして切符はどこの窓口でも買え、パスポートを見せる必要もない。数時間後には、アンヴァイラーは苦もなく二百五十キロ離れたカールスハムンのフェリー乗り場に着いていたってわけだ。

カールは絵はがきを手に取り、もう一度よく調べた。

「なるほどな、ローセ。なかなか説得力のある話だ。だが、はがきは消印の日付のずっと前に用意してあったかもしれない。これは自家製のはがきだ。アンヴァイラーが母親にあらかじめ指定していた日に投函《とうかん》するよう頼んであった、とは考えられないか？　消印からわかるのは、いつどこで投函されたかであって、誰が投函したかじゃない」

ローセはスカーフをつまんで引っぱった。特に異論はないらしい。

「しかし、おまえさんが消印を重視するなら、徹底的に調べてみようじゃないか」カールは続けた。「まず、アンヴァイラーと母親の後ろに写っているマースク・ラインのコンテナの登録番号をチェックしてくれ。それでもし、このコンテナの中のひとつでも火災の直前にここに置かれていたことが判明したら、三階に行って、殺人捜査課の連中は見当違いの男に容疑をかけている、と課長に言ってやろう」カールはうなずいた。「よくやった、ローセ。ほかに何かあるか？」

ローセはスカーフから手を離した。「ビアデは何年も前からアンヴァイラーを知っています。アンヴァイラーは、カリーニングラードの母親を訪ねたら、オートバイを買ってロシアを西から東に横断するつもりだとよく話していたそうなんです。まず北極海沿いにベーリング海峡まで行き、ウラジオストクまで下りてきたら、帰りは南側の国境沿いを走ってくると言っていたそうです。もう一枚の絵はがきを見ると、実際にそれをやってのけたかもしれません」

カールは机に身を乗り出した。二枚目の絵はがきは買ったものだった。ロシア全土の小さな地図に細い青色のペンで線が引かれている。サンクトペテルブルクから、アルハンゲリスク、マガダン、ハバロフスク、ウラジオストク、イルクーツクを通り、バイカル湖に丸印が入っている。その先は破線に変わっていて、ノヴォシビルスク、ヴォルゴグラード、ノヴゴロドからモスクワまで引かれている。

「アンヴァイラーはがきに青い線でバイカル湖までのルートを示しています。資金が底をついたので、そこで四カ月近く働いていたそうです。破線はその先の予定ルートです」

アサドは絵はがきを手に取り、裏側を見た。「ほら、カール、日付を見てください。火災の半年後です」

沈黙が垂れ込めた。三人それぞれが、他のふたりの考えを推《お》し量っていた。口火を切ったのはアサドだった。

「要するに、スヴェレ・アンヴァイラーにはロシア人の母親がいて、父親がきっとスウェーデン人なんでしょう。ということは、スウェーデンとロシアの二重国籍が認められている。そうですよね？」

そんなこと知るか。スウェーデン人でもロシア人でもないんだから。

「つまり、アンヴァイラーはスウェーデンとロシアを自由に旅して回ることができるわけね」ローセがアサドの考えをくみ取った。「リトアニアとロシアの飛び地のカリーニングラードとの間がビザなしで出入りできるのかどうかはわからないけど、カリーニングラードからサンクトペテルブルグまで、アンヴァイラーは難なく飛行機で行けたってことよね」

「オートバイはどうした？」

「さあ、向こうでロシア製の安いバイクを買ったんじゃないですか？」ローセはカールにどんよりとした視線を投げた。バッカじゃないの？　とでも言いたげに。

カールはそれを無視して、アサドに目を向けた。

「国際刑事警察機構《インターポール》が指名手配したときには、アンヴァイラーはすでにロシアの大草原を旅していたってことか？」

ふたりは肩をすくめた。ありえない話ではないことは三人ともわかっていた。

「で、アンヴァイラーはスウェーデンの自宅に帰った後は何してたんだ、ローセ？」

「マルメのアパートメントを人に貸して、〈ダガーズ＆スウォーズ〉のスタッフになりました」

カールが眉をしかめると、ローセが先手を打った。

「スコーネ出身のデスメタルバンドです。アンヴァイラーはそのバンドと一緒にコペンハーゲンに来たんです。先週、〈ポンペフーセズ〉で彼らのライブがありました。だからアンヴァイラーは来ていたんですよ」

カールはうなずいた。「オーケー、だんだんと輪郭が見えてきたな。理屈の上では、アンヴァイラーはつい最近までロシアにいた。場合によっては、ボート火災の数日前にはすでにロシアに入国していた可能性もある。その間、インターポールに指名手配されていたが、ロシア側の網にはかからなかったんだろう。デンマークとスウェーデンを結ぶエーレ海峡の橋の国境検問所も今やないに等しい。そして、マルメの家はずっと人に貸していたのだとしたら、スウェーデンの警察が行ったところでアンヴァイラーには会えなかったわけだ。それにしても、アンヴァイラーがまったく火事のことを知らず、そのために何もなかったかのように平然と生活し続けていたなんて、本当にありえるんだろうか？」カールは下唇をかみながら思案にふけった。何もかも筋が通っているように聞こえるものの、何かもうひとつ納得がいかなかったのだ。「で、アンヴァイラーがコペンハーゲンに滞在していた間、ビアデはアンヴァイラーの家に寝泊まりしていたのか？」

「はい。アンヴァイラーのアパートメントはマルメの歌劇場のすぐそばにあって、彼女にとっては願ったり叶《かな》ったりなんです」

アサドは椅子にもたれて背中を伸ばした。「うまい具合に話がまとまったもんですね。そもそもビアデとアンヴァイラーはどうやって知り合ったんでしょう？」

「ルイーセ・クレスチャンスンの紹介よ。〈パーク・カフェ〉でアンヴァイラーと待ち合わせていた女性です。ルイーセはパーカッション奏者で、コペンハーゲンの音楽学校を出た後、アンヴァイラーがスタッフを務めていたバンドと長年一緒にステージに出ていたんです。彼女も先週コペンハーゲンでコンサートを開いています」

カールは時計を見た。三十分後にモーナと会う約束をしている。しゃれた通りのしゃれたレストラン――いつものふたりとは少し趣《おもむき》が違うが、モーナの自宅ではなく、レストランを選んだ。そのほうが、手のかかる神経質な孫の面倒に時間をとられる心配もない。

「よし」カールは会議の終了をそれとなく伝えた。「アンヴァイラーをいわば無罪に導く事実がいくつかあることはわかった。それに、敬愛する三階の同僚の報告書には書かれていなかったこともたくさんあるようだ。容疑者の印象が若干上向きに変わるようなこととか、ここ数年の収入源とか、二重国籍を持っていることとか。カリーニングラードとのつながりについては言うに及ばずだ。当時捜査にあたっていた連中は少しばかり忙しすぎたようだな。ローセみたいにカフェで日光浴なんかしていられなかったんだろう」

そのジョークを笑ったのは、カール自身だけだった。カールは手の平で机をたたいた。

「さて、お開きにするか。俺はちょっと片付けなくちゃならないことがあってな。ローセ、さっき言ったように、コンテナを調べてくれ。それからアサド、おまえは三階に行って、報告してこい。マークスをこの件で煩わさないほうがいいだろう。残された日はわずかだからな。だがラース・ビャアンには、古い事件に進展があって、捜査のやり方に少しばかり批判の声が出そうだと伝えろ。ちなみに俺は、この事件にはもううんざりだ」

カールが席を立とうとしたとき、ローセがしわくちゃの紙を目の前に突きつけた。紙の縁はぼろぼろで、真ん中で破れていたが、文字ははっきりと見えた。

〝捜しています！〟と書かれている。

そんなもん知るか。こっちは十五分後に手に汗握る緊張の一瞬を控えているんだ。

カールは上着のポケットに入っている絹の袋に手を伸ばした。するとたちまち胸が熱くなってきた。そして頭にメロディーが浮かんだ。

おお、モーナ、モーナ、モーナ、ついにこの日が来たんだね……

10

マルコはすっかり頭が混乱していた。明るい日射しを受けて、大勢の人が桟橋の上を気持ちよさそうに歩いていることにも気づかなかった。

見つかってしまった！　穏やかで単調な日々と未来への希望が、瞬時に過去のことになった。それだけではない。死んだ男の目がマルコを激しく責めていた。

こうなっては逃げ道はひとつ。できるだけ早く、コペンハーゲンから姿を消さなければならない。永久に。だけど、ゾーラの手下はすぐにエイヴィンドとカイの家に押しかけてくるだろう――その後、ふたりの身に何が起きるかは大した想像力がなくたってわかる。駄目だ、あのふたりをこんな自分の運命に巻き込むわけにはいかない。

マルコは船のマストに視線をさまよわせながら、落ち着きを取り戻そうとした。どれほど危険であっても、まず第一に、エイヴィンドとカイに電話をかけて警告しなければ。次に、部屋に置いてある所持品、とりわけ貯めた金をなんとしてでも取りにいくんだ。あれがなくちゃ、遠くには行けない。あれがなくちゃ、数カ月で元の生活に逆戻りだ。

その後、雇い主を訪ねて回って、もらうべき金をもらう。そうすればそこそこの金は集まる。

マルコは顔を覆った。赤毛の男が頭にこびりついて離れなかった。恐ろしい話だ。それでも、考えれば考えるほど、大きな危険を冒してでも、あの尋ね人のビラが貼られていた広告塔にもう一度戻らなくてはならないと思うようになった。今きちんと追及しておかなければ、理解する機会を逃してしまう。なぜ父さんがあんなことをやったのか……

近郊列車《エストー》のスヴェーネムレン駅には、まだ公衆電話が一台残っていた。マルコは目を閉じて、クリーニング店の電話番号を思い出そうとした。最後の三桁はなんだった？　三八六か三六八か、いやどっちも違うかもしれない。くそっ、携帯に番号なんか登録するんじゃなかった。もしヘクトが……

五回目にようやく電話がつながった。呼び出し音がメトロノームのように規則正しく響き、留守番電話に切り替わった。

「こちらはカイヴィンド・スピードクリーニングです」エイヴィンドの優しい声が聞こえてきた。「本日の営業は終了しました。営業時間は……」。

マルコは不安を感じながら電話を切った。なぜ店にいないんだ？　ゾーラの手下がもう行ったとか？　それとも、家に帰ってしまっただけ？　いや、ありえない。こんなに早く店を閉めるなんて。どうしよう。ふたりに警告することも、彼らの家に近づくこともうできない。

そのとき、店が閉まっている理由に思い当たった。そうか、今日は水曜日だ！ 膀胱《ぼうこう》の具合が悪いカイが医者に行く日だ。エイヴィンドも付き添うと言っていた。数時間前に店の前を通ったときに、入口に〝本日休業〟の札が掛かっていたことも思い出した。

マルコは最後に水面に目をやり、のどかな風景の中にしばし浸った。波に揺れるヨット、潮の香りがする風、カモメの鳴き声。そして、重苦しい気分で出発した。

ストランン通りとウスタブロー通りの交差点からまっすぐ目抜き通りを行けば、ゴナ・ヌー・ハンスン広場までは六百メートルしかない。歩道も車道も特に変わったことはないように思えたが、それでもマルコは回り道をして、イェーイト通りとフェレズ公園を通っていくことにした。新緑をまとった木々に身を守ってもらえると思ったからだ。

わずか数百メートル進むのに、三十分近くかかった。いたるところで、人々が服を脱いで日光浴をしている。その中に、ゾーラの手下が紛《まぎ》れ込んでいないとも限らない。服を脱ぐだけで、完璧なカムフラージュになるだろう。連中ならそんなことも平気でできる――ゾーラのいる世界は既成のモラルになどとらわれない。いつだって、なんだって、やりたい放題なのだ。

マルコは目を光らせながら、ゴナ・ヌー・ハンスン広場にわきのほうから近づいていった。さまざまな色の服を着た人々でごった返している。いつなんどき、色の付いた点のひとつが急にふり向いて、マルコに向かってくるか、わからなかった。カフェに座っている背中のひとつは、ヘクトの背中かもしれない。目を配らなくてはならない対象が多すぎる。カフェのテーブルは満席で、地面に輪になって座っている若者たちまでいた。

驚いたことに、脚立はまだ置きっぱなしだった。糊のバケツも道具も広告塔の後ろにあった。マルコをおびき寄せる餌として。

近づいていったら、物陰から突然ヘクトが現れるのだろうか？　もうクランの連中も集まってきているのだろうか？　彼らに捕まったら、助けを求めて叫べばいいのだろうか？

いや、叫んだところで、通行人は知らんぷりをするだけだ。デンマーク人はそういうときに行動に出たがらない。マルコは経験からそれを知っていた。路上で盗みを働いていた頃、相手が大声で助けを求めたことが何度あっただろう。でも、通行人に取り押さえられそうになったことは一度もない。あの頃は、そんな国民性がありがたかったけれど、今は逆に不安でならなかった。

マルコは慎重に広告塔に近づいていくと、その場に立ち尽くした。あの尋ね人のビラがなくなっていたのだ。へらも地面に落ちている。

頭の中をさまざまな考えが駆け巡った。あの貼り紙を見ていたことにヘクトは気づいたんだろうか？　そうに違いない。きっとヘクトがゾーラに見せるためにはがしていったのだ。

そして、マルコがあのビラを見ていたことを早速伝えるに違いない。

だがマルコはすぐにその考えを打ち消した。ヘクトはおそらくあの死体については何も知らされていないはずだ。しかもヘクトは頭がにぶい。あの鈍感なヘクトが気づいたとは思えない。

マルコはビラが貼られていた場所を見つめた。ちくしょう！　あそこに書かれていた情報が役に立つかもしれないのに。

「ちょっと！」誰かが後ろから声をかけてきた。

マルコはとっさに逃げようとした。

「そこのにいちゃん、あんたがはがして地面に投げ捨てていたポスターを一枚もらったんだけどさ、かまわないよな。駄目なら戻しておくけど。妹がこのコンサートに行ってたもんだから、持って帰ってやろうかと思ってさ……」男がポスターを掲げると、一緒に地面に車座になっていた少女たちはくすくす笑った。

マルコはほっとため息をついた。それは昨日、〈フォーロム〉であったシャーデーのコンサートのポスターだった。マルコはうなずいて、脚立を引き寄せた。こんなところに長くいたら危険だ。道具一式を肩にかついだときに嫌な予感がしたけれど、そこに置いていく気にもなれなかった。

急げば、同じビラがどこかよそに残っていないか探して回ることもできる。

そのあとでポスターの配布所へ行き、賃金を受け取ったら、いつも仕事をくれるお得意さんを回って、ゾーラの子分が現れても、マルコを知っているとは絶対に言わないように口止めをする。どうにかしてみんなには納得してもらわなくちゃ。

それが終わったら、ヴィルヤム・スタークについての情報を探してみよう。それ日が暮れたら、今朝までわが家だったカイとエイヴィンドの家になんとか忍び込む。それまでにゾーラの手下が家中を引っかき回していないことを祈ろう。その点に関しては、カイとエイヴィンドが出かけていたのは幸いだった。

マルコはあたりをすばやく見回すと、深呼吸をひとつして、目を閉じ、両手を組み合わせた。神様、もしも連中がやって来ても、カイとエイヴィンドには手を出しませんように。僕のお金を見つけませんように。

祈りが届くように、もう一度繰り返した。そうすると神様が喜ぶと母に聞いたことがある。マルコは目を開け、落ち着こうとしたが、難しかった。壁の幅木の後ろに隠してある貯金を連中に見つかってしまったら、と考えただけで背筋が凍った。あの金にはマルコの未来がかかっているのだ。

二時間後、あきらめかけていると、ストラン通りの広告塔に探していたビラを見つけた。そこには同じビラが二枚貼られていた。

マルコは二枚ともはがして、折りたたむと、シャツの下に突っ込んだ。ほっとすると同時に憂鬱《ゆううつ》になった。欲しかった情報がこれで手に入った。でも、重い責任も引き受けてしまったような気がした。

この赤毛の男が、マルコの父やゾーラといったいどんな関わりがあったのかを突きとめなくちゃならない。答えによっては多くのことが変わってくる。

父さんを苦境に立たせることなく、ゾーラをどうにかして警察に逮捕してもらえればいいのだけれど。父さんも深く関わっていて、無事ではいられない場合はどうする？

マルコは胸の前で腕を組んだ。考えると心が痛んだ。マルコは父親を愛している。でも、同時に憎んでもいた。父の弱さを、優柔不断さを、ゾーラの陰にじっと隠れている意気地のなさを。普通の生活をさせてくれる父親が欲しいと何度も思ってきた。〝クラン〟ではなく、家族で暮らしたかった。ゾーラとではなく、母親と暮らしたかった。けれどもそんな願いをマルコはとうの昔にあきらめていた。

駄目だ、考えていても始まらない。父さんのことは成りゆきにまかせるしかない。

マルコは図書館に行って調べるつもりだったが、その勇気がなかった。代わりに、ノアドロ・フリハウン通りのぱっとしない一角にある〈カシム・インターネットカフェ〉に入った。ノアハウンのバス停や駅が近くにあり、万一のときは中庭を通ってそこまで逃げられる。マルコは一番奥のコンピューターの前に座って、Ｇｏｏｇｌｅで〝ヴィルヤム・スターク〟を検索した。

検索結果が膨大な数にのぼり、マルコは唖然《あぜん》とした。表示設定をデンマーク語に制限しても、まだ数千件が残った。

表示したページのほとんどは同じ情報で、他のページのコピーも多かった。内容は一貫していた。ヴィルヤム・スタークは少なくともみじめな男ではなかった。ぼろぼろの寝袋にくるまって路上で寝る生活に突然嫌気がさしたホームレスではなかった。アルコール依存症でも、街を徘徊《はいかい》している頭のおかしな男でもなかった。ヴィルヤム・スタークはまっとうな仕事に就いているまったく普通の人間のようだった。どんな仕事か、正確なところはわからないが、役所で働いていた男のようだ。とにかく、カメルーン出張から戻ってきた直後に失踪していた。それだけはわかった。

マルコは画面から目を上げ、色がはがれ落ちた壁を眺めた。疑問がどんどん湧いてきた。ヴィルヤム・スタークという男はなぜ突然、姿を消したんだろう？ 何が背景にあったんだろう？ それについては、ほんのわずかなヒントも得られなかった。しかし、失踪当時の年齢と住所はわかった。そして、失踪から五年が経過すると公的に死亡したと認められることや、スタークが恋人とその娘と一緒に暮らしていたこともわかった。

マルコはｋｒａｋというウェブサイトで、貼り紙に書かれていた電話番号を調べたが成果はなかった。次に、その番号をＧｏｏｇｌｅの検索窓に直接入力した。有益な情報に行き当たると本気で思っていたわけではない。携帯電話の番号なんてしょっちゅう変わるものだからだ。けれど、驚いたことにヒットした。ある少女のウェブサイトにその番号が出ていたのだ。どうやらひどい痛みを伴う病気にかかっている少女で、似た症状のある人とのコンタクトを求めていた。

マルコは画面に輝く名前を見ていた。義父を失った少女は、ティルデ・クリストファスンといった。この子の義理の父親を、父さんは……

マルコは吐き気がして、それ以上は考えられなかった。

一瞬、入口のドアから明るい光が射しこんだ。マルコはあわてて店内を見回した。膝まで丈のあるインド風の民族服を着た男が入ってきて、カフェのオーナーのカシムと抱擁を交わした。よかった、危険はなさそうだ。

マルコは立ち上がって、ふたりに近づいていった。「カシム、携帯電話を売ってくれないかな？」マルコは訊いた。「なくしちゃったんだ」

初老のインド人はそれには答えずに、友人にちょっと待っていてくれと身ぶりで伝えた。カシムはマルコを奥の部屋に連れていった。あまりインド的な感じのしない部屋だった。明るい色の壁、さまざまな大きさの引き出しが付いたＩＫＥＡの家具、緑と黄色のまだら模様の椅子、ラジオからはクラシック音楽が流れている。

「ほら、この中からひとつ持っていくといい」カシムは引き出しのひとつを開けた。「古い携帯はたくさんあるからタダでいい。ＳＩＭカードは買ってもらう。国際電話用のカードはいるか？　それもあるぞ」

「ありがとう。でも、普通のプリペイドカードでいいんだ。二百クローネ分のカードはある？」マルコはポケットから札を一枚取り出した。「悪いけど、今は五十クローネしかないんだ。でも、僕なら信用できるよね」

カシムのまなざしから判断すると、こういう台詞はもう聞き飽きていて、腹を立てる気にもならないようだった。

それでも少しためらってからカシムは言った。「いいだろう。インターネットの使用料と合わせて三百五十クローネの貸しだぞ」

「ありがとう。もうしばらくネットを使わせてもらってもいいかな？　電話番号を二、三探さなきゃならないんだ」


電話の結果は惨憺《さんたん》たるものだった。相手は全員ひどく怒っていた。青果店も、食料品店も、サイクルショップも、マルコにポスター貼りの仕事を世話してくれた男も。

ゾーラの手下がやって来て、マルコについて知っていることをすぐに吐かなければ店を焼き払う、と脅されたという。もちろん、彼らは知っていることをすべてしゃべった。それにもかかわらず、食料品店のカウンターはたたき壊され、店の主人も殴られた。怒りの中に不信感が表れていた。あんな連中と関わり合っているから、突然姿を隠さなくちゃならないんだろう？　おまえも犯罪者じゃないのか？　ひょっとしてマフィアの一員か？

マルコは再び孤独におちいった。

最後に覚悟を決めて、貼り紙にもウェブサイトにも書かれていた病気の少女の電話番号にかけた。短いメロディーが数秒間流れた後、女性の声で「あなたがおかけになった電話番号は現在使われておりません」と伝えられた。

かけ間違えてはいない。だとしたら、もう連絡は取れないということだ。

万事休す。

カイとエイヴィンドが住んでいるアパートメントのはす向かいにある車の出入口の門の前は、ふだんからティーンエイジャーが煙草を吸ったり、いちゃつきあったりしているところだった。吸い殻が大量に落ちており、塀には自転車が立てかけられている。そこでマルコは背中を壁にぴたりと押しつけて、向かいの暗い窓をじっと見ていた。

そこに立ってからすでに長い時間が過ぎている。少なくとも一時間は経っていたが、何時間でも待つつもりだった。部屋に明かりが灯るか、カイかエイヴィンドのシルエットが確認できない限り、通りへ出ていく勇気はなかった。若いカップルが何度もやって来ては、マルコにその場所を譲る気がないことを知って毒づいた。

マルコはそんなことにはまるで気づいていなかった。エイヴィンドとカイ、それに、部屋に置いてある自分の所持品が無事かどうか、それから、ティルデという少女とどうやって連絡がとれるか、ずっと考えていた。ビラを持って警察に行く前に、事のいきさつや、ヴィルヤム・スタークとゾーラ、そしてマルコの父親との関係について、少女から聞けるだけのことを聞いておきたかったからだ。

電話番号はわからなくなってしまったけれど、住所がある。スタークの家にまだ誰かが住んでいたら、話を聞くことができるかもしれなかった。

マルコは足をひきずるようにゆっくりと歩いてくる足音を耳にした。しばらくして、沈みかけた太陽を背にしたエイヴィンドのシルエットが見えてきた。エイヴィンドは片足を少しひきずっていた。とても疲れているようだ。ビニール袋をふたつ下げている。クリーニング屋から持って帰ってきたものだろう。整理することや、処理してしまわなければならない伝票があるといつもそうやって家に持ち帰るのだ。ということは、エイヴィンドは医者に行ってから、店に戻ったんだ。でも、カイがいない。カイはどこ？　何か悪い病気だったとか？　だからエイヴィンドはあんなにつらそうに歩いているのだろうか？　それともただ疲れているだけ？

マルコは眉をひそめた。嫌な予感がする。ゾーラの手下が暗い部屋の中に潜んでいるかもしれなかったが、それ以上は考えずに、マルコは通りに出ていった。

エイヴィンドはマルコに気づくと、満面に笑みを浮かべた。父親のような温かい笑みだ。けれど、エイヴィンドはすぐに何かがいつもと違うことを見抜いたようだった。暗い窓。マルコの沈黙。

「どうしてこんなところに立っているんだ、マルコ？」エイヴィンドは不安そうに窓を見上げた。「いないのか？」

「なんでカイは一緒じゃないの？」

「カイは家にいないのかい？」エイヴィンドの顔から笑みが消えた。

「わからない。まだ上には行ってないんだ。ふたりで一緒に帰ってくると思っていた」

「そんな馬鹿な」この瞬間に、エイヴィンドの頭は不安でいっぱいになったのだろう。急いで家に向かおうとした。

「待って、エイヴィンド！　中に入っちゃ駄目だ！　待ち伏せしているやつがいるかもしれない。僕を狙ってるやつが」

エイヴィンドは言葉にならない失望が表れた目でマルコを見つめた。そして警告を無視して駆けだした。ビニール袋をその場に放りだし、通りを渡って、あっという間に建物の中に消えた。数秒後、窓のひとつに明かりが灯った。

マルコはまた通りから引っ込んで、よその家の壁に背中を押しつけて隠れた。家の中から声が聞こえてきたり、ドアが開いたりしたら、すぐに逃げなくちゃならない。息を詰まらせながら待っている間、マルコはゾーラの悪のすべてが、自分を介して広がっていく恐怖におののいた。そして、幅木の裏に隠した金のことを考えた。恥ずかしいと思いながら、何よりも金のことが気になった。

「マルコ！」エイヴィンドの叫び声が通りに鋭く響き渡った。けれどそれは助けを求める声ではなく、怒りの声だった。ゾーラならともかく、まさかエイヴィンドの口からそんな大きな怒鳴り声を聞くとは思っていなかった。

マルコはすばやくあたりを見回した。しんと静まりかえっている。

通りを渡って、階段を駆け上がった。ドアは開けっ放しになっていた。中からエイヴィンドの声が聞こえる。よくわからない物音もしていた。

これまで泥棒に入ったどの家でも、玄関ホールは家のいわば序曲のようなものであり、中の部屋の雰囲気を真っ先に感じとることができる場所だった。このわずかなスペースに立てば、この家の住人が何に夢中になっているか、あるいは何を仕事にしているかがわかるのだ。エイヴィンドとカイの場合は、亡くなった俳優、とりわけ女優の写真が高級なマホガニーや銀製のフレームに収められて壁に飾られている。その芸術的センスにあふれた配置は、北イタリアにいた頃にときおり慰めを求めて訪れていた教会の宗教画を思い出させた。その偶像たちがすべて床に落ちていた。フレームは壊れ、ガラスが散乱している。カオスを目で追っていくと、開いている居間のドアから、室内ばきが突き出ていた。マルコは心臓が止まりそうになった。

思い切ってそこへ向かって進みながら他の部屋をのぞくと、中は目も当てられないほど荒らされていた。

居間に入ると、エイヴィンドがひざまずいて、カイの頭を支えていた。よかった、カイは生きている。目を開いている。死んでいてもおかしくなかったのかもしれない。カイの顔も、周囲の床も血だらけだった。

「いったい何をやったんだ、マルコ？」エイヴィンドがうわずった声で訊いた。「いったいおまえは何者だ？　これ以上私たちをそんな世界に巻き込まないでくれ、聞いてるのか！　こんなこと、誰がやったんだ？　さあ、言うんだ、早く！」

けれど、マルコは首を横に振るしかなかった。答えたくないわけでも、答えられないわけでもない。恥じていたからだ。

「救急車を呼んで、早く！　それがすんだら出ていってくれ。二度とここには現れるな、わかったな？　さっさと出ていくんだ！」

マルコは電話をかけた。その間、エイヴィンドは泣きながら、パートナーを励ましていた。だが、マルコが自分の部屋に置いてあった物を取りに入り、幅木がはずされていないことを確かめて安堵したちょうどそのとき、エイヴィンドが追いかけてきた。

怒りにゆがんだ真っ青な顔で、エイヴィンドはマルコを殴り、そして叫んだ。「鍵を返せ、この宿なし！　さあ早く！」

マルコはせめて自分の物を持っていかせてほしいと頼んだものの、エイヴィンドは怒りにまかせてマルコを殴り続け、最後にはマルコのズボンのポケットに手を入れて、家の鍵を探り出した。

そして窓を開けると、マルコの荷物を外に放り投げていった。毛布と幅木の後ろに隠してある金以外はすべて。

道の反対側でカップルが抱き合いながら、その騒ぎを見て笑っていた。

11

その夜、カールは自宅の前にたたずんで、キッチンの明かりが消えるのを待った。このうえ、モーデンに哀れんだ顔で見られたり、ミカにゲシュタルト療法で〝自己の気づき〟をうながされたりするのはごめんだった。今はただベッドに入り、静かに孤独に浸って傷が癒《い》えるまでじっとしていたかった。

モーナに振られた。カールはもう自分のまわりの世界というものがわからなくなった。振られた理由も、今になって振られる理由もわからなかった。モーナに短い言葉ですべての希望を打ち砕かれてしまう前に、なぜ自分が持てる魅力のすべてをかき集めて、モーナの気持ちを変えさせる努力をしなかったのかもわからなかった。こんなことは初めてだ。それとも、もうずいぶん昔の経験なので、女というのは体は柔らかくても強情な生き物だということを忘れていたのだろうか。

カールは足音を忍ばせて二階に上がった。気分は零度をはるかに下回っている。宇宙の果てまで行かないと体感できないくらいの温度だ。服を着たままベッドに身を投げた。横になって、先ほど起きたことを考えた。今後どうなるかを考えた。今までなら、こんなふうに難題を抱えて喉を締めつけられそうになったら、携帯電話に手を伸ばして、モーナに相談していただろう。だが、そのモーナに振られたのだ。どうすればいい？　ちくしょう、どうすればいいんだ？

〈ビストロ・ボエーム〉はカールが行くような店ではなかった。だが、その高級レストランに入ってテーブルにつき、ようやく周囲を見回せる余裕ができて、窓から〝散歩道《エスプラナード》〟という名の通りを眺めたとき、愛の告白には悪くない舞台だと思った。数日前、マガセン・デパートの裏通りで、すばらしいアクセサリーを製作しているロシア人に遭遇した。そのときに初めて、そろそろプロポーズしていい頃ではないかと思ったのだ。

カールは胸の高鳴りを抑えきれずに、上着のポケットに手を入れ、指輪が入った絹の袋をこねくりまわしていた。モーナはカールをまっすぐに見つめて言った。

「カール、今日はあなたと話し合いたいと思っていたの。わたしたち、もうずいぶん長くつき合ってきたでしょう。そろそろお互いをどう思っているのか、はっきりさせてもいいんじゃないかしら」

カールは心の中でほくそ笑んだ。完璧だ。これ以上は望めない幕開けだ。

すでに指輪の袋はしっかとつかんでいた。絶好のタイミングでテーブルの上にぽんと出し、ふたりの関係を確かなものにするときが来たことを宣言する。一緒に暮らす家を探し、婚姻届を出しにいき――モーナのどんな夢もともに叶えていく覚悟があることを。もちろん、カールの家ではちょっとした反乱が起きるだろう。だが、どんなことにも解決策はあるものだ。モーデンがハーディの介護をすることで家計には一定の収入が確保されるし、ミカも援助してくれれば、マウノリエン通り七十三番地の家を手放す必要はないだろう。

「あなたはどうしたいと思ってるの、カール？　考えてみたことはある？」

カールは微笑んだ。「ああ、考えたよ。俺は……」

そのとき、モーナがとても優しい目になったので、カールは思わず言葉を止めてしまった。モーナの顔をそっと両手に挟みたかった。その柔らかな肌をこの手で感じたかった。そのふっくらとした唇にキスしたかった。するとモーナは大きく深呼吸をした。それは、たいてい、議論を尽くした後で重要な決定を下すときの先触れだった。モーナはためらっていた。いいとも。決定的な瞬間というのは慎重になるものだ。

「カール、あなたのことはとても好きよ」とモーナは言った。「あなたはすばらしい人だもの。でも、この先どうなっていくのかしら。わたしは何度もそのことを考えた。いったい何が変わるの？　もし、きちんとした形をとったとしたら。一緒に暮らして、毎朝一緒に目覚めることになったとしたら」モーナはカールの手をとると、期待以上に強く握りしめた。どうやら、モーナには一歩踏み出すことが難しいようだ。カールのほうから言ってほしいのかもしれない。だが、カールは微笑んでいるしかなかった。その質問に答えることが許されるのはモーナ自身であり、自分ではないと思ったのだ。その後で絹の袋を取り出そうと思っていた。

するとモーナは答えた。ずいぶんと唐突で、情熱のかけらも感じられない答えだった。

「わたしはたいして変わらないんじゃないかと思うの。わたしたち、燃料切れしてしまうと思うのよ。今はときどきいいセックスをしているけど、すぐにしなくなるんじゃないかしら。最近のあなたって、わたしにもあなた自身にもよくわからない人になってしまったみたい、カール。今、この時点で、それがわかってよかったのかもしれない。最近、わたしとの約束をよく忘れるでしょう、カール。それに、わたしの娘や孫が一緒だと、しょっちゅう心ここにあらずって感じがするわ。もう以前ほど、わたしのことを気にかけてくれなくなったし、あなた自身の状況にもきちんと向き合っていない。ふたりで話し合って決めたことなのに、あなたはセラピーを途中でやめてしまった。わたしには将来が見えないの、カール、もうずいぶん前からよ。ええ、正直に言って、そう感じてからずいぶん経つわ。だから、わたしたちもう終わりにすべきだと思う」

カールは凍りついた。言いたかったことも言えずに、完膚《かんぷ》なきまでに論破された気分だった。本当に俺とはもう駄目なのか？　カールは完全に不意を突かれた。急いで考えたが、言葉が見つからなかった。逆にモーナには、この状況に打ちひしがれている様子はみじんもない。言うことをすべて言ってすっきりしたみたいに毅然《きぜん》としていた——そもそも彼女のこういうところに自分は惹かれたのだ。

「こういう話し合いを、今までどうして先延ばしにしてきたのかわからないわ。こうした会話を導くのが、わたしの仕事なのにね」モーナは続けた。「でも、話し合わなくちゃ。だって、わたしたちもう若くはないんだもの。そうでしょ、カール？」

カールは手ぶりで、少しだけ静かにしてくれと頼み、気持ちを落ち着けることに努めた。そして、これ以上ないほど緊張しながら、自分の見解を説明した。それでも今までとてもうまくやってきたじゃないか。口に出さなかっただけで、もちろん自分なりの考えは持っている、と。カールはあわてふためいているような印象を与えないために、言葉にも、アクセントにも、間の取りかたにも注意を払った。間を取るときには、天にましますわれらが神よ、と心の中で唱えた。

語り終える頃には、モーナの態度はやわらぎ、わかってくれたように見えた。すべては単に一種の倦怠期《けんたいき》によるものだと思った。モーナはただ、すべてをカール自身の口から聞きたかっただけなのだ。そこでカールはあえて少し微笑んで見せ、こうした状況でよく聞かれる常套句《じょうとうく》で話を締めくくった。「これからはなんでも言ってくれ、モーナ。ちゃんと耳を傾けるから」そして一瞬、実際にまたモーナと心が通い合った気がした。不安が解消されたモーナは、まもなくさっき口にした言葉を悔やむだろう。そして、その答えは絹の袋の中に用意されている。小さいが選び抜いた指輪だ。

モーナは控えめな笑みを浮かべ、うなずき返した。だが、カールの思惑通りにはならなかった。それぞれが努力をし、絆を深めつつ、互いの自主性も尊重していくことをふたりで約束する代わりに、モーナはカールの言葉を逆手にとって、こう告げた。

「わかったわ、カール。ありがとう。だったら、わたしたち、今後の人生はそれぞれ自分で面倒をみることにしましょう」

ハンマーで一撃されたようなものだった。ノックアウト。一秒で完全に意気阻喪《そそう》した。自分のことも、現実も見えなくなった。この瞬間に、目の前の女性はカールの知らない女になった。

絹の袋の出番はもうない。

翌朝、カールは自分を取り戻せないまま、家を出た。どの道を通って警察本部までたどり着いたかもわからない。目に映っていたのは赤いテールランプと、モーナが自分の人生からカールをはじき飛ばしたときのその瞳だけだった。

一睡もできなかった夜を少しでも取り戻そうと、ファイルを積み直し、机の上に両脚をのせるスペースを確保した。だが、座ったとたんに、ローセが前に立ちはだかり、昨日カールに見せていた尋ね人のビラの件でがみがみ言い出した。

昨日だって？　あんなろくでもない日のことなんて思い出したくもない！

しかし、気を取り直して、カールは自分に活を入れた。ここは職場だ。しかし、いくら頑張っても、カールの思考回路はモーナのまわりを堂々巡りしていた。

「はいどうぞ、カール」アサドが指ぬきほどしかないカップをカールとローセに差し出した。その中の粘土のような茶色い液体は、においから察するに、コーヒーでないことだけは確かだった。

「飲んでも大丈夫なのか？」カールは疑いの目でカップをのぞきこんだ。だが、アサドはチコリコーヒーを飲んで死んだ人は知らないし、それどころかびっくりするような効果があると請け合った。祖母がいつもそう言っていた、と。

チコリコーヒー？　第二次世界大戦中の代用コーヒーじゃないか。そんなものがこの平和な時代にまだあったのか？

「ああ、わかるよ。雑草とゴキブリだけは、この文明世界に終わりが来ても生き残っているだろうからな」カールは力ない声でコメントした。

アサドとローセがいぶかしそうにカールを見ている。何かおかしなことを言ったか？

カールはローセの日焼けした鼻を眺めた。少しは人間らしく見えるようになったじゃないか。「なんでこの尋ね人のビラが、そんなに重要なんだ、ローセ？　まだアンヴァイラーの事件が机にのってるだろうが。それとも俺の見間違いか？」

「アンヴァイラー事件は、もはやアンヴァイラー事件ではありません。その男は無実だということで意見の一致をみたと思っていましたけど？　いずれにせよ、ラース・ビャアンには報告書を書きました。捜査部Aのずさんな捜査について、たっぷり書いておきました。アサドとわたしは、被害者に捨てられた夫を少し調べてみるべきだという確信に至りました。それから、被害者が機械オンチだったかどうかも」

「機械オンチ？　なんだそれは？」

「ボタンやレバーがふたつ以上付いた機械を操作できない人間のことです。機械や電気のことを尋ねたら、固まってしまう人です。そういう人は操作マニュアルを読んでも、まったくついていけません。ダイヤル式の電話機がプッシュホンに変わっただけで、もうお手上げです。洗い桶《おけ》が食洗機に変わっただけでも。そんな人、思い当たりません？」

アサドはじっと耳を傾けていた。確かにこの定義にアサドはぴったりだ。

「つまり、おまえたちは、ハウスボートの火災は不注意による事故の可能性もあると考えているわけだ。そして、捜査員たちが何よりもまずこの可能性を徹底的に究明しなかったのは、初めから捜査が表面的で、いいかげんだったことの証《あか》しだと言いたいんだな？」

アサドが親指を突き上げた。カールは思わず目をみはった。どうしたら指にあんなにたくさんの毛が生えるんだ？　チコリコーヒーのせいか？

「うまいですね、カール！　〝表面的〟と〝徹底的〟。つまり、ボートが水の表面から水の底に沈んでしまった、ってことと掛けているんですよね？」

カールは目を白黒させた。なんだそれは？　信頼のおける部下であり、唯一の仲間でもあるこいつらときたら、昨夜はレモネードでどんちゃん騒ぎでもしたのか？　いいかげんに俺をそっとしておいてくれ。

カールは仏頂面《ぶっちょうづら》をアサドに向けた。「火災担当の捜査員は事故についてはなんて言ってるんだ？」

「それが、彼らはこの爆発の原因を突きとめられなかったんです。ガスボンベでもなく……」

ローセがアサドを遮った。「冗談じゃない、機械オンチならなんだってやりかねないわよ。たとえば、調理台の上にヘアスプレーを置いたとか、ガスコンロの火を点け損ねてガスが出ていたとか、そのうえ、ストーブに灯油が入っていて、棚の上に除光液が置いてあったら、完璧よ。それに、忘れちゃならないのは、アンヴァイラーが何をやって暮らしを立てていたかってこと。彼はロックコンサートの照明係か何かでしょ？ もしかしたらスポットライトを船に置きっぱなしにしていて、女性がうっかりスイッチを入れて、それがソファーの上に倒れて、そこにたまたま燃料用アルコールの瓶が一、二本置いてあったのかもしれないじゃない。可能性は無数にあるけど、真実はわからない。それに正直に言って、わたしにはそんなことどうだっていいわ。だって、これはうちの事件じゃないんだから。わたしはただ一軒一軒呼び鈴を鳴らして、聞き込みに回ることを勉強しろ、って誰かさんに言われただけですからね。ということで、これらの疑問はすべて、三階の人たちがちゃんと答えを見つけるでしょうよ」

カールは数回、深呼吸をした。ローセがこれほど途方もない想像力を持ち合わせているとは知らなかった。第二のアガサ・クリスティー候補に挙げてもいいだろう。

「それから、カール、昨日はなんて言ってましたっけ？ 帰る前に言わなかったですか？ハウスボート事件にはもううんざりだって」

カールは姿勢を正し、頭の中で上着をつかんで身繕《みづくろ》いをした。今こそ、この心のうじうじをひねり潰《つぶ》して、目の前の生意気な女に、誰のドアにはエレガントな真鍮《しんちゅう》製のプレートが光り輝いていて、誰のドアには何も掛かっていないかを思い出させてやるときだ。ここのリーダーは俺だ。

「俺がうんざりしていたって？　ローセ、おまえさんの意図がどこにあるのか、俺にはちゃんとわかっている。その答えはノーだ。俺は今日は絶対にこの尋ね人の件について聞く気はない。解明できていない事件があるのに、新しい事件になんか取りかかれない、わかったな？　ここには未解決事件はほかにもたくさんあるんだ」

アサドの目が輝いた。ローセがどんな反応を示すのか、見たくてうずうずしている。

「なあ、ローセ、ここでまたさらに別の事件に取り組む余裕なんて俺たちにあるのか？　外の廊下の壁にピンで留めてある事件のことを忘れたか？　アサドが赤と青の荷造りひもで結んでいる事件のことを。今、いくつある、アサド？」

「赤いひもですか？」

「違う、事件だ」

ローセは黒く縁取られた目でカールを突き刺すように見つめた。「六十二件です、カール。わたしが数えられないとでも？　でもこの事件は……」

「俺の話を聞け、ローセ。アンヴァイラー事件の担当者は捜査でとんだへまをやったかもしれないが、俺たちがそのほころびを知っているのに繕う気をなくしちまったら、同じ穴の狢《むじな》じゃないか」

アサドが力強くうなずく。おそらく話の後半は聞き流したのだろう。

「火災現場の捜査結果が極端にお粗末だったことも考慮しなくちゃならない。船は完全に燃え尽きて、おまけに沈んでしまったんだ。そこへもってきて気象状況は最悪で、港の中は潮の流れが速かった。悪条件がそろっていたんだから、捜査の専門家といえどもしかたないだろう」

「捜査の専門家？」ローセは馬鹿にしたように顔をぴくりとさせた。

「そんな顔するな、ローセ。不服だってことはわかってる。だがな、俺はおまえさんがおむつをしていた頃にはもうこの仕事に就いていたんだ」

アサドは無精ひげをなでた。いつもなら、ジャリジャリという音が聞こえるところだが、聞こえたのはローセのため息だけだった。

「オーケー」アサドが締めくくった。「アンヴァイラーと話をする必要がありますね。船の状態について訊かないと。ちゃんと整備されていたのか？　犠牲者は誰なのか？　亡くなった人のことをもっと調べて、犯人像を探っていきましょう」

「まったくその通りだ、アサド。まさに俺が言いたかったことはそれだ。場合によっては、モーナ・イプスンに相談するといい。彼女ならきっと力になってくれる」カールはほくそ笑んだ。モーナがカールの知り合いから永久に逃れようと思ったら、グリーンランドの犬ぞり警備隊にでも志願するしかない。「いいか、アサドが言った通り、事件を投げ出さない以上、この難関を切り抜けなくちゃならない、ローセ。おまえさんはよくわかっているはずだ」

だが、ローセは返事をしなかった。ただそこに突っ立って、心の中で十まで数えているようだった。爆発するかどうかは誰にもわからない。いつ爆発するかもだ。

ちょっとテストしてやろう。カールはにやりと笑って、ローセに訊いた。「なんだってまた、この失踪人がそんなに気になるんだ？」カールはビラを指し示した。「赤毛にそそられるのか？　それとも、この内気そうな笑顔がいいのか？　このぱっとしない目に母性本能をくすぐられたか？　俺は別に興味ないんだがな」

ローセはうなずくと、冷戦の開始に向けて爆弾の安全装置をはずした。「わかりました、カール。どうやらあなたはこのビラを貼った少女とは違って、自分の父親とそれほど親密な関係にはなかったようですね」

「おまえさんはどうなんだ、ローセ？」カールは訊き返した。

アサドが驚いて眉をつり上げた。

おっと、まずいことを言ってしまった。しかし、カールが気づいたときには、ローセはすでに踵《きびす》を返し、コートとバッグを床に置いたまま、「じゃ！」とつららを突き刺すように言い残して、部屋を出ていった。

「あーあ」アサドがつぶやいた。

アサドが何を考えているかはわかっている。かっかしているローセより、微妙な場所にできた腫《は》れ物のほうがずっとましだった。もう、たくさんだ！　アンヴァイラー事件なんかくそっ食らえだ！　俺たちを見捨てて、ずらかっちまうマークス・ヤコプスンもくそ食らえ！　ラース・ビャアンも、ヴィガも、モーナも、みんなくそ食らえ！　何もかもどうでもよかった。とにかく、今はそっとしておいてほしかった。

そのとき、突然、みぞおちのあたりが震えだし、その震えが両側に広がっていくのを感じた。不快感というほどではないが、気味が悪かった。まるで全身の血管が同時に収縮と拡張を繰り返しているみたいで、いっこうに止まる気配がなかった。

この震えに慣れてくると、次は氷のような悪寒《おかん》が肩甲骨に沿って腋の下まで走り、体のあちこちに冷たい汗やら、熱い汗やらが噴きだしてきた。

もし一度もパニック発作を起こしたことがなかったら、これがそうだと思っていただろう。いや、もしかすると、やはり発作かもしれない。それとも、またモーナが幽霊のようにうろつき回っているのだろうか？

カールは震える指でローセのコーヒーカップをつかみ、冷めたコーヒーもどきを一気に飲み干した。青いレモンをかじった後のように、顔の筋肉が縮まった。カールは空気を求めてあえいだ——全身の感覚がない。うろたえながら天井をじっと見つめていた。ようやく落ち着いてくると、大きく深呼吸をした。

アサドが沈黙を破った。「ところで、三階のビャアンさんのところに行ってきました。アンヴァイラー事件はあっちに主導権があり、ローセの批判はまったくのナンセンスだと言われました」

カールは咳払いをした。声がしわがれているように感じた。「驚いたな。ビャアンは本当にそんなこと言ったのか？」

「はい。ビャアンさんは、この事件はまだ彼らのほうで捜査していて、すでにアンヴァイラーを逮捕できる見込みだと言ってました。われわれが出る幕はありません、カール」

互いに顔を見合わせた後、アサドが鼻息も荒く言った。

「馬鹿げた話ですよ、カール。何を言ってもビャアンさんは左から右へ聞き流すんです」

カールは微笑んだ。「右から左だ、アサド。右から左へ聞き流す、だ。まあ、それはいい。じゃあ、俺がマークス・ヤコプスンにかけ合ってみる。その間、おまえは愛想のいい声で、犠牲者の亭主に電話をかけて、できるだけ早くここに来てもらってくれ。亭主に自分で選ばせてやるといい。パトロールカーがいいか、それともタクシーで来るかをな」

12

殺人捜査課課長のオフィスには異様な雰囲気が漂っていた。つい先日まではただの書類地獄に見えていた部屋が、今は犯罪現場を思わせる混沌《こんとん》ぶりだ。分類されて引き裂かれた書類、鑑識の報告書、警官でなければ思わず目を背《そむ》けるであろう写真の数々、ラース・ビャアンに明け渡さなければならない机の引き出しに入っていた物や紙。その中で、マークス・ヤコプスンは単に取捨選択に没頭しているだけなのだろうが、その姿は長い戦いの歴史を回想しているようにも見えた。

「誰に手榴弾《しゅりゅうだん》を投げ込まれたんです？」カールは冗談めかして言うと、無駄なことだと知りながら座れそうな場所を探した。

「リスがすぐにごみ袋を持ってきてくれる。三十分ほど待ってくれないか、カール？」

「俺はただ、アンヴァイラー事件は特捜部Qが引き継ぐと言いにきただけですよ」

マークス・ヤコプスンは、古い消しゴムや折れた鉛筆、干からびたボールペン、引き出しの隅にたまった百年分のほこりに手をつけはじめたところで、顔を上げた。「駄目だ、カール、それは認められない。あの事件は三階の担当だ。あれはきみたちにプレゼントしたわけじゃない。ローセの教材として提供しただけだ、忘れたのか？　いいかげんに学んでくれ。きみたちが担当できるのは、われわれが回した事件だけだってことをな。事件を選ぶ権利はきみたちにはない――捜査の順番を決められるだけだ」

「マークス、いいですか、これは俺から課長への餞別《せんべつ》だと思ってください。俺たちはこの事件をあっという間に解決してみせますよ。それで課長は胸にもうひとつ勲章を飾ることができる。残されたわずかな日でその勲章をぜひ手に入れてください。ところで、万事順調ですか？」

表情から判断すると、マークスの神経はすでにぼろぼろのようだった。こんな状態で年金生活に入ったら、一週間あるいは一年後には、どれほど神経がむしばまれていることだろう？　だったらなぜ辞める？　だいたいマークスはいくつだ？　六十か？

「カール、きみがラース・ビャアンをどう思っているかは知っている。言っておくが、彼は悪い人間ではない。ビャアンと悶着《もんちゃく》を起こすな」

「ビャアンは俺の態度が気に入らなければ、いつだって俺をくびにできます。ただし、特捜部Qは存続させないといけない。Qを経由してそちらに流れ込む何百万もの予算と別れを告げる気なんてないでしょうからね。それは別として、ビャアンはアンヴァイラー事件のことは何ひとつわかっちゃいませんよ、嘘じゃありません」

殺人捜査課課長は天井を仰いで目を閉じた。頭でも痛いのか？　カールはマークスとこれほど距離を感じたことはなかった。

「そうかもしれんし、そうでないかもしれん」課長は力のない声で言った。「だが、ラース・ビャアンは、そう簡単に特捜部Qを別の人間に任せる気はないと思うがな、カール。特捜部Qをここまでにしたのはきみだが、設計図を引いたのはラース・ビャアンだ、私じゃない。できたら、ドアは静かに閉めていってくれないか」

「被害者の夫が来ていますよ、カール。海底油田の掘削基地でボーリングの仕事をしているそうなんですが、ちょうど今は陸に上がっていました。ラッキーでしたね」

カールはうなずいた。「ボーリング?」悪くない。そういう男は向かい風が吹いても歯を食いしばり、物事をあるがままに受け入れることに慣れている。だから、口を割らせるのはそう難しくないはずだ。

カールは、万力《まんりき》のような手とアメリカン・フットボールのクウォーターバックのような肩の男を想像していたが、まったくの見当はずれだった。被害者の夫はむしろスヴェレ・アンヴァイラーに似ていた。どうやら、焼死した女はこのタイプの男に弱いらしい。

男はアサドの隣にいるとよけいに小さく見えた——まるで真空ポンプで空気を抜き取られてしまったかのようだ。薄っぺらい胸板、小学生並みの肩。鋼鉄のような硬さはどこにも感じられない。ただし、そのまなざしには、必要なことはやり遂げる堅い意志がうかがえる。頑固な男のようだ。

「こんな穴蔵に連れてこられるとは思いませんでしたよ。まるで拷問《ごうもん》部屋ですね」男はうつろな笑い声を立てた。「デンマークでは拷問は許されていませんよ。ご存じならいいんですが」と言って、男は手を差し出した。その手は予想していたほど大きくはなかったが、握力はなかなかのものだった。「ラルフ・ヴィアクロン、ミナの夫です。私に話があるそうですね」

カールは男に座ってくれと手ぶりで示した。「奥さんがお亡くなりになったハウスボートの火災事件は、私とここにいる助手が捜査を引き継ぎました。この事件を優先して捜査してきたんですが、まだ解決できていない問題がありましてね」

ラルフ・ヴィアクロンはうなずいた。捜査に協力する気でいるようだ。もし不安や焦りを感じているとしたら、実にうまく隠している。

「捜査資料によれば、奥さんは亡くなる直前にあなたの元を去っている。ほかに男ができたとあなたに書き残して。それについて何かおっしゃることはありますか？」

ヴィアクロンはうなずいたが、ばつが悪いのか、カールたちの顔を見なかった。「彼女を恨《うら》むわけにはいきません。ベッドをともにしている男が一年のうち二、三カ月しか家にいないんです。満足できなくて当然じゃないですか？」

どう答えればいいんだ？　一年のうち二、三カ月も一緒だなんて、モーナと自分にとっては世界記録みたいなもんだ。くそっ、なんだって今、そんなことが頭に浮かばなくちゃならないんだよ。

「ええ、残念ながら、そういう話は近頃よく耳にしますね」とアサドは大急ぎで言うと、大げさににっこり笑ってみせた。なるほど、よい警官と悪い警官で自供を迫ろうって算段か。で、悪い警官役は俺だな。ぴったりだ。やってやろうじゃないか。

カールは机に身を乗り出した。「ラルフ・ヴィアクロンさん、そんな話を聞いている暇はこっちにはないんだ。それとも何か、本当にしかたないと思ってんのか？　女房があんたを捨てて代わりに選んだ男も、しょっちゅう家を空ける仕事に就いているっていうじゃないか」

ラルフ・ヴィアクロンは驚いた様子でカールを見た。「またその話ですか？　すでに警察に何度も説明したように、ミナはその男を全然知らなかったんです！　ミナはその男からハウスボートを買った。それだけです。ほかには何もありませんよ！」

カールはアサドに目をやった。アサドは平然とそこに座って、世慣れたふうにうなずいているが、どこかうわの空のようでもあった。砂漠の太陽から身を守るにはどこが一番いいか、とでも尋ねられた遊牧民か何かみたいだ。いったいどうしたんだ？

「だがな、ヴィアクロンさんよ。あんたが今言ったようなことは、どこにも書かれていないんだよ」カールは続けた。「そんな証言は必ず記録に残すもんだ。てことは、やっぱりあんたは証言していないと思うがね」

「確かに私は証言しました。それと、これもすでに言ったことですが、私はハウスボートの火災のことも、ミナがそれで命を落としたことも、うちに来た刑事さんから聞いて初めて知ったんです。きっとろくでもない新聞のどこかに載っていますよ。私が話を聞いてショックを受けていたこととか、ミナは船を買っただけでハウスボートの男とはなんの関係もなかったこととか。それを今になって否定されるなら、その捜査資料とやらを見せてもらいたいですね。その権利くらいはあるんじゃないですか？」

カールは再びアサドを見やり、さあ相棒、おまえの番だ、と目で伝えた。とにかく報告書を細かく読んだのはアサドだ。それなのに、こいつときたらなんだ？　何もせずに、ただ座ってにこにこ笑っているだけじゃないか。

カールの中に怒りがふつふつと湧いてきた。

「ヴィアクロン、あんたが女房を殺したんだろう、捨てられた腹いせに。あんたは火事にも関与して……」

「教えてください、ヴィアクロンさん」アサドにスイッチが入った。「海底油田って、一日に何リットルの原油をくみ上げるんですか？」

男は困惑した目でアサドを見た。カールも同じだ。

「いえね、私はただ、それがわかれば、油と一緒に上がってくるガスや泥の量もわかるので訊いているんです。つまり役に立たないものの量です。あなたがここで言っていることも同じです。私が何を言いたいかわかりますか？」

男の眉間に険しいしわが寄った。

「私はあなたが働いている会社に電話をかけたんですよ」アサドは謎めいた笑みを浮かべて言った。「みなさん、あなたにとても満足しているような印象を受けました」

男はそれに対して何やらつぶやき、当然だというよりも、何かを気にかけているような顔でうなずいた。

「ただ残念なことに、会社の人たちは、あなたはかなり怒りっぽい人のようだとも言っていました。それに、あなたは自分が怖いもの知らずだということを人に見せたがる癖があるそうですね。違いますか？」

ヴィアクロンは軽く肩をすくめた。「ええ、その通りですよ。アサドの話の持って行き方に、さほどぴりぴりしている様子はない。でも、私はミナを殴ったことはありません。そういうことをおっしゃりたいのならね。酒場で人とちょっとした殴り合いになったことはありますが、それで訴えられたことはありません。恨まれてはいますがね、それもご存じなんでしょう？」

「マーク警部補と私で、ミナさんとあなたが一緒に暮らしていた家を一度訪ねてみようと思うんですが。近所の方と少しおしゃべりもしたいですしね。どうです？」

ヴィアクロンは鼻を鳴らした。「私はかまいませんよ。どうせ過ぎたことですから。近所の人間なんか私にとっちゃどうでもいいやつばかりですしね。イスラム教徒とか、ユダヤ人とか、とにかくくそったればかりだ」

おっと、イスラム教徒とユダヤ人をいっしょくたにしたぞ。カールは驚いた。これはちょっとした挑発か何かか？　こいつはこうやっていつも殴り合いの喧嘩を引き起こしているのか？　なんて野郎だ。

その間にアサドはすでに立ち上がっていた。そしてにこにこ笑ったまま、ヴィアクロンの顔に右ストレートを放った。まさに青天《せいてん》の霹靂《へきれき》だった。そう思ったのはヴィアクロンだけではない。

カールがそれは少しやりすぎだぞと咎《とが》めようとすると、アサドはうなずいてカールを制止した。そして両手を膝にあて、尻もちをついた男の上に身をかがめると、まっすぐヴィアクロンの顔を見据えた。ふたりの目の間は十センチも離れていなかった。

アサドのやつ、いったい何を考えているんだ？　この穴掘り野郎がいまにも跳ね起きて、飛びかかってくるかもしれなかった。ヴィアクロンは文字通り頭から湯気を立てている。それがアサドの狙いか？　公務執行妨害で逮捕しろっていうことか？　最初に殴ったのは誰かと訊かれたら、嘘をつけと？

するとそのとき、ふたりは部屋中に響き渡る声で笑いはじめた。アサドは体を起こすと、男の肩を軽くたたいた。そして、ズボンのポケットからハンカチを取り出し、男に差し出した。

「彼はユーモアのわかる男ですよ、カール。見ましたか？」アサドはまだ笑っている。

穴掘り野郎はうなずき返した。自分の性格がわかってもらえたことを喜んでいるようだったが、顔はまだ痛そうだ。

「これだけは言っておく。二度と殴らないでくれよ」ヴィアクロンは言った。

「だったら、あなたも私をユダヤ人だなんて言わないでくださいよ」アサドは答えた。

ふたりは今にもまた腹をかかえて笑い出しそうになった。

カールにはさっぱりわけがわからなかった。それに、アサドとどう接したらいいのかも定かではなくなっていた。アサドがあんな行動をとったことを、妙に喜んでいる自分もいた。アサドが徐々に回復している兆しだと思ったからだ。その一方で、あんなふうに暴力を加減しながら利用するすべをどこでどうやって身につけたのかを考えていた。過去に何をしてきたのだろうかと。少なくとも、こんな光景にはめったにお目にかかれるものではない。

「あなたを外に放り出す前に、もうひとつ質問があります」アサドが先を続けた。

何を言ってるんだ？　そう簡単にこの男を釈放するわけにはいかないぞ！　まだ尋問を始めたばかりじゃないか。

「奥さんは不器用な人だったんですよね？」

夫はアサドの右ストレートがまた飛んでくると思ったのか、頭を後ろに引いた。

「いったいどうしてそんなことを知っているんだ？」男は啞然として逆に訊いてきた。

「じゃあ、不器用だったんですね？」

するとと夫の顔に笑みが広がった。

「引っかけたんだな、まあいいだろう。確かに、ミナは、世界中のお金をもらってもうちには絶対に来てほしくないとおふくろに言わせたほど不器用だったよ。初めておふくろを訪ねたときに、居間に飾ってあった磁器製の人形のほとんどを割ってしまってね」夫はうなずいてみせた。「もちろんミナだって、そのときは泡を食ってたよ」

アサドはカールに目で訊いてきた。

「泡を食うというのは、あたふたするって意味だ」カールはそう説明したが、アサドはどうやらいまひとつわかっていないようだった。

「では、奥さんは機械や電気製品もうまく使いこなせなかったんでしょうね？」

ラルフ・ヴィアクロンは腹を震わせた。「彼女がトースターを使ったら、パンは白くて柔らかいまんまなのに、トースターからはもうもうと煙が出ていたよ。でも、それがどうしたって言うん……」

ヴィアクロンは最後まで言わなかった。

三人は互いを見合った。

「はっきり言っておきたいことがある、アサド。俺のオフィスで血を流すほど人を殴るなんてことは認められない」カールはラルフ・ヴィアクロンが帰ると言った。「説明してくれ。いや、おまえだってよくわかっているはずだ。次はまじめにやってくれ、いいな」

「カール、あなただって見たでしょう。あのあと、リラックスしていいムードになりました。いいですか、ラクダがおならをするときは、理由がふたつあるんです」

まったく、またラクダかよ。

「草を食べすぎたか、そうでなければ、退屈な砂漠の太陽の下で、二、三発景気のいい音を響かせる必要があったかです」

「ラクダの話はわかった、アサド。だが、それでどう弁解するつもりだ？」

「私は、長い間、海底の穴を掘るなんて退屈な仕事に違いないって思ったんです」

「確かに。つまり、おまえがあの男を殴ったのは、ちょっとした娯楽だったと言うんだな？」

「はい、カール、冗談で殴っただけです。あなたもわかっていたでしょう。彼はわざと私たちが気を悪くするような態度をとっていたんです。だから私は教えてやったんですよ。そんな態度をとっていたら、相手がどう出るか。それでも、その後でいい友だちになれるってことを。私が一発殴ったと同時に、あの男は私たちの仲間になったんです」

「つまりおまえは、あいつが酒場で殴り合いになったのは、ラクダが退屈な砂漠で自分の存在に花を添えるために屁をこくのと同じ理由だと思っているんだな？　だったら、女房のことはどうして殴らなかったんだ？」

「奥さんを殴ってもおもしろくないって、とっくにわかっていたんでしょう。だからです」

「だが、あいつが犯人じゃないと決める根拠としては弱すぎる」

「犯人じゃないとは言ってませんよ。いいですか、ラクダを後ろから襲うときっていうのは、頭をひづめで一発蹴られるくらいの覚悟はしているものです。そういうことですよ」

やれやれ。

「今度は、ひょっとしてメスのラクダの話か？　で、そのポイントは、相手も楽しまなきゃ、ぶちのめしても楽しくないってことか？」

アサドはにっこり笑った。「あなたにも理解できたようですね、カール。とてもよくできました」

カールがまだ駆けだしの警官だった頃は、電動タイプライターと二本の指を使って、二十分で報告書を書き上げていた。今では、十本の指と第十五世代のワープロを使って少なくとも二時間半はかかる——それも運がよければの話だ。報告書というのは、もはやただの結果ではなく、結果の結果の結果なのだ。

ふだんならカールは、こういうお役所仕事が大嫌いだった。だが今日は、ひとりでパソコンと向き合っているほうがありがたかった。ただし、なかなか集中はできなかった。

廊下から、ローセとゴードンの話し声が聞こえてくる。どうやら、ローセは自分がどうやってアンヴァイラー事件を解明したのかを自慢したらしく、ゴードンのローセに対する賛美の言葉には聞き捨てならないものがあった。ゴードンが地下で何を嗅ぎ回っているのかは知らないが、いずれにしても、ローセの下着をなんとかして征服するつもりらしい。

カールは耳をふさぎたくなった。大失恋をしたばかりのときに、こんな口説き文句を聞きたがるやつがいるか？

「やあ、ゴードン」カールはふたりが戸口の前を通りがかったときに声をかけた。「車庫入れはうまくいったか？」

ローセはカールに冷ややかな視線を送ると、ドアをバタンと閉めた。

ってるのか？

カールは顔をしかめた。あのくちばしの黄色いやせっぽちのほうが、ローセの点を稼いだっていうのか？

カールはパソコンに向き直り、ロッテルダムの出張報告書にとりかかった。それは容易に片付く仕事ではなかった。スキーダムの釘打ち機殺人事件を担当している警官の英語が、これまで出会ったオランダ人の語学力と比べると驚くほどお粗末だったからだ。

なんとか二ページは書けたものの、それでは少なすぎる。ちくしょう、なんで集中できないんだ？ 会議用の資料を送ってもらうか？ そうしたら警察本部の誰かが翻訳してくれるかもしれないしな。

カールは首を横に振った。

そんなものが役に立たないことはわかっていた。心の安らぎを見つけたければ、道はひとつしかない。モーナとドラマの第二幕を始めなければならない。そして第二幕は、第一幕よりもっと建設的でなければならない。

カールはモーナの仕事場に電話をかけてみたが、もちろんモーナは出なかった。何か新しいことを始めたくなったモーナは、数カ月前から共同クリニックで働いている。それ以来、電話をかけるたびに、まず受付の誰かが電話に出るようになった。この受付の女が、自分もいっぱしの心理学者だと言わんばかりに振る舞うものだからたちが悪い。

「あいにく、モーナ・イプスン先生は電話に出られません。カウンセリング中です。まあ彼の場合は患者さんとは言えないかもしれませんが、先生が部屋のドアに〝面談中〟と出しておられることは事実です」

〝事実〟だって？——今度、受付のカウンターに寄りかかって、この女に事実ってものをわからせてやる。

事実！　カールは電話を切るとすぐに、モーナはまったく別の理由でカールと別れたのかもしれないという不安に襲われた。

カールが結婚指輪を探しながら道を行ったり来たりしている間に、モーナはほかの男と会っていたのかもしれない。自分はただ気づかなかっただけで。

いや、モーナはそんな女性ではない。ほかに好きな男ができたのなら、単刀直入にそう言ったはずだ。

にもかかわらず、裏切られたという思いがカールにひたひたと近づいてくる。こんな思いに駆られたのは、これまでたった一度しかなかった。十二歳のときだ。暑い夏の日に、カールはプールサイドで、胸が大きく開いた水着でポーズを取るリーセを目にした。リーセはまるで、一気に何光年も彼方に行ってしまったように見えた。小さい頃から、ふたりは大の仲よしで、十二の頃には周囲からひやかされる恋人同士のようになっていた——それなのに、プールサイドで彼女は公然とよその男に笑顔を向けていたのだ。しばらくして、ようやくリーセがカールに気づいたとき、その笑顔はみるみる変わっていった。一秒でリーセはおとなの女になったというのに、カールはまだ十二歳の体から抜けられずに、恥ずかしさと孤独を感じていた。

そのときの孤独感から解放されるのに十年かかった。そして今、同じ気分をまた味わっている。のけ者にされ、ひとりぼっちになった。これは嫉妬ではない。もっと深い、もっと大きな痛みを伴うものだ。

なんてこった。カールは独りごちた。おまえはモーナなしにはやっていけないんだぞ。これからどうするつもりなんだ？

13

廊下から、聞き流しようのないカツカツと響くローセの足音が聞こえてきた。カールは最悪の事態を覚悟した。昨日のツケが回ってきたのだ。なんでローセの父親のことに触れてしまったんだ？　カールは何度も自問した。それがローセの傷口をどれほどつついてしまうかわかっていながら馬鹿なことをやってしまった。

「落ち着いてください、カール。今朝、私はいつもより長くアッラーと話しました。今日はいい日になりますよ」アサドは言った。

この男はどうやって、神とこの世の人間と同時にコンタクトが取れるんだ？

「ちょっと来て、ふたりとも！」ローセはすこぶる元気そうで、目をきらきら輝かせている。

一応、ローセ本人のようだ。「びっくりさせてあげるから」

カールの抗議は織り込み済みだったらしく、ローセはくるりと踵を返した。ふたりはしかたなく後についていった。

皮がむけた鼻を除けば、ローセは絶好調のようだ。とにかく、階段をあがっていく速さときたら、睡眠不足とタールまみれの肺を抱えたカールやいまだ頼りない足取りのアサドには、ついていくのがやっとだった。ふたりは息も絶え絶えに守衛室の前を通り過ぎ、よろめきながら警察本部の前の広場を歩いていった。ローセはすでにハンブロス通りを小走りに進んでいる。〈ファルク〉の本社ビルの近くにある駐車場に行こうとしているらしい。

デスメタルのファンなら、ローセがめざしている車をちらりと見ただけでも、目をうるませるだろう。火花が飛び散る赤い炎がラジエーターグリルからテールランプまで描かれ、その上を、針のようにとがった角《つの》が付いたバッファローの頭蓋骨の絵がぐるりと取り囲んでいる。有刺鉄線を思わせる字体で車の側面に書かれた〈短剣《ダガーズ》&刀《スウォーズ》〉というバンド名に、これ以上ふさわしいツアーバスはないだろう。スウェーデンのマルメ出身だとかいうバンドの車だ。

ローセは小型バスのスライドドアを勢いよく開けると、カールとアサドに身ぶりで中に入るように指示した。

そこに青白い顔で座っていたのはスヴェレ・アンヴァイラーだった。彼は不機嫌そうに会釈をすると、無言で向かいのシートを指し示し、やはり無言でビールを三缶つかんで、プルトップを開け、一缶ずつ差し出した。

「手短に行きます」ローセが口火を切った。「スヴェレ・アンヴァイラーさんは十分後にはここを出発する予定です。オーフスに向けて。フェリーに乗らなくちゃならないんです」

カールは座り、ギターケースをわきに押しやってアサドを自分の隣に座らせた。インターポールがこの一年捜してきた男が目の前に座っている。傷だらけのブリキ箱のようなこの車のほんの百メートル先には、デンマーク国家警察の本拠地があり、その隣にはラース・ビャアンのいるコペンハーゲン警察本部が建っている。それなのに、この男はあっさりオーフスに行かせてもらえると本気で思っているのか？

「わたしは、アンヴァイラーさんがもうてっきりマルメに帰っていると思っていたので、今朝、列車でマルメに行くつもりだったんです。でも、念のために〈ダガーズ＆スウォーズ〉のスケジュールをチェックしたら、昨日、ハアスホルムで演奏していたことがわかったんです」ローセはその事実を見落とさなかったことにご満悦のようだ。「それで、イベントの主催者に電話をかけてバンドの居場所を訊いたら、バレルプのホテル・ズリープで朝食中とのことでした」

「彼女が電話をかけてきたときは、てっきり追っかけかと思ったよ」スウェーデン人のアンヴァイラーは、努めてデンマーク人っぽく聞こえるような話し方をした。

「ええ、そう聞こえるように頑張りましたから」と言ってローセは笑った。

カールは眉をしかめた。この〝イベント〟が終わったら説教だ――インターポールが手配している殺人事件の容疑者に電話で面会を求めてどうする？　不意打ちをかけて逮捕し、一件落着。それが当たり前だろう。

「この人から状況は聞いたよ。驚いたのなんの。俺は何ひとつ知らなかったからね」小男は言った。「でも、誓って言うけど、俺はその不幸な事件にはいっさい関わっちゃいない」

口達者なスウェーデン人だな、とカールは思った。

「そりゃ、普通はそう言うだろうな」カールは返した。

「だって、実際、火事があったときは旅の最中で、そんなことできるはずがないんだ。ハウスボートを売ってからは、港にも行ってないしね。まあ、暇ができたら、一度様子を見にいこうとは思っていたけど」

「われわれは、あんたが旅に出ていたことを示す状況証拠は入手している。だが、どうしたら裏が取れるかね？」

「どうしたら？　まあ、いろいろ持って帰ってきてるよ。領収書とか写真とか。全部マルメの自宅に置いてある。必要ならなんでも見せるけど」

カールはうなずいた。「それであんたが言っていることが真実だとわかれば、われわれはあんたを捜査対象からはずさなくちゃならないんだが、ひょっとして、あんな大爆発を引き起こした原因について、何か思い当たることはないか？　答えにくいとは思うがね」

スヴェレ・アンヴァイラーは古いラジオの電子管のような物を両手で回していた。おそらく後ろに積まれているアンプの部品だろう。夜のどんちゃん騒ぎの痕跡が水色の瞳の下に暗い影を落としている。突然、アンヴァイラーの口元が悲しげに引きつり、耳にピアス、首にタトゥー、それにスキンヘッドというタフな見かけが場違いに見えてきた。

「いや、何もない」そう短く答えると、無数の鋲《びょう》が打たれた黒革のジャケットに身を包み、ぴかぴかのブーツをはいたアンヴァイラーは、やけに神妙に語りはじめた。

「ただ、売る前にボートに少し手を入れたんだよ。床板に何度かラッカーを塗って、木の部分にはすべてオイルを塗った。そんなことをしたもんだから、エンジンルームにラッカーとオイルの残りがまだ置いてあったんだ。俺は彼女に、片付けるのにもう一日かかるって言ったんだけど、彼女は後は自分でやるし、換気もちゃんとするって言ってくれたんだ。だからもう出発しろってね。正直言って、そうしてもらえるのはありがたかった」

「つまり、ボートを買った女がラッカーとオイルの処分を忘れていた可能性があるってことか？ で、それが自然発火して、全部吹っ飛んじまったと？ だとしたら、鑑識が海底でブリキ缶を発見したはずだ」

「いや、缶じゃなくて、塗るときに使うプラスチックの皿に出してあったんだよ」スヴェレ・アンヴァイラーは完全にしょげかえっていた。「もしかしたら、発火原因は別にあって、それでドカンといっちまったのかもしれない。まったく、彼女に船を案内したときにその可能性を考えるべきだったんだ。彼女ときたら、まるでうわの空だったからね。何を説明しても、〝はい〟って答えていたけど、話を聞いているようには見えなかった」

「ガスコンロか？」

「いや」アンヴァイラーはしょんぼりと三人を見つめた。「発電機だと思う」

「エンジンルームにあったのか？」

アンヴァイラーはこくりとうなずいた。

「アンヴァイラーさん、われわれと一緒に通りを渡って、今の話を、うちの上司にしてくれないか？」

アンヴァイラーは肩をすくめてみせた。

確かに先ほど急いで出発して、フェリーに乗らなければならないとは言っていた。そのうえ、アンヴァイラーには前科がある。こうした協力を嫌がる態度は、警察に対する根強い不信感によるものだ。偏見をもたれてきちんと話を聞いてもらえないのではないかと疑っている。人間誰しも、嫌な経験はいつまでもひきずるものだ。

カールは長い階段を食堂に向かった。マークス・ヤコブスンへの餞別にしては充分ではないが、シーバスリーガルを一本下げていた。

食堂の入口には〝送別会〟と書かれていた。もっとふさわしい言い方があるんじゃないか。〝捜査部Aの告別式〟とか、〝ハラスメント体制の開幕式〟とか。

何もかもが変わっていくだろう。よりにもよって、なぜ今、辞めなくちゃならない？　せめて俺が逃げ出すまで待てなかったのか？

この悲しみに満ちた日のために、秘書のサーアンスン女史は、食べ物というよりは体操のマットに近い、鉛《なまり》のように重たいケーキを焼いてきた。リスはそれを小旗で飾り立てた。そして、飲むにはまだ時間が早いので、おそらく使われることのない、ずらりと並んだプラスチックカップの下に広げられた紙のテーブルクロスには、誰かがかわいらしい活字体でこう書いていた――〝ご退職おめでとうございます、課長！　ありがとうございました、さようなら――捜査部A〟。やれやれ、ひどいもんだ。

本部長のスピーチは短く、あきれるほど空疎《くうそ》だった。長年にわたって殺人捜査課課長と派手にやり合ってきたテーマをすべて避けて通ると、そうならざるをえなかったのだろう。逆に、ラース・ビャアンは、マークス・ヤコプスンの流儀の何を引き継ぐつもりかを延々と語った後、さらに長い時間をかけて何を引き継がないかを語った。

ビャアンがスピーチを終えたとき、近寄っていったのはゴードンだけだった。しかも彼はビャアンの手を力強く握り、ビャアンは微笑みながらゴードンの肩を軽くたたいて応えている。それから、ふたりは顔を寄せて二言三言交わした。学生と新しい殺人捜査課課長が、いったい何をこそこそ話している？　ゴードンは、司法制度のからくりの一部をのぞき見ることを許可された法学部の学生にすぎない。ほかに付け加えるとすれば、驚くほど女の趣味が悪いスケベ野郎ということぐらいだ。

それとも、ビャアンの新しい従臣か？

俺はおまえから目を離さないぞ、のっぽ。カールは心の中でそうつぶやくと、長年の上司を慰めるように目を向けた。もしもマークスが決断を後悔しているなら、ビャアンをとっととアフガニスタンに送り返せばいいのだ。

「残念ですよ、マークス。もっといいスピーチを贈られて当然なのに」カールはそう言いながら、ウィスキーの箱をばつが悪そうに差し出した。「あなたほど有能で、すばらしい上司には二度とお目にかかれませんよ」カールはその場にいる全員に、そしてもちろんラース・ビャアンや本部長にもはっきり聞こえるように言った。

マークス・ヤコプスンはカールを見つめてかすかに微笑むと、テーブルの上に箱を置き、カールを力強く抱擁した。

こうしてマークス・ヤコプスンは警察本部での二十年の勤めを終えた。そして、いつも通りの日常が始まった陰で、誰にも気づかれずに職場を去っていった。

カールは、自分が辞める順番が来たときには、誰にも騒がれることはないだろうと思っている。そしてそれが希望でもあった。

カールは憂鬱な気分でローセとアサドに二、三の指示を与えると、机に座って、アンヴァイラー事件を片付けるための報告書の作成に取りかかった。

ハウスボートの火災事件は、結局、事故として記録されることになった。スヴェレ・アンヴァイラーは最悪の場合、少額の罰金刑を覚悟しなければならない。船を引き渡す前に、自然発火する物質を処分しておかなかったからだ。

悲劇ではあるが、特に興味深くもなく手柄にもならない事件で、ビャアンは報道陣の前に立たなければならなかった。だが、マークス・ヤコプスンにとってはいい終止符になったことを、カールは心から喜んだ。マークスの長いキャリアには、決定的な終わりを見なかった捜査がたくさんあったはずだ。解決しきれなかったためにふり返っても喜べない事件が。そしてこの先もきっと、マークスを苛《さいな》み続けるであろう事件が。それはしかたのないことだ。

カールは報告書を打ち終わると、プリントアウトし、表紙に大文字で〝解決〟と書きこんだ。その文字をじっと見ながら、無意識にモーナのことを考えていた。こんな状態から早く抜け出したかった。

カールとアサドは、全国から送られてきた未解決事件の紙が貼られた掲示板の前に立っていた。ここ数ヵ月で少しは片付けたものの、このボードから消えていく事件の数より、入ってくる数のほうが多かった。マークス・ヤコプスンが退職するまでの数ヵ月間、捜査部Aの事件解決率は九十パーセントに及んだが、全国の殺人捜査課がそこまでの成功を収められるわけではなかった。この掲示板がそのことを如実《にょじつ》に示している。ピンで留められた事件の中には、おそらく殺人事件ではなく、自殺もあるだろう。なにしろ、この十年は多くの人にとって過酷な時代だった。事件解明にかかる費用もずっと変わっていない。クモの巣のように張りめぐらされた青いひもは、明らかに類似点が見られる事件と事件をつないでおり、赤いひもはさほど多くはないが、関連性が裏付けられた事件と事件をつないでいる。

そして、まったくひもの付いていない事件もある。

「これだけでも、猛烈な勢いで片付けていかなくちゃならない数だ、アサド」

「やはりそう思いますか、カール。体はひとつでも心はふたつですね」

「逆だ、アサド。体はふたつでも心はひとつ。とにかく、俺たちの考えは同じってわけだ。

そのうえ、また新たな未解決事件をしょい込む気になれるか？　疑問だらけで捜査に行き詰まった、大昔の事件なんて」

「ええ、カール、ローセにはできると思いますよ。一件解決したところですしね」

「しかし、あいつがやりたがっている事件は、これまで掲示板に登場すらしてこなかったんだぞ」

「それでも、カール。ここに貼っておきましょうよ」アサドは疲れた様子だが、いたずらっぽい目をして笑った。以前のアサドとほとんど変わらなくなった。あと少し足りないものがあるとすれば、ハッカ茶と、ベタベタの甘い菓子が放つにおいと、アラブの悲しげな音楽だ。そしてウィンクの回数が増え、日課のように言葉遣いが怪しくなってきたら――アサドは回復したと言えるだろう。

「まあ、おまえの好きなようにしろ」カールは深いため息をついた。今日は抵抗する元気がない。カールの頭の中はモーナに占められている。「だが、このニュースはおまえからローセに伝えてくれ、いいな？」ローセは時としてそうした意思表示に少し大げさに反応することがある。そうなったら、今のカールの力ではとても太刀《たち》打ちできない。それに今は、本当に誰とも親密な関係にはなりたくなかった。

　カールはオフィスの椅子に沈み込むように座ると、気持ちを奮《ふる》い立たせるために、この日最初の煙草に火を点けて、数回深く吸いこんだ。モーナのことをあれこれ考えている間に、煙草はたちまち灰に変わった。

さらに何本か吸って時間の感覚を失った頃、不意にローセが目の前に現れ、芝居がかった咳を何度かしながら、例の尋ね人のビラで煙を追い払った。

「ありがとうございます、カール」ローセはただそう言うと、ビラを指し示した。

〝ガッツポーズも、感動の嵐もなかった。ただの〝ありがとう〟のひと言だ。だが、それがローセの口から出たとなれば、大ごとだ。

ローセはカールのぎこちない笑みを無視して、かつて自分がカールのオフィス用に調達してきた二脚のパイプ椅子のひとつに座った。

「わたしはこの行方不明者の件で……」と言って、ローセは赤毛のヴィルヤム・スタークの写真を指で軽くたたいた。「すでにご推察の通り、二、三、調べてみました。この電話番号はもう使われていませんが、新しい番号がわかりました。このビラを作った少女に連絡がつきます」

「そうか。ところで、この事件の何がそんなにおまえさんを虜《とりこ》にしたんだ?」

「アサド、悪いけど、こっちに来てくれない」ローセが叫んだ。

廊下から足をひきずって歩く音が聞こえ、戸口にアサドが現れた。彫刻を施した金属製のトレーを手に、戦闘準備が整っている。「〝トルコの悦《よろこ》び〟をおひとついかがです?」アサドはまるで聖杯を眺めるように、トレーの上のカラフルな砂糖菓子に向かってうなずいた。

「アサドはスタークの背景を、わたしは現在の状況を調べました」ローセは至極当然のことのように説明した。

カールはあきれた。この二人組ときたら、サバンナでヌーの大群に遭遇したようなものだ。勝手に先を走っている。一緒について走れなければ、わきへ飛びのくしかないのだ。

アサドは机の上に砂糖菓子を置くと、ローセの隣に座り、手帳を開いた。

「ヴィルヤム・スタークは頭のいい男です。大学で法学を専攻し、トップの成績で修了しています。失踪時にもっと出世していなかったことが不思議なくらいです」アサドはカールの前に紙を数枚置いた。「失踪当時は四十二歳で、外務省の職員として十五年間勤めていました。その前は、さまざまな利益団体の管理職や法律顧問に就いていました。結婚はしていませんが、マリーネ・クリストファスンという女性と、その娘のティルデと一緒に暮らして六年目を迎えていました。現在、マリーネは四十七歳、ティルデは十六歳、ヴァルビューに住んでいます」

「スタークの金回りに問題はなかったのか？」

アサドはうなずいた。「二十年間にわたる貯金があります。家のローンは終わっていますし、所有する有価証券の額は八百万クローネを超えています。その大半は母親から相続した遺産です。母親はスタークが失踪する少し前に亡くなっています。彼はひとりっ子で、近い親戚もいませんでした」

「八百万、そりゃすごい！」カールは口笛を吹いた。もし自分にそれだけの金があれば、キューバ行きのチケットを二枚買って、モーナを拉致《らち》して飛行機に乗るだろう。一カ月間ヤシの木陰を歩き、たっぷり腰を振りながらルンバを踊り、そしてベッドに潜りこむ――そうすればモーナの気持ちも変わるに違いない。

カールはしぶしぶ現実に戻った。「それで、スタークの周辺から、失踪の理由の手がかりとなるような証言はとれているのか？」

ローセが取って代わる。「ありません。職場の同僚によると、彼は穏やかな性格で、協調性のある人だったようです。報告書には、仕事においても、私生活においても、うつ病などの原因になるようなことはなかったとあります」

幸運なやつだ。

「だったら、もう一度訊くが、ローセ、なぜこの事件にそんなに興味を引かれるんだ？　その少女に同情しているんだろうが、それ以外に何がある？」

「状況です、カール。いいですか、アフリカに行って、向こうで心ならずも姿を消したっていうならわかります。それならそう珍しいことじゃありません。アフリカってところはそこら中に危険が潜んでいますから。アフリカでみずから姿を消したというなら、それも納得がいきます。アフリカにだって、きっと一見しただけではわからない魅力的な場所があるでしょうからね。ヴィルヤム・スタークが冒険心から姿を消した可能性もあるでしょう。こちらでの日常にうんざりしていたのかもしれません。たとえば同僚や仕事に。デンマークの長くて暗い夜や、寒さや、政治に。あるいは、もっとセックスがしたかったのかもしれません。黒人の若い女の子が好みだったのかも……とにかくなんだってありえます」ローセはひと呼吸置いて、力を溜めた。「あるいは、肌の黒い少年が好みだったのかも。彼にも秘密があった可能性はあります——わたしたちと同じように」

カールはうなずいた。ローセはわかって言っているのだろう。

カールはアサドのほうを見た。アサドもうなずいていたが、そこにはためらいがあった。

説明は真実に基づいていなければならないと思っているのか、あるいはこういうときには安易に同意せず自制すべきだと心得ているのだろう。とにかく、ずるがしこい犯罪者のような妙なうなずき方だった。

「スタークには秘密があったと思うのか？」

ローセは肩をすくめた。「それはわかりません。ですが、スタークがアフリカで姿を消したわけではないことは事実です。それが、どうにも気になってしかたないんです。彼はデンマークに戻ってきたんですよ、カール！　カメルーンに着いてほんの数時間後には、帰りのフライトをキャンセルして、予定より早い便のチケットを買っているんです。そしてその飛行機は、予定通りコペンハーゲンのカストラップ空港に着陸し、スタークも乗っていました。航空会社の乗客名簿と、監視カメラのビデオを二本入手しています。そこに、スタークがスーツケースをピックアップして、転がしていく姿がちゃんと映っています。その後、突然、消えたんです。大地に飲み込まれたように」

カールは頭の中で事件を整理しようと試みた。「スタークが頭のいいやつなら、うまく逃げただけかもしれない。サーチライトはデンマークに向けられている。それはデンマークで姿を消したからだ。だが、スヴェレ・アンヴァイラーと同じように、コペンハーゲンに着陸してすぐに、エーレ海峡の橋を渡ったのかもしれない。そして果てしなく広がるスウェーデンの森のどこかに身を隠しているのかもしれない。あるいは偽造パスポートを使って、アフリカのどこか別の国にすぐに飛んでいったのかもしれない」

「その可能性についてはローセと私も考えました、カール」アサドが口を挟んだ。「スタークには敵がいたか？　彼は遊び人だったか？　何かとんでもないペテンに関わっていなかったか？　デンマークに忘れ物を取りに帰ってきたんじゃないか？　コペンハーゲンで金を調達する必要があったんじゃないか？　一緒に連れていくような女性が別にいたんじゃないか？　ローセと私で徹底的に議論しましたが、どれも可能性としては低いと思います」

カールは下唇を突き出した。ふたりともこの事件に全力投入しているようだ。それは認めてやらなければならない。

「つまり、手がかりとなるような材料はあまりないってことだな？　捜査報告書に何か書いてないか？　捜査の方向だけでもわかるようなことは？」

ふたりは黙って首を横に振った。

「じゃあ、俺たちの手元には何があるんだ？　何かひとつでもあるのか？」それがあったら苦労はしない。捜査なんてあっという間に終わるだろう。

「ヴィルヤム・スタークは、まだ死亡宣告されていませんローセは下を向いたまま言った。

「そりゃそうだ、ローセ。失踪からまだ五年経っていないからな」

「なので、自宅がまだ残っています。ほとんど変わらない状態で。それに、ベラホイ署から家の鍵もひとそろい送ってもらいました。つまりスタークの自宅はある時点で封印されているんです」

カールは眉を引き上げた。カールの中の猟犬が足跡を嗅ぎつけ、とたんに尻尾を振っている。そして、この本能から来る猛烈な好奇心をひと言で目覚めさせたのは、またしてもローセだった。

ああ、くそっ！

「よし」カールは椅子の後ろにかけてあった上着をつかむと言った。「だったら見にいこうじゃないか」

14

マルコは神経過敏になっていた。影を見るたびに、わずかな音を耳にするたびに、身をすくませた。またウスタブロー地区に戻ってきていた。一度見つかった場所には二度と戻るなというのが、ゾーラの常日頃からの教えだった。だから、ウスタブローにいれば、おそらくゾーラの手下は捜しにこないと思ったのだ。

少しでも安心して眠りたくて、深夜に街角のごみ用コンテナにもぐり込んだ。

捕まったら、もはや障害者にされるだけではすまないはずだ。森に逃げ込んだときに、ゾーラはすでにマルコを撃つ許可を出していたではないか。

突然、コンテナのふたが開き、マルコは飛び起きた。ふたを開けたホームレスは、マルコにいきなり飛びかかられてショックを受けたようだった。

六時半頃だろうか。細い裏通りに朝日が射しこみ、遠くに車の往来の音が聞こえる。街はもう目覚めていた。

マルコは荷物を黒いビニール袋に詰めると、まだ時間は早かったけれど、ダグ・ハマーショルド・アレーの図書館に向かった。そこに行けば必要なものすべてがそろっている。顔を洗えるトイレ。地図をプリントアウトできるコンピューター。そして、電気メーターが納められた小さなボックスに荷物を隠しておくこともできる。

図書館が開くまで、マルコは大使館が建ち並ぶ地区を散歩して時間をつぶした。あちこちに私服の警備員が立っていた。ロシア人はアメリカ人を、アメリカ人はロシア人を警戒している。

図書館が開くと、マルコは身繕いと地図のプリントアウトをすばやくすませて外に出た。まず、ソアデダムス湖に沿って歩き、適当に曲がってリュース通りに入り、そこからさらに北に進んだ。前後左右に絶えず視線を配り、どんな小さな動きも見逃さなかった。

スタークの家に着いたのは、周囲にひと気のない時間だった。こういう手入れの行き届いた一戸建て住宅が建ち並ぶ静かな地区は、正午近くが最も侵入しやすい。デンマークでは共働きの家庭が多い。そこそこの生活水準を維持しようとすると、母親も収入を得る必要があるからだ。だから、この時間帯はたいていの家は留守だ。気をつけなくてはならないのは、犬と、年金生活者と、わずかにいる専業主婦だ。でも、マルコのように幼いときから他人の家に忍び込んでいた者にとっては問題にならない。マルコは地元の人間のような顔をして通りを歩いていった。バルト三国やロシア出身のこそ泥にはそれができない。彼らは千メートル先からでも地元の人間でないとわかってしまうからだ。いつも同じ、流行遅れのジャージ、サイズの合っていないジーンズ、使い込んだリュックサック、物があふれんばかりに詰まったビニール袋という格好で、しかも必ず二人組で現れる。〝泥棒です〟と額に入れ墨をして歩いているようなものだ。

マルコはぼんやりと遠くを眺めているかのように装いながら、実際は目にしたものを細大もらさず頭に刻んでいった。

自分も将来、こんなきれいな場所に住んでみたい。どの家も大きくて住み心地がよさそうだ。年数を経た大きな樹木が湖を囲み、伸びた枝が湖面をかすめている。庭にはブランコやシーソー、そして小さなベランダ付きのおもちゃの家が置かれている。

豊かで平和な風景を眺めている間に、ヴィルヤム・スタークの姿が脳裏に忍び寄ってきた。自分の隣に横たわっていた死人が、今歩いているこの道をかっ歩していたこともあったのだと思うと神妙な気持ちになった。

ヴィルヤム・スタークの家の百メートルほど手前で、隣家の庭にひざまずいてプランターに苗を植えている女の姿が見えた。女は作業に没頭している。マルコは苗の数をかぞえた。まだ十五はある。そのていねいな手つきからすると、作業を終えて、庭を立ち去るまでまだ時間がかかりそうだった。女に姿を見られずに、スタークの家に入っていくのは無理だ。出直すしかなさそうだった。

スタークの家の前を通り過ぎようとしたそのとき、濃紺のプジョー六〇七が玄関先に駐車しているのが見えた。これでマルコの計画は完全につぶれた。

だが、通りすがりに窓から中にいる人の姿が見えるかもしれない。それが例の少女だったら？　そしたら呼び鈴を鳴らそう。マルコは決めた。隣の女にどう思われようとかまうものか。

実際に、通りに面した部屋のひとつに人影が見えた。だが窓から離れていて、ぼんやりとしたシルエットしかわからない。声が聞こえたが、それも小さすぎた。もしかしたら、家はもう売られてしまったのだろうか？　でも、インターネットでここの住所を調べたら、まだスタークの名義になっていた。もちろん誰かに貸している可能性もある。もしそうなら、すぐに立ち去ればいい。

マルコが窓ガラスの向こうにその男を見たのは、男がマルコに気づく前だった。男は窓に近づいてくると、とても真剣な表情であちこちを見ていた。慣れた動きで、何かを調べているようだった。まるで修理の見積もりを依頼された職人のようだ。けれど、職人ではない。あれは警官だ。どんなに離れていてもマルコにはわかる。その動作、その目つき、その風貌。警官のにおいがぷんぷんする。マルコは歩行者天国で物乞いをしていた頃、サミュエルと一緒に、ときどき〝警官捜し〟をして遊んだ。警官というのは必ずと言っていいほど、周囲を眺めるときにほんの少し力むものなのだ。

マルコはプジョー六〇七を見た。フロントガラスのそばに青色灯が置かれている。やっぱり警官だ。これ以上ここにはいられない。

だが、マルコが足を踏み出す前に、窓辺の警官がふり返り、その視界の中にマルコをとらえた。ほんの一瞬だったが、マルコはそんな短い時間ですべてを見透かされたように感じたばれている。そう思ったとたんに、マルコは全力で駆けだしていた。息を切らしてフースム広場までたどり着くと、マルコは立ったままで考えた。警官がスタークの家にいたということは、事件の捜査はまだ終わっていないということだ。マルコは次の一歩を踏み出さないわけにはいかなくなった。スタークの家に戻って、中に入るんだ。

＊

三〇年代に建てられたその小さな別荘風の家は、うっとりするほど美しいウッテルスレウ湖と、その向こうのホイ・グラズサクセの醜悪な巨大集合住宅を望む斜面に建っていた。カールは思わず首を横に振った。これほどの美しい自然に囲まれたコンクリートの塊には、そうそうお目にかかれないだろう。それでも、人間が手をつけた部分を除けば、このあたりはコペンハーゲンの中でもひときわ美しいところだった。

「かっこいいですね、あの高いの！」アサドは木々の間にそびえ立つグラズサクセのテレビ塔を指し示した。

爆破しちまえ、とカールは心の中で毒づいた。あんなもの、今すぐ、まわりのコンクリートもろとも吹き飛ばしてしまえばいいんだ。

「この家に泥棒が入ったたって言ってたな。それはいつの話だ？」

ローセはバッグから鍵を取り出して、玄関のドアを開けた。

「ヴィルヤム・スタークが姿を消したすぐ後のことです。彼の恋人とその娘がまだ住んでいましたから、被害状況についてはかなり正確にわかっています」

「普通の泥棒か？」

「いいえ、家中がひどい荒らされ方だったようです。マットレスや壁の絵まで切り裂かれていたそうです。でも、破壊行為が目的ではなく、むしろ何かを探していたようなんです」

カールはうなずいた。つまり、これはありきたりの失踪事件でも、ありきたりの盗難事件でもないということだ。カールは徐々に、ローセの好奇心がかきたてられた理由がわかってきた。

中に入ると、カビ臭い、よどんだ空気が鼻を突いた。典型的な空き家のにおいだ。ここにヴィルヤム・スタークは住んでいた。そしておそらく、ここに戻ってくることはないだろう。

カールは整然と片付いた居間に立って、大きな窓越しに、庭とその向こうのブレンスホイの町並みを眺めた。芝生はつい最近刈られており、スグリの木も刈り込まれている。

「誰が家や庭の面倒をみてるんだ？」

「スタークの恋人がいまでも定期的に来ているんだと思います。報告書にそう書いてあるでしょ、アサド？」

アサドはうなずいた。

カールは部屋を見回した。どの家具も調度も、スタークほどの地位にある男にしては質素だった。洗練されたデザイナーズブランドの家具に囲まれたマイホームなどには興味がなかったのだろう。安物の板張りの天井や壁を見ただけでもわかる。居間の増築部分も安価な材料で建てられていた。にもかかわらず、居心地がよさそうな部屋だった。ここは自殺を思い立ったり、過去とのつながりを全部断ち切りたいという思いに駆られたりするような場所では断じてなかった。

松材の棚の上に写真が飾られている。スタークと恋人とその娘が並んで写っていて、喜びと仲のよさがあふれ出ていた。三人の笑っている様子からすると、おそらくスタークがセルフタイマーを押して、ぎりぎり間に合って写真に収まったのだろう。

スタークの恋人マリーネ・クリストファスンは、少しぽっちゃりめで、えくぼのある感じのよい女性だった。娘は母親とは対照的にかなりやせていて、母鳥が本能的に巣から押し出してしまうような、弱ったひな鳥を連想させた。

スタークはどの写真でも幸せそうに、リラックスして写っていた。スタークが母娘の間に立って、ふたりの愛する女性の肩を抱いている写真もあった。スタークは、背広に藤色のネクタイを締めたり、緑色のチェック柄の半袖シャツを着たりするのが精いっぱいで、それ以上の冒険はできないといった印象の男だった。試験で優れた成績を収めたにもかかわらず、それが活かされなかった理由がわかるような気がした。この男はあまりにも謙虚で、遠慮がちで、几帳面すぎるに違いない。それがすべての写真からにじみ出ている。そして、そのことがカールの好奇心を目覚めさせた。これほどまじめで誠実そうな男の人生に、突然、何かの間違いが起こったら、痕跡が残るのが普通だ。

「アサド、空き巣に入られたときのことを、もう少し聞かせてくれ」カールは言った。

アサドはファイルを広げ、報告書のコピーを取り出した。

「プロの仕業のようです。指紋もＤＮＡも採れていません。二人組の男が黄色のライトバンで乗りつけたのを、近所の人が数人、見たと言っています。青い作業着を着て、黒い帽子をかぶっていました。ごく普通の男たちでしたが、夏でもないのに少し肌の色が濃すぎたそうです」アサドはにやりと笑った。自分もきっとそう言われると思ったのだろう。

「ですが、いまどき肌の色で判断するのは正しくないですよね。みんな一年中旅行に出かけますから。スキーに行ったり海水浴に行ったり。すぐにみんな私みたいになりますよ。ただし、こんなにむらなくきれいには焼けないでしょうけどね」

アサドは肩をすくめると、先を続けた。「玄関から入っています。ピッキガンを使ったんでしょう。ドアにはなんの痕跡も残っていませんでしたし、不審に思った人もいません。隣で庭仕事をしていた女性は、犯人が何か持って出てきたら気づいたはずなので何も持っていなかったと思う、と語っています。少なくともひと目でわかる物は持っていなかったようですね。彼らは一時間ほど中にいて、隣の女性に手を振ってあいさつして、立ち去ったんです」

「恋人のマリーネ・クリストファスンが警察に届け出たのか？」

「そうです。その後、ここにはもう安心して住めないと思ったようで引っ越しました」

「家はそのままにして？」

「はい」

「どうしてそんなことができるんだ？　誰がローンを払っている？」

「ローンは残っていません。家の維持費などはすべてスタークの資産の利息や配当で賄《まかな》われています」

「へえ」カールは部屋を見回した。「スピーカーやアンプを持っていったんじゃなければ、その連中はいったい何を探していたんだ？　金や有価証券や宝石か？　スタークがまっとうな手段で富を得たってのは確かなのか？　本当に遺産を相続したか、ちゃんと調べたのか？　合法的な手続きをとっているのか？　遺産裁判所の書類は調べたか？」

アサドの目は深い失望を表していた。もちろん、アサドはすべて調べていたのだ。

カールはあらためて部屋を眺め渡した。「何もかも堅実な暮らしそのものに見えるが、そんなことに意味はない。だまされるのは初めてじゃないからな。背後に麻薬が絡んでいる可能性もある。デンマークの税務署に申告していない資産を外国に隠し持っているとか、何かを密輸していたとか。あわててカメルーンから戻ってきたのは、向こうで何かしくじったからかもしれない。それで、こっちで待ち伏せされて殺されたってこともある。空港の監視カメラの映像には、スタークがどうやって空港を後にしたのか、映っていたのか？」

「地下鉄です」

「その後は？」

「駅のホームで姿を見られているのが最後です」

「そのビデオはまだあるのか？」

アサドは肩をすくめた。まだ調べていないということだ。

「こっちを見て」ローセが突然、両開きのドアから呼んだ。

ローセは廊下の向こう側の小さな書斎の壁を指さした。そこには扉が開けっ放しになっている金庫があった。扉の真ん中に取っ手の付いた中型の金庫だ。

「泥棒が入る前も開いていたの？」ローセはアサドに尋ねた。

アサドはうなずいた。「マリーネ・クリストファスンは、その金庫に鍵がかかっていたことはないと証言しています。ヴィルヤム・スタークはその金庫を使っていませんでした。ダンスケ銀行に貸金庫を借りていたんです。ですが、それも失踪の数カ月前に解約しています」

「貸金庫に何が入っていたのか、彼女は知っていたのか？　何か大事なものが入っていたに違いない。でなきゃ、金庫なんて借りないだろう」

「ええ、マリーネ・クリストファスンによると、フロッピーディスクとCD-ROMが数枚、それに宝飾品、とりわけ両親の結婚指輪を大切に保管してあったようです。でも、それを全部家に持って帰ってきた日があったそうです。そしてスタークは、フロッピーディスクの内容をコンピューターで見たあと、すべて消してしまったそうです」

「フロッピーに何が入っていたのかわかっているのか？」

「スタークの学位論文です」

「学位を取るつもりだったのか？」

「そのようです。でも、結局、取りませんでした。スタークは論文を提出しなかったんです」

「おかしな話だな。スタークはなぜ論文を捨てちまったんだ？」

「あなたが警部に昇進するつもりがないのと同じ理由かもしれませんね」

カールはアサドの顔を見た。いったいそりゃどういう意味なんだよ？

「俺がなぜそのつもりがないのか聞かせてもらおうか」

「違う仕事をしなくちゃならなくなるからですよ、カール」アサドは微笑んだ。「だって、あなたは退屈な田舎の警察署長になる気なんてないでしょう？」

まあ、いいだろう。アサドの言う通りだ。ラクダはサハラ砂漠で飼うほうがいいんだ。

「つまりおまえは、スタークは昇進を恐れて学位を取る計画を断念したと思ってるんだな？

マリーネ・クリストファスンはどう言っていた？」

「スタークは現状に満足していたと言っていました。彼はハナをかけるタイプじゃなかったそうです」

「〝鼻にかける〟だ、アサド。つまり、スタークは自慢屋じゃなかったってことだろ？　だったら、最初から、研究の道に進んで論文を書くこともなかったんじゃないのか？」

「マリーネ・クリストファスンによれば、それは母親の希望だったそうです。スタークの父親が博士号を持っていたとかで。母親が亡くなると、スタークはすぐに研究から手を引いてしまったそうです」

カールはうなずいた。ヴィルヤム・スタークのイメージが徐々にできあがってきた。それとともに、だんだんこの男が好きになってきた。

「論文のテーマがなんだったかわかるか？」

アサドはページをめくった。「マリーネ・クリストファスンはあまり覚えていませんでしたが、国際的な基金の設立に関することだったそうです」

「それはまたおもしろそうなこった」

カールは金庫の前にかがんで、中をのぞいた。本当に空っぽだ。

その後、三人は地下室にも行ってみたが、そこにも特に目を引くようなものはなかった。

家の中をほぼ回り終えると、カールはもう一度、何か変わったものがないか、ごくわずかな異常も見逃さないように壁や部屋の隅を注意深く見て回った。しかし、何もかもが整然としていて地味だった。カールの好みからすれば、少しばかり地味すぎた。

これだけ長い時間が経過していたら、物証を見つけることは容易ではない。もしかすると、マリーネ・クリストファスンがきれいに片付けすぎてしまったのかもしれない。決定的な意味を持つ一枚の書類が、ごみ箱の中に消えてしまった可能性もある——あるいは泥棒のポケットの中に。事件当時には残っていた痕跡が、時間の経過によって消えた可能性は充分にあった。

「さて、そろそろ引き揚げるか。特に収穫はなかったが、せっかく来たんだから、泥棒に入られたときのことを隣人に訊いてみよう。どうやら今日も庭をいじくり回しているようだからな」

カールは隣の庭でプランターにかがみこんでいる女性に目をやった。するとそのとき、向かいの歩道に立っている少年が目に留まった。こっちをじっと見ている目にも驚いたが、もっと驚いたのは、ほんの一瞬目が合ったときに何か響くものを感じたことだった。それは、被告と裁判官が視線を交わしたときと似ていた。少年はカールを見たとき、敵を目にしたかのような表情を見せた。

次の瞬間には、少年は目をそらせ、背中を向けて駆けだしていた。

まるで悪事の現場を押さえられたって顔だな、とカールは思った。

「あそこにいた少年を見たか?」カールが訊くと、ローセもアサドも首を横に振った。

「俺たちがここにいるのが、あまり嬉しそうじゃなかったんだ」

15

一時間後にマルコがヴィルヤム・スタークの家に戻ると、隣の家の前庭にいた女性も、警察の車も消えていた。

玄関を見ながら、マルコは当たり前のような顔で庭の小道を歩いていった。そして警報システムが設置されていないことを確かめると、あたりに目を配りながら家の裏側に進んだ。すると、格子がはまっていない半地下室の窓があった。高さは三十センチほどで、はめ殺しになっている。

マルコの顔に笑みがよぎった。水を得た魚のようなものだ。慣れた手つきでこぶしを握ると、窓の真ん中にひじを押しつけ、少し力を込めると、あいているほうの手で握りこぶしをトントンとたたいた。するとたちまちガラスに放射状にひびが入った。音はほとんどしなかった。それから、ガラスの破片を指でひとつひとつつまみ出していった。

破片を家の壁ぎわに積み重ねた後、マルコは仰向けに寝て、脚から先に窓にすべり込んだ。たやすいことだった。

地下室はひと部屋になっていて、一階のおよそ三分の一くらいの広さだった。壁にはしっくいが塗られているが、空気がよどんで湿気を帯びていた。洗濯室と工具室、それにピクルスなどの瓶詰め食品の保管庫を兼ねているようだ。洗剤のにおいがしたのでふと見ると、洗濯機の上に確かに洗剤がひと箱置かれている。箱を傾けると、粉はとっくに塊になっていた。思った通りだ。ここにはもう誰も住んでいないのだ。

マルコはペンキの缶と工具をすばやく点検すると、庭に通じるドアを開けてみた。よし、ここが第一非常口だ。

階段をのぼって一階に出ると、ベランダのドアまで行き、それも開けてみた。よし、ここが第二の避難経路。マルコはひとつ確認し忘れたことに気づき、あわててあたりを見回した。侵入者があると警報が鳴ったり、隣人に電話で知らせたりする動作感知装置がないことを確認したかったのだ。そして、サイレンの音が近づいてきていないか、耳を澄ませた。

相変わらずしんと静まりかえっている。マルコは仕事に取りかかった。部屋を順に見て歩く。以前は他人の家に侵入すると、そのうち住人のことは考えなくなるのが普通だった。金品を盗むときには、その被害者に対して決して同情を覚えてはならないとゾーラにたたき込まれていた。「全部おまえたちの物だと思え。知らない人間の写真は見るな。子供部屋のおもちゃは見るな。ひたすら自分の幼い弟妹のことだけを考えろ」

特に最後の言葉は、いまだにマルコに重くのしかかっている。

けれど今、マルコは物を盗むためにここにいるのではなかった。この家で暮らしていた人の物語を知るためにここにいる。たとえ小さな物でも、どんな人が住んでいたのかを教えてくれるような物を探しにきたのだ。

マルコは、引き出しの中や、書類を見ることから始めた。

ヴィルヤム・スタークは整理好きな男のようだった。クローゼットや引き出しをひと目見ればわかる。引き出しの中はごちゃごちゃになっているのが普通だ。マルコはこれまで百回以上、他人の家の引き出しを見てきたが、こんなにすっきりとした引き出しは見たことがない。ヴィルヤム・スタークは物をため込むタイプではなかったようだ。

壁や本棚にも、スタークの子供時代や青年時代がかいま見えるような物はなかった。堅信礼や、高校の卒業式のときに両親に挟まれて写っている写真も一枚もない。古いクリスマスカードが詰まった箱もなかった。その代わりにあったのは、税金関係の手書きの資料、保険証券が入ったファイル、国別に分けた外国の硬貨を小さなビニール袋に入れたものがのっている皿。旅行の領収書のコピー、搭乗券の束、さまざまな場所のさまざまなホテルに関するメモがアルファベット順に並べられ、輪ゴムで束ねられている。

こんな男は初めてだ。

少女の物と母親の物は、それぞれ両隣の部屋にあった。ここもなんだか様子がおかしい。少女の部屋の壁は淡黄色に塗られ、そこにあるのは、今ではもう少女が興味を失っているに違いない物ばかりだった。水槽も鳥かごも空っぽで、絵の道具は片付けられている。壁に貼られたバンドのポスターは、とっくに別のバンドに取り替えられていてもよさそうなものだった。母親の部屋のほうは時代を超越していた。棚には本がいっぱい詰まっていて、その上の戸棚にはハンドバッグと夏の帽子が並んでいる。部屋の隅にブーツが数足立てかけられ、鏡の横のフックにはさまざまな色のスカーフが掛けられている。

マルコは立ち止まった。これじゃまるで母親はまだここに住んでいるみたいじゃないか。だったら、なんでこんなに空気がよどみ、カビが生えているようなにおいなんだ？　なぜ洗剤は固まっているんだ？　なんで冷蔵庫はスイッチが切られ、空っぽなんだ？

やっぱりここには住んでいないんだろう。じゃあ、なぜふたりは荷物を全部持って出なかったんだろう？　いつかまたここに戻ってくるつもりなのか？　マルコに女性のことがわかるわけがなかった。自分の母親とさえ親密になったことはなかったのだから。

もしかしたら、その人はヴィルヤム・スタークがまだ生きていて、いつかまた帰ってくると思っているのだろうか？　ここにある物はすべて、また使われることを待っているのだろうか？

マルコは打ちのめされた。そんな日が決して来ないことを、そしてスタークがもう死んでいることを知っていながら、この部屋にいることがつらかった。マルコは居間に戻り、写真を眺めた。その中の一枚が、ビラに使われていたものだとすぐにわかった。女性と少女に挟まれてスタークが笑っている。きっと、少女がこの写真を切り抜き、それを拡大して使ったのだろう。

この三人が一緒に並んで立つことは二度とないのだ。

マルコは部屋をふり返り、はじめてソファーの背もたれのクッションが大きく切り裂かれていることに気づいた。それは暴力の証しだった。だから母娘は荷物を置いてあわててここを出ていったのだろうか？　押し込み強盗に寝こみを襲われたのだろうか？　それとも、ヴィルヤム・スタークが暴力をふるったのか？　そう考えると、マルコはぞっとした。でも、もしそうだとしたら、義理の娘はスタークが戻ってくることを望むだろうか？　いや、それは考えられない。

マルコは切り裂かれた部分をそっとつついた。中にほこりがたまっている。ということは、かなり前の仕業だ。鋭い刃物で一直線に切られていた。スタークのような几帳面で整頓好きな人間がこんなことをするとは、とても思えなかった。けど、正気を失っていたのなら話は別だ。

もしかして、嫉妬だろうか？　恋人にだまされていたとか？　だから、やけになって暴れたのか？　これは未練を断ち切ろうとしてあがいた結果なのかもしれない。

あるいは、何かまったく別の理由が裏にあるのだろうか？

マルコはもう一度、少女がビラに使った写真を見た。恋人とその娘に挟まれたヴィルヤム・スターク。その首には、今はマルコがつけているアフリカのネックレスがぶらさがっている。写真の背景は花が咲いている庭だった。三人とも大はしゃぎで、悩みごとなどまるでなさそうだ。頬がこけ、目の下に濃いくまができ、明らかに病人にみえる少女でさえも。

まったく理解できなかった。スタークの失踪、切り裂かれたソファー、母親の部屋に残された衣服……

マルコは、この家のどこかで答えが見つかることを願った。スタークはなぜ、ゾーラと関わりを持ったあと、この世から消えなければならなかったのか。その答えを見つけたかった。

そうだ、ゾーラだ！　マルコは体が凍りついた。ソファーが切り裂かれているのはゾーラのせいかもしれない。スタークは家に何かを隠していて、それをゾーラが探していたのかもしれない。ゾーラはそれを見つけたんだろうか？

マルコは一番大きなたんすに向かうと、たんすの内側と裏側を手で探って、何かがテープで貼りつけられていないか、調べていった。それが終わると、壁の絵の裏を順々にのぞき、敷物を持ち上げ、次に、切り裂かれたベッドのマットレスを持ち上げた。札束や高価な装飾品を探して、部屋から部屋へ、すき間からすき間へと慣れた手つきで調べていった。けれど、何もなかった。

最後に残ったのは、玄関の横の、チーク材の棚がたくさんある小さな書斎だった。金庫は空っぽで、どこを探してもなんの成果もない。マルコは金庫の前に膝をついて、人差し指ですみずみを探り、重い扉を揺すってみたが、何もなかった。それは、まったくありふれた、机の高さほどの時代遅れの金庫だった。中に仕切りも引き出しもなく、扉にはダイヤル錠が付いている。秘密の小引き出しのような目に見えない仕掛けもない。

最後に念のため、マルコは金庫に首を突っ込んで、底にすき間がないか、丹念に見ていった。やっぱり何もない。次にゆっくりと首を回して、金庫の天井も見ていった。そして、ほとんど仰向けになったときに、金庫の扉の枠の上のほうに黒い文字と数字を見つけた。赤い金属板にマジックでこう書かれている——

A4C4C6F67

「A4C4C6F67」マルコは五、六回声に出して読み上げ、暗記した。ただの落書きとは思えなかった。しかも、マジックで書かれている。

マルコは金庫から頭を出すと、戸棚の引き出しから税金関係の書類のファイルを取り出し、見比べるために手書きの4と7という数字を探した。それはすぐに見つかった。思った通りだった。金庫の戸枠にあったのと同じ、くせのある字で、4と7という数字が至るところに書かれていた。この書類がヴィルヤム・スタークが書いたものなら、金庫の数字とアルファベットもスタークが書いたものであることは間違いなかった。

マルコは椅子に座り、両手に顔を埋めた。A4C4C6F67。何を意味するのだろう？

数字もアルファベットも昇順に並んでいる。行ったり来たりはしていない。ACFと4667、それが混じり合っているだけだ。でもなぜ、最後の6と7の間にだけアルファベットがないんだろう？ 6と7は二桁の数字を表しているから？ それとも、F6とF7ということだろうか？

マルコはインターネットの知能テストを思い出した。そこに掲載されているパズル問題を、マルコはこれまで難なく解いてきた。でも、これはどうだ？ 何かの暗証コードとも考えられる。数え切れないほどの組み合わせが可能な、何かを保管するシステムのコード。なんだってありえる。逆に、なんの意味もないのかもしれない。このアルファベットと数字の列には何か欠けているものがあるのかもしれないし、並べ替えたり、または単に逆に読むべきなのかもしれない。

コンピューターのパスワードか、別の金庫の暗証コードである可能性が一番高い。そのコンピューターや金庫はいったいどこにあるんだ？ それに、このコードがまだ有効かどうかもわからない。

マルコは立ち上がり、部屋の隅に置かれた古いヒューレット・パッカードのコンピューターの前に行って、電源を入れた。コンピューターはうなるような音とともに起動したが、大きなモニターに灰色の画面が浮かび上がるまでに永遠とも思える時間がかかった。パスワードは必要なかった。ハードディスクには古い子供向けのゲームしか入っていなかった。マルコは電源を切った。

ほかにコンピューターは見つからず、特に考えつくこともなかったので、マルコはもう一度地下室に下りていった。

階段の一番下の段に立ち、あらためて地下室のすみずみを見渡していたとき、突然、庭から声が聞こえてきた。

マルコは立ちすくんだ。

ピコとロメオだ！ 間違いない！ ほかに誰があんな英語とイタリア語が混じった変な言

葉を使うだろう。

「誰かここに来たらしいぜ」ピコが声をひそめて言った。

地下室の窓を見つけたんだ！

「おい、見ろよ、このガラスのかけらを。きちんと壁際に積み上げられている。それに、地下室のドアに鍵がかかっていないぞ。ベランダのドアも開けっ放しだ」

「ほんとだ、おまえの言う通りだ」

ロメオの声だった。このふたりと、何度、他人の家に忍び込んだことだろう。当時、三人には厳密な役割分担があった。互いを信頼できることが重要だったので、それぞれの仕事のやり方の裏も表も知り尽くしていた。だから、マルコには次に来る言葉がわかっていた。

「マルコの仕業だ！」

マルコは忍び足で階段をのぼった。大急ぎでここを出なくちゃ。頭の中でガンガン警鐘が鳴っている。マルコはピコとロメオをよく知っている。どちらかが数秒以内に地下室のドアから中に入ってくる。そして、もう片方はベランダのドアの前に立つ。そして、もうひとり、クランの誰かが前の通りで見張りに立っているはずだ。見張りの男は柳の木に寄りかかって、湖の眺めを楽しんでいるように装っているだろう。そして、危険を察知したらすぐに、鳥の鳴き声が聞こえてくる。このあたりでふだん聞こえる鳴き声よりも大きくて鋭い鳴き声だ。そうしたら、ピコとロメオはあっという間に姿を消す。ふたりとも足は速い。クランの中でマルコに追いつけるのはこのふたりだけだった。

マルコは自分で自分の体を抱いて落ち着こうとした。残された出口は玄関だけだ。玄関を出たら、すぐに駆けださなければならない。

マルコは後ろ向きに最後の階段をそっとのぼった。外のふたりは、マルコがよく裏口から庭に逃げたことを知っている。二階がある家なら、マルコはすぐに二階に逃げていた。急いで逃げるには屋根を使うのが一番だからだ。でも、この家には二階がなく、パンケーキのように平らな屋根では、隠れることもできなかった。

助けを求めて叫んだらどうなる？　隣家に向いた窓を開け、声を限りに叫んだら？　隣人が家から出てきてくれたら、ピコとロメオと三人目の男を追い払えるんじゃないか？

一瞬、マルコの心は揺れた。さまざまな考えが浮かんでは消えた。

駄目だ。きっとうまくいかない。ピコとロメオはさっさとマルコを引っ捕らえて、意識がなくなるまで殴るだろう。ピコは暴力をふるうことをためらわない。マルコはそのことを知っていた。

切り裂かれたソファーを見たときの勘は当たっていた。あれはゾーラがやらせたんだ。そして今、やつらはまたここにやって来た。けど、なぜだ？　いったい何を探している？

マルコは冷静になって考えた。ピコとロメオは、ここにマルコを捜しにきたわけではない。マルコがここにいることを、ふたりが知っていたはずがない。ガラスの破片を見たとき、ふたりとも驚いていたじゃないか。彼らはマルコがここに来たことをたまたま知っただけだ。つまり、別の理由があってここに来たのだ。だけど、その理由とはいったいなんだ？

マルコは周囲に目を配りながら、必死で思い出していた。地下室同様、一階にも隠れられそうな場所はなかった。この家には納戸も作り付けの戸棚もない。寝室にあったのは、カーテンで目隠しをした収納棚だけだった。

彼らが実際に一度ここに来ているなら、そのときには持ち帰れなかった、あるいは見つからなかった物を取りにきたのだろう。だとすれば、マルコがここに来たという新たな展開に直面して、その何かをいっそう焦って手に入れたがるはずだ。

地下室で物音がした。マルコは息を止めて、聞き耳を立てた。ひとりはすでに家に入ったということだ。外の状況を正確に把握することは難しかったが、家の前に立っている見張りの男に、玄関を見張れとロメオが指示する声は聞こえた。

これで最後の逃げ道も断たれてしまった。

ロメオに見つからないように、マルコは四つんばいで居間と食堂を通り、隠れ場所を探した。やっぱりどこにもない。あとは寝室だけだ。マルコは廊下を進みながら寝室をのぞいた。そこも絶望的だった。ベッドと棚と小さな置物しかない。身を隠せるような場所はまったくなかった。

そのとき、マルコは書斎の金庫に目を留めた。

そこにひとつ、選択肢があった。二度目の侵入なら、金庫が空であることは絶対に知っている。真っ先に調べたはずだからだ。

だったら、あのふたりは金庫は調べないだろう。マルコは気を落ち着かせて金庫の中に入ると、ほんの少しすき間を残して扉を閉めた。

ほかの場所に隠れる時間はもうなかった。マルコはパニックにおちいりはじめた。可能性は三つしかない。彼らに見つからずにすむか——そうなることを切実に願った——、あるいは見つかって気絶するまで殴られるか。もしくは——考えるだけで息がつまりそうになるけれど——見つかって金庫の扉を閉められるか。

扉を閉めきられたら、窒息するだろう。そして、この家の新しい住人にようやく見つけてもらったときには、もうこの世にはいない。姿が見えなくなっても誰にも気づかれず、これといった特徴もなく、身分証明書も持たない少年として発見されるのだ。

マルコは唇を固く結んだ。心臓があまりにも激しく打ち、胎児のように体を丸めていると息がほとんどできなかった。体中の毛穴から汗が噴き出てくる。汗で指が湿り、扉の端をつまんでいるのが難しくなってきた。

居間からロメオの声が聞こえてきた。ベランダから中に入ってきたのだ。玄関の見張りを命じられた男も、きっともう所定の位置についたはずだ。ピコはまだ地下室だろうか？

いや、ピコも一階に上がってきたみたいだ。床板がきしむ音が聞こえる。まるですべての部屋に神経が張り巡らされているようだった。誰かが床に足を踏み出すと、それが電気信号となって家のすみずみに伝わった。足音が金庫にまで達すると、金庫の中でマルコの心臓が激しく打った。痛いほど体を折り曲げ、絶対に音を立てないように我慢した。マルコの体内を巡る神経の一本一本が助けを求めて叫びだした。そして、ピコが羽根のように軽い足取りで家中を歩き回っている間、汗がマルコの体を伝って流れ落ちていった。金庫の扉をつまんでいる人差し指の汗が気になる。もし扉から指が滑り落ちたら、一巻の終わりだ。引き出しを開け閉めする音や家具を動かしている音が聞こえてきた。ピコは何をやるにも徹底している。

「いたか？」ロメオがベランダのドアのあたりでささやいた。

「いや、ここにはいない」ピコは普通の声で返事をした。「食堂にもいなかった」

ピコはさらに近づいてきて、母親と娘の部屋のドアを押し開けた。そしてベッドに向かっていき、ひざまずいたあと、最後にカーテンを一気に開ける音が聞こえた。

「ここにもキッチンにもいない」ピコが叫ぶ。

「風呂を見ろ、シャワー室の中も」ロメオが叫ぶ。

マルコは足元の床が揺れるのがわかった。ほんの三メートル先の浴室のドアの前の廊下にピコがいる。次の瞬間には、書斎の開いている戸口から、ピコの視線がレントゲンのように鋼鉄製の金庫の扉を突き抜けてきそうな気がした。

ここにいることがばれる！　恐怖のせいで、ますます人差し指が湿り気を帯びてくる。そしてとうとう、扉を支えられなくなった。扉はゆっくりと開いていき、すき間から光がナイフのように差し込んできた。

その細いすき間から、ピコの足が浴室に消えるのが見えた。アディダスのランニングシューズ。新しい、音のしない靴。いかにもピコらしい。

マルコは急いで金庫の扉を押し開けた。逃げなくちゃ。どこかピコがすでに調べ終わったところに。だが、立ち上がる前に、「誰もいない」というピコの声が響いた。マルコはすばやくセーターで手の汗をぬぐうと、金庫の扉をつまみなおして引き寄せた。

浴室の敷居の上にランニングシューズの先を見たのを最後に、間一髪で、わずかなすき間を残して扉を閉めることができた。

ピコはおそらく廊下に立って、あたりを見回しているだろう。マルコは自分の息づかいが空気の漏れているふいごのような音を立てているのを感じた。体が今にも爆発しそうだった。自立した生活を送りたいという夢のすべてが打ち砕かれ、金属のかけらとなってマルコの上に降ってきそうだった。次に待っているのは容赦のない現実だ。

足音が二、三歩前に進む音がした。そしてまたレントゲンのような視線を感じる。ピコが書斎に入ってきた。そして金庫のすぐ前に立った。ズボンの折り目がすぐそこにある。金庫の上の棚を漁っているようだ。

独り言をつぶやきながら、ピコは棚の本を出したり戻したりしている。一冊の本が金庫の真ん前の床に音を立てて落ちた。マルコは息を止めた。今にも心臓の音が聞こえそうなぐらいに鼓動が激しくなった。

本に手が伸びるのが見えた。ピコが近寄ってくる――そして何も見えなくなった。ただ感じるだけだ。ピコの手が本を拾い上げようとして、金庫の扉を軽く押したので、マルコは扉を支えていられなくなった。すると突然、光が射し込んだ。その幅が危険なほど広くなっている。ピコが膝を曲げる。今にも金庫の前にかがみこんで、扉を開きそうだ。

緊張で頭がおかしくなりそうだった。マルコは自分から出ていこうかと考えた。そうすればわずかでも慈悲をかけてもらえるかもしれないと思ったのだ。だが次の瞬間、かん高い鳥の鳴き声が響き、ピコは固まったように動きを止めた。

「ピコ、急げ！　写真を持って、早く来い！」ロメオが外から呼んだ。

ピコはそれに返事もせず、全速力で廊下を駆けていった。そして、ガラスが割れる音とベランダのドアが壁に当たる音が聞こえた。

再び、静寂が訪れた。見張りの男の鳥の鳴き声で、彼らの仕事は終わった。きっと、誰かがこの家に近づいてきたのだろう。

スクラップされた鉄くずのように、マルコは書斎の床の上に転がり出た。全身が痛かった。手足が完全にしびれ、立って歩ける自信がなかった。それでも、一刻も早く出ていかなければならない。見張りの男が警告を発したということは、すぐにでも誰かが玄関のドアを開ける可能性がある。

マルコは足を少しマッサージしてから、唯一の脱出路であるベランダのドアに向かって歩いていった。まだ裏の垣根のあたりにピコとロメオが潜んでいないことだけを祈りながら。

マルコが家を出る前に最後に目にしたのは、居間の床に落ちて割れた写真立てのガラスと、棚の上に並んだ写真の間にぽっかりと空いたすき間だった。そこには、ついさっきまで、ヴィルヤム・スタークの写真があった。ティルデがビラに使ったあの写真だ。

16

ゾーラは静かに座って考えていた。いつ電話がかかってきてもおかしくない時間だった。例の男からの定期電話だ。かかってきたら、マルコ捜索の進捗状況を報告しなければならない。だが、それにはタイミングが悪すぎる。

ゾーラは人払いをした。起きたことは、起きたことだ。きっとただではすまないだろう。だが、自分以外がそんなことを知る必要はない。この電話での会話は誰にも聞かれてはならない。リーダーとしての威光が弱まり、イメージに傷がつくおそれがある。

電話がかかってくると、ゾーラはすぐに説明を始めた。あの胸くそ悪い小僧のせいで厄介なことにはなっているが、いつも通りすべて任せてくれと。

しかし、電話をかけてきた男の声は氷のように冷たかった。

「あんたに仕事を依頼したのが間違いだった。これがわれわれにとってどんな結果をもたらすか、あんたがわかっていればいいんだが」

「言ったように、俺に任せてくれ」

「それは前にも聞いた。その小僧が逃げてから、いったいどのくらい経ったと思ってるんだ？」

「聞いてくれ、マルコをウスタブローで見た者がいるんだ。ウスタブローを拠点にしている者全員に警戒させている」

「ふん、よしてくれ。そいつは絶えず移動していると言ってたじゃないか」

ゾーラは歯を食いしばった。男の言う通りだった。そして、それこそが問題なのだ。

「うちの者は全員、今はブレンスホイに網を張っている。そこからコペンハーゲンの中心部に向かって網を引いていく。さらに、車三台でブレンスホイ周辺も見回っている。グラズサクセやフースムのあたりまでだ」

相手の声は納得したようには聞こえなかった。「それで間に合えばいいがな。小僧の人相と特徴はすでにわかっている。スタークがしていたアフリカのネックレスを着けていることもわかっている。そのネックレスの写真も入手したんだよな。だったらさっさとその写真を、捜索している全員に配れ。そして、その小僧を見かけたら、今度こそ捕まえろ」

ゾーラはやっとの思いで「もちろんだ」と返事をした。とても自分の声とは思えなかった。この仕事にはすでに金がかかりすぎていた。依頼が来たとき、兄は断れと言った。だが、ヴィルヤム・スタークひとり片付けるだけで三十万クローネと聞けば心を動かされないわけがなかった。しかし、去年の十一月の終わりにマルコが逃げて以来、ゾーラたちは鳴りを潜めていなければならなくなった。今は、クランの半分がぶらぶらしている状態だ。つまり、毎日毎日、少なくとも二万五千クローネの損失ということになる。

マルコのくそったれが！　あいつが人並みはずれた利口な子供だと気づいたその日に、翼をもぎ取っておくべきだったのだ。

「ぬかりはない」ゾーラは男に請け合った。「あいつが外を歩き回れるのも今のうちだ」

「そもそも小僧は、なぜスタークの家にいた？」

「わからん。あいつがどうやってあの家を見つけたのかも。だが、こっちに任せてくれ」

「小僧が警察に垂れ込むおそれはないのか？」

ゾーラは慎重に言葉を選んだ。適当にでっち上げて答えるしかない。もちろん、その可能性はある。だが、実際にあのとき、マルコに兄との話を聞かれていたなら、マルコは自分の父親も関与していると知ったはずだ。それはきっとブレーキになる。だが、マルコがスタークの家にいたのはどうやら事実らしい。あいつは俺をゆするつもりなのだろうか？　右も左もわからない頃から育ててやった恩を仇《あだ》で返すつもりか？　考えれば考えるほど、ゾーラにはその可能性が高いように思えた。

「警察に垂れ込む可能性はないとは言えない。だから、早くあいつを連れ戻さなくてはならないんだ。どんな犠牲を払ってでも」

「まあ、最善を尽くすんだな」男はあざけるように言った。「断っておくが、こんな状況では、私は私で独自のネットワークを動員せざるをえない、ゾーラ。ああ、それと、次に何か仕事があっても、あんたにはもう頼むつもりはないから、そのつもりで」

＊

カーアベク銀行の頭取タイス・スナプは、ショックのあまり机で体を支えなければならなかった。ほんの数秒前、監査役会会長のイェンス・ブラーゲ＝スミトから、捜している少年がスタークの家に侵入したという情報が伝えられたのだ。その情報の意味がまだよく飲み込めないうちに、ブラーゲ＝スミトは〝少年を無害化〟する費用の一部として、現金で五十万クローネを要求してきた。

「このデンマークの地で子供を殺すと言ってるんですか？」スナプは声を潜めて抗議した。「しかも、カーアベク銀行の主要株主にその資金を提供しろと？　殺人罪は最高刑だ。もしばれたら、誰が刑務所に入るんです？」

「誰も」短い答えが返ってきた。

「誰も？」

「そんなことにはならんよ。そうだろう？　だが、もしもの場合は、レニ・E・イーレクスンに引っかぶってもらう」

タイス・スナプは机の上の写真に目を落とした。学生時代のレニとタイスが満面に笑みを浮かべている。打ち砕かれた野望が、このふたりの若者と現在のふたりの間を海のように遠く隔ててしまった。

「どうかしている。なんて無茶を」タイスは大声をあげないように必死でこらえた。「そんなこと、レニが同意すると思いますか？」

「同意が得られそうにないなら、わざわざ求めることはない。それでもイーレクスンは、自分で罪を告白することになる」

「どうやって？」

「遺書だ」

タイス・スナプは〈ストランド&ヴァス〉の革張りの椅子に力なく腰を下ろした。〝遺書〟という言葉が耳の中で鳴り響いた。めまいがしてきた。もはや何も考えられず、考えたくもなかった。

「念のために、今から遺書を準備しておいたほうがいいだろう」ブラーゲ＝スミトは平然と続けた。「それから、急いでカメルーン当局のパイプ役の人間とイーレクスンとの関係を隠《いん》蔽《ぺい》しなくてはならない。きみからイーレクスンに、それは自分でやるように言ってくれ。彼にやってもらうのが一番確実だ。キュラソーに保管しているわれわれの株券は大丈夫だな？」

「ええ、MCB銀行の金庫に入っています」

「鍵は持っているのか？」

「はい、レニと私が一本ずつ持っていますが、私が開けるにはレニの委任状がいります」

「では、今夜のうちに、その委任状を手に入れてくれ。そしてキュラソーに飛んで、株券をすべて取り出したら、金庫は解約するんだ。とにかく、イーレクスンが生きている間に株券を取り出すことだ。その株券と手持ちの株券があれば、万が一問題が起きて速やかに逃亡しなくてはならなくなった場合も、心配ないからな。そういうことでいいかね？」

「ええ」タイス・スナプは全速力で駆けた後の馬のように汗をかいていた。「結果は考えないようにした。「ですが、レニが自殺するなんてありえませんよ。原因は何にするんです？」

タイスは訊いた。

「それはもう決まっている。街で体を売っている少年に対する性的虐待だ。いかにもありそうな話じゃないか。〝自殺〟という言葉はほとんど声にならなかった。レニ・E・イーレクスンと彼の同僚のヴィルヤム・スタークはマルコをときどき買っていた。で、スタークのほうはとうの昔に究極の選択をしたってわけだ。羞恥《しゅうち》心《しん》からな」

タイス・スナプは衝撃を受けた。にもかかわらず、脈が鎮まっていくのを感じていた。このアイデアは、スタークの失踪も同時に片を付けられるだけに悪くなかった。

「わかりました」タイスはつぶやいた。「だから、その少年を見つけて、少年がこの筋書きに異論を唱えられないようにする必要があるんですね。しかし、少年が消されてしまったら、誰がスタークとイーレクスンの性的虐待を告発するんです？」

「イーレクスンの遺書を使う。遺書には、彼が命を絶つ前に、どうやって少年を片付けたかを正確に記しておくんだ」

タイス・スナプは眉を寄せた。これまで何千もの決定を下してきた。しかし、今回は……

レニは学生時代からの友人だ。それに、自分にも子供がいる。自分の子供より小さな子に銃の照準を定めるとは。

「正直に言って、私には何もかも胸が悪くなるような話です。ですが、筋が通っていることはわかります。それでもやはり、少年が見つからなくては話は始まりません」

「その通りだ。だからこそ、きみはすぐに五十万クローネを用立てて、捜索資金を出してやらなくてはならんのだ。私の知人に、優秀な若者を数人手元に置いている者がいる。彼らならすぐに見つけ出してくれるだろう。あとは飛行機に乗せればいいだけだ。金を振り込めば、すぐに取りかかってくれる」

タイス・スナプは机の上に両手をついたが、一秒たりともじっとしていられなかった。帳簿をごまかせば、五十万クローネは用意できる。どうせやるなら早ければ早いほどいい。

「わかりました。金は用意します。しかし、ひとつ言っておきます。われわれの尻尾をつかまれるような痕跡はいっさい残さないように、あなたたちには充分に注意してもらいたい」

タイス・スナプは〝あなたたち〟という言葉を強調した。「私は、あなたたちがいつ、何をするのか知るつもりはありません。レニは古い友人なんです」

「彼らは最善を尽くす。安心してくれていい」

「誰が飛行機に乗ってやって来るんです？」

「タイス、それについてはきみは知らなくていい」

＊

レニ・E・イーレクスンは、執務室で明日の国会討論のために用意された大臣のスピーチ原稿に目を通していた。いつもの仕事だ。年月とともに、レニはどんな嵐の中でも上司たちをうまく導くすべを身につけた。誰が論戦相手であっても、相手の批判は常に空振りに終わる。なぜなら、レニ・E・イーレクスンは言葉をたっぷり使いながら何も言わないという、他の者には真似のできない能力に長けているからだ。イーレクスンは外務省の貴重な人材だった。

今日はいい日だ。これといった問題もない。次官は他の仕事に安心して集中できた。レニ・E・イーレクスンは上機嫌だった。だがそれは、引き出しの中でプリペイド式の携帯電話が振動し、めったにかかってくることのない電話の着信を告げるまでのことだった。

タイス・スナプから新しい情報が入った。

今回はまさに、微《び》に入り細《さい》を穿《うが》つ報告と指示で、およそいつものタイス・スナプらしくなかった。旧知の友は、まるで事前に一言一句を暗記していたように語った。それでも、途方もなく恐ろしい知らせであることは事実だった。

ヴィルヤム・スターク殺害を暴露しかねない少年がいるとタイスは言った。少年を片付けない限り、いずれ警察の捜査やスキャンダルが雪崩《なだれ》のように押し寄せてくる、と。そして少年の捜索はすでに始まっているという。

少年だと！

「そういうわけで、われわれの痕跡を消さなくてはならない。きみとわれわれ、そしてヤウンデでのきみの手先とを関連づけるような書類やメモのたぐいをすべて早急に処分してくれ。われわれのほうでも、金の分配先とのつながりがわかる書類はすべて処分する。それと同時に、きみはカメルーン当局に電話をかけて、しばらくの間プロジェクトは予算を切り詰めて進めることになると伝えるんだ。同僚には、きみはヤウンデにプロジェクトの不正を調査しにいかなければならないと言え。だが、この嵐を乗り越えるまで、ジャングルのピグミーには今まで通りプロジェクトの金を少しばかり回してやるように配慮してくれ、いいな。ルイ・フォンの後任と連絡をとって、バナナとヤシを大量に植え付けるよう指示するんだ。できるだけ早く手を打たなければならない。レニ、すぐにとりかかってくれ。明日では遅い。人目を引かずにこんなことが片付けられるのはきみしかいない」

「ちょっと待ってくれ、タイス。私はあのときはっきり言ったはずだ。きみたちが裏ですることについてはいっさい知るつもりはないと」

「ああ。だが、とにかく今は、きみもシステムからメールや報告書を引き上げて処分しなくてはならない状況なんだ。事態が深刻でなければ、こんなことは頼まない。きみが当時、念のためにスタークのノートパソコンを安全な場所に移したのと同じで、今この少年を片付けておかなければ、破滅するのが落ちだ。それが嫌なら腹をくくらないとな。だが、われわれは最初から、腹はくくれている。そうじゃないかね、レニ？」

レニは同意ともとれるうなり声を発した。タイスの考えは理解できるが、何か引っかかるものがあった。タイス・スナプとイェンス・ブラーゲ＝スミトは、レニに書類を処分させることによって得をするかもしれないが、レニにとってはそうとは言えなかった。もしも計画が失敗に終わったら、レニが矢面に立たされることになるかもしれないからだ。それとも、この落ち着かない気分には何か別の理由が潜んでいるのだろうか？

「それからもうひとつあるんだ、レニ。キュラソーに置いてある株券のことが心配になってきた。何かあったら、あの株券から足がついて、われわれに捜査の手が伸びかねないとブラーゲ＝スミトは考えている。そうなったら、あの株券は差し押さえられる恐れがある。そこで、われわれは当日の相場の十パーセント安で買ってくれる人物を見つけた。私がキュラソーの金庫に行って株券を回収してくるから、銀行宛ての委任状にサインをしてほしい」

「私が自分の分は保有しておきたい場合はどうなる？　自分で実際の相場で売ることができたら、千五百万クローネだぞ。どうして、その十パーセントを見ず知らずの他人にくれてやらなくちゃならないんだ？　きちんと説明してくれ」

「いいか、レニ。われわれは結束して事に当たらなくちゃならない。この場合、きみの意見は少数派だ」

レニは首すじがこわばってくるのを感じた。頭上に首切り斧が振りかざされ、そこらじゅうで赤信号が点滅している気分だった。それは、話の内容だけでなく、その伝え方のせいでもあった。タイス・スナプがこんなデリケートな問題を電話で一方的に片付けようとしていること自体が腑《ふ》に落ちない。事前になんの警告もなかったのだ。せめて顔を合わせて、お互いの合意に基づいて決める機会を設《もう》けてしかるべきだろう。

ひょっとしたらタイスとブラーゲ＝スミトは、全財産を持って姿をくらますつもりなんじゃないのか？　ふたりがレニの利益を守ってくれる保証はない。レニの取り分が突然消えてなくならない保証もなかった。

レニはこの件に関しては、自分の勘と人を見る目を信頼しようと決めた。自分がこんな混乱を引き起こしたわけではないのだ。犠牲になる必要などまったくない。それだけは確かだ。

「保証が欲しい、タイス。書面で。それによって、私はきみたちの立ち位置がわかる。それから、私のカーアベク銀行の株を時価で引き取ってくれ。ダンスケ銀行の私の口座に時価相当額を振り込んでくれたら、委任状を渡す。きみは株を売却したらすぐに、その証拠資料をすべて宅配便で外務省の私の執務室宛てに送るんだ。それから、私を守ることを保証した、きみの書面による意志表明もここに送ってほしい。すべてを手に入れるまで、タイス、私は指一本動かす気はない」

沈黙が垂れ込めた。タイス・スナプは怒りでわれを忘れているらしい。しばらくして、ようやく押し殺した声で返事がかえってきた。

「それは無理だ。きみもよくわかっているはずだ、レニ。われわれにはきみの株券を時価で現金化できる資金がない。それでもきみがあくまでも現金化に固執して株を売却すれば、結果的に外部から新たに大株主が参入してきて、われわれだけで事態を掌握することが不可能になる。新たな株主に監査役のポストを要求されたら、隠しておくことはできなくなるんだ。とにかくそれはまずい。認めるわけにはいかない。今は駄目だ！」

「なるほど。じゃあ、きみたちがその少年を殺すことに、もし私が同意しなかったらどうなるんだ？」

レニ・イーレクスンは数をかぞえた。大学時代、タイス・スナプはさほど頭の回転が速いほうではなかった。それは今も変わっていない。金融関係の問題には勘が働いたが、真に独創的で際立ったアイデアが彼の口から出たことはなかった。そしてタイスの場合、話の途中の間が長くなればなるほど窮地に立たされているのだということを、レニは経験から知っていた。

だが今回は驚くほど、その間が短く、返事も短かった。

「きみは〝もし〟と言った。もちろん、きみは同意するとも」

タイスは電話を切った。

それから半時間、レニ・イーレクスンは誰にも邪魔をされたくなかった。

この不正行為に手を染めてから、レニ・イーレクスンが所有するカーアベク銀行の株価は二百五十パーセント上昇した。言い方を変えると、レニは目下、一千四百七十万クローネ相当の株を所有している。それだけあれば、地球の裏側で二十五年間は贅沢な暮らしができる。妻は一緒には行かないだろう。妻は保守的な人間だ。バレルプのテラスハウスに住み、年に二回、南の国で休暇を過ごす。それで満足している。妻には移住など望むだけ無駄というものだ。彼女にとっては、風邪を引いて幼稚園を休んだ孫のお守りをしてやることがとても大事なのだから。

だが、妻が一緒に行こうが行くまいが、もうどうでもいい。黒ずんだ壁と書類の山に囲まれたこのほこりだらけの執務室で、いつかこんな日が来るのではないかという予感は、この瞬間に確信に変わった。悪い知らせが次々と入り、それに合わせて恐ろしい決断を迫られるようになった今、タイス・スナプの助けはもはや当てにできなかった。レニは机の引き出しから一枚の名刺を取り出した。二年前、子供の誕生日パーティーの席でも営業活動にいそしむような野心家の銀行家に、むりやり押しつけられたものだ。

レニはその成り上がりの銀行家に電話をかけた。するとその男は二分以内に、レニのカーアベク銀行の株に対して通常の半額すなわち三パーセントの手数料で売却の仲介をすることを快諾した。四十四万一千クローネのためなら、彼は喜んでカーアベク銀行の本店に出向き、金庫から記名株券を取ってくるだろう。売買と言っても、譲渡と同じように形式上の手続きをするだけだ。

レニは満足していた。キュラソーの金庫に保管されている未公開株を失うおそれはある。闘わずして放棄するつもりはないにしても、最悪の結果、そのくらいの犠牲は覚悟しなければ、タイスたちとの関係を絶つことはできない。それだけは避けられない。

レニは立ち上がって、棚からファイルを取り出した。そこには、生命保険と同じくらい重要な十五枚の書類が入っている。

一枚目はヴィルヤム・スタークの身上書のコピーだった。雇用条件や履歴といった個人情報が書かれている。残りの書類は、レニがスタークのコンピューターから見つけたファイルを改ざんしてプリントアウトしたものや、スタークの机の引き出しに入っていた、義理の娘の最後の治療費の見積もりだった。

ファイルの改ざんを思いついたのは、スタークが行方不明になった後、警察に事情聴取されたときだった。聴取は短時間で終わった。通り一遍の質問で、当たり障りのない答えを返した。だが、警察がまた突然、何かを訊きにやって来ないとも限らなかった。それに、タイス・スナプとブラーゲ＝スミトに見殺しにされない保証もなかった。

無事に切り抜けたければ、完全な筋書きを組み立てておく必要があった。そこで、レニはスタークのノートパソコンから、時計を動かしている小さなリチウム電池を取り出し、保存されていたバカ・プロジェクトに関する情報に少し〝修正〟を加えたのだ。

作業は、自宅で妻のリリが寝静まったあとに行われた。机の電気スタンドの明かりの下で、レニは興味津々でスタークの仮想世界の扉を開いた。すると、画面にユーザーアカウントがふたつ現れた。ひとつは〝外務省〟という名称で、パスワードは必要なかったが、もうひとつは〝プライベート〟という名称で、パスワードで保護されていた。

数分後にはすでに、ヴィルヤム・スタークを片付けたのは正解だったことを知った。スタークはバカ・プロジェクトが正規の手順を踏んでいないことについて多くのメモを残していたからだ。不正行為を直接暴くようなメモではなかったが、疑惑の種をまき、その結果、厳正な調査が行われるおそれは充分にあった。

スタークが自分で調査に踏み込まなかったのは、レニにとっては幸運だった。

レニはひと晩中、〝プライベート〟アカウントのパスワードを突きとめようとした。だが、結局うまくいかず、地下室にパソコンを持って下りた。そして天井の点検口を開けて、床暖房のヒートパイプの下にパソコンを隠した。そこなら安全だった。

それから二年半が経った。レニは今、その改ざん済みのスタークの文書を手にして座っている。その文書には元々、レニが不審なプロジェクトを仕切っていることが容易に推測できる情報が書かれていた。それが今では、ヴィルヤム・スターク自身が黒幕であるかのような内容にすり替わっている。次はタイス・スナプの出番だ。

レニはファイルから最後の書類を取り出し、書類の隅にスタークの筆跡で〝MCB銀行に送金〟と書き、そこにタイス・スナプの携帯電話の番号を書き添えた。

17

マルコはまた路上生活を送っていた。だんだん道路の色が自分に移って、体が薄汚れてきたように思える。

食料の調達には、もっぱら小さな個人営業の店を利用した。大型スーパーの廃棄物コンテナは、かつかつの生活を送っている若いデンマーク人が利用していて、マルコが分け前にあずかれる見込みはなかったからだ。社会の最底辺は厳しい競争に支配されていた。ある日、ウスタブローの食料品店のごみ箱を漁っているときだった。ぴかぴかのBMWでラナス通りを南下してきたネットカフェのオーナーのカシムが、マルコを見つけて警告した。

「そこらじゅうの人間がおまえを捜しているぞ、マルコ」カシムがサイドウィンドーから声をかけた。「この辺をうろつくなら、しっかり目を開けていろ。悪いことは言わない、よそに行ったほうがいい」

連中はまだあきらめていなかったのだ。ウスタブローにも追っ手が来ているとは思っていなかった。けれど、そう言われても、エイヴィンドとカイの家に残してきた金を取り戻すまでは、どこにも行けなかった。

マルコは何度か彼らの自宅やクリーニング店の前まで行ってみた。家の窓には明かりが灯り、店の入口には相変わらず〝病気のため休業〟の札がかかっていた。

カイはまだ危機を脱していないのだろう。でも、カイが回復し、仕事を再開したら、なんとかして家に入れてもらおう。それまでに、ある程度は自由にまた街を動けるようになるかもしれない。あと一週間、とマルコは見積もった。ゾーラたちもそれだけ捜せば、マルコがもうコペンハーゲンを出ていったと思い、捜索をあきらめるだろう。

人混みから遠ざかりながらも、マルコは注意を怠らなかった。外国ナンバーをつけたスモークガラスの車や、ひとりかふたりで街を歩いている外国人に見える男には特に注意した。そして常に不意の動きに備えていた。


この日は、まったくありふれた土曜日の朝に見えた。ウスタブローの人々は、のどかな春の週末を過ごす準備をしている。

マルコはいつものように、クリーニング店の様子を見にいった。道の反対側の建物の壁に体を押しつけるようにして、店の前を通り過ぎた。まだ店は閉まっている。

ヴィレモース通りに出ると、マルコは営業を停止している角の店の入口に陣取った。なぜこんなことになったのか、マルコはまた思い返していた。もしもカイとエイヴィンドがマルコを家から追い出さずに助けてくれていたら、マルコはカイにけがを負わせたことで罪悪感に苛まれていただろう。けれど、彼らはマルコを助けてはくれなかった。もちろん、あんなことがあったのだから、不安になり、マルコをもう住まわせたくないと思うのも無理はない。でも、彼らの家に押し入ったのはいったい誰だ？　彼らを襲ったのは誰だ？　マルコじゃない。そもそもマルコは、自分からゾーラの奴隷になったわけではなかった。弟との対立を避けるために自分の息子を犠牲にするような父親を、自分から選んだわけではなかった。マルコは誰ひとり殺していないのだ。

マルコは顔を上げ、胸を張った。やましさを覚える必要なんかない。恥じる必要もない。そんな理由は何もない。確かにポケットに金は入っていないし、体はくさいかもしれない。でも、自由だ。もう盗みはやっていないし、自分が誰で、これからどうするのか、自分で決めている。今はまだ社会の厄介者のひとりだけれど、この状況をすべて切り抜けられたらすぐに、なりたい自分になれるように頑張ろう。

通りの反対側の建物にふと目をやると、一階の窓に見えていた青白い顔が、あわててカーテンの陰に引っ込んだ。妙だと思ったそのとき、黄色いライトバンがフィスケダムス通りの角を曲がって、マルコに向かって猛スピードで走ってきた。

さらに、反対側のウスタブロー通りのほうからも、車が一台向かってきている。挟み撃ちだ。

ライトバンを運転しているのは従兄のヘクトだった。マルコはショックから覚めて駆けだし、リプケス通りに入って南に向かって走った。

どこへ行こう？　どこがいい？　マルコは、車がタイヤをきしませて角を曲がる音を聞きながら、必死で考えた。クラスンス通りは見通しがよすぎるし、道幅が広すぎる。となれば、カステルス通りまで行って身を隠すしかない。

見つかった場所が悪かった。よりによって、車の往来がほとんどなく、安全だと思っていた場所で見つかるなんて。あの集合住宅に連中のスパイがいるとは予想もしていなかった。

追っ手が車の窓を開け、止まれば危害は加えないと後ろで叫んでいる。

カステルス通りに出ると、目の前に鉄格子に囲まれたイギリス大使館が現れた。その前に乗用車が一台とまっていた。警備員たちが路上に出て、マルコが行こうとしている墓地に通じる小道をふさぐ格好になっている。警備員のひとりは、マルコの真ん前で不機嫌そうな運転手と何か話し合っている。そのとき、猛スピードでカステルス通りに入ってきた二台の車は、別の警備員ににらみつけられ、急ブレーキをかけて減速を余儀なくされた。このあたりの交通違反はただごとではすまされないからだ。

マルコはウスタブロー通りの方向に目をやった。そこまで行ってしまうと、隠れ場所を見つけてあった墓地までは距離が開きすぎる。

すると、防弾チョッキを着た警備員がふたり、マルコに近寄り、さっさと行けというように手を振った。

この人たちは助けてはくれない。そう思ったマルコは、警備員の前を走り過ぎた。あと数秒もしたら、警備員はマルコを追っている車も手を振って通過させるだろう。マルコは、唯一残された道である狭いアスカ・ホルムス通りに曲がると、全速力で走った――居心地のよさそうな集合住宅の前を走り過ぎながら、ここで暮らしている人たちは、こんな人狩りをせいぜいテレビか映画でしか見たことがないだろうと思った。ライトバンがとまって、ドアが開く音が聞こえた。彼らは本気で使命を果たすつもりのようだ。

行き止まりまで来ると、マルコはフェンスで囲まれたアスファルトのサッカー場に通じる小道に入っていった。移民の若者たちが大声を掛け合いながらボールを追っている。そのまわりでは、仲間たちが煙草を吸いながら、シュートがどうだと語り合っている。

「誰か、助けてくれ！　早く。追われてるんだ」マルコは息を切らせて叫びながら、走り続けた。

マルコの南欧風の顔立ちが初めて有利に働いた。若者たちは煙草を地面に投げ捨てると、サッカー観戦を中止し、マルコの追っ手のほうをいっせいににらんだ。

数で圧倒的に優勢な移民の若者たちに対して、ヘクトたちが無駄な抵抗を試みている姿を見ながら、マルコはそれとは逆方向の港の港湾施設をめざして走った。

背後で繰り広げられている闘いの結末のことは考えたくなかった。今、ヘクトたちがどれだけ殴られているかを考えると、次に出くわしたときのことが恐ろしかった。

そんなことにだけはなりたくない。

マルコがラナス通りで待っていると、期待どおりカシムの青いＢＭＷがやって来た。

カシムは疲れているようだったが、マルコが前に出て手を上げると、とても驚いたようだった。

「まだこんなところにいたのか？　街を出ろと言っただろう」

「金がないんだ」マルコはうなだれた。「カシムにも借りがあるよね。それは忘れてない」

「警察に行ったらどうなんだ？」

マルコは首を振った。「寝る所はある。それは大丈夫。でも、よければ途中まで乗せていってもらえない？　確か、郊外に住んでたよね？」

「グラズサクセだ」

「じゃあ、ウッテルスレウ湖までいい？」

カシムは助手席に身を乗り出して、座席の上にあったビニール袋を足元に押し込んだ。

「街を抜けるまでは、小さくなっていろよ！」

ふたりともほとんど言葉は交わさなかった。カシムはあとで誰かに尋ねられた場合のことを考えて、何も聞かないようにしていた。

「このへんの店のオーナーはみんなびびっちまって、おまえには二度と店に来ないでほしいと思っている」それが唯一、カシムがマルコを降ろすまでに口にした言葉だった。

マルコはなんて言えばいいのかわからなかった。けれど、彼らにとんでもない迷惑をかけたことだけはわかった。今のマルコには誇りに思えることが何ひとつなかった。

高速道路を下りてから湖岸に沿ってスタークの家に歩いていく道中、マルコはずっと、もう盗みを働くのはやめようと考えていた。それでも、スタークの家に着いてみると、クローゼットにはマルコが着られる服がかかっていて、地下室には洗濯機と大量の瓶詰めの保存食があった。そして、シーツを敷いたベッドまである。マルコのような路上生活者にとってはまさに楽園だった。

日曜日の朝、目が覚めると、マルコは新しい人生が始まったような錯覚を覚えた。カーテンを通して日の光が部屋に射し込んでいる。それだけでも感動した。こんなに清潔で設備が整った部屋で寝られるなんて、なんて贅沢だろうと思った。目に映っている光景をいつか自分のものにできるまで、生きていたいと思った。

マルコは伸びをして、悲観的な考えを振り払った。ここにはいられない。あまりにも危険すぎる。昨日はウスタブローであやうく捕まるところだった。金曜日も、この家で間一髪の目に遭っている。あんなことを繰り返したくなければ、自分が彼らを見張っていなくちゃならない。常に彼らに一歩先んじていなければならないのだ。

マルコはキッチンに行き、ピクルスを食べながら、母娘が暮らしていたにしては道具が少ないことに気がついた。フードプロセッサーもなければ、ゾーリンゲン、マサヒロ、ロズヴァズ、ツヴィリングといったブランド物の包丁もなかった。空き巣に入っていた頃、この程度の家に入ると必ずあった物だ。金になりやすいので絶対に見逃さなかった。けれどほかにも、エプロンとか、小さな置物とか、女性らしい物は何もない。たぶん引っ越すときに、全部持って出たのだろう。

そうは思ったものの何かが気になった。タイル張りの床に一冊のグラフ誌が落ちていた。ごく普通の週刊誌で、表紙はよく目にする若い女の写真と、健康やファッションについての見出しで構成されている。特にどうということのない雑誌だが、この家にはそぐわない気がした。

マルコは立ち上がり、近くに寄ってよく見ると、二〇一一年四月七日木曜日と記されていた。ということは、わずか一ヵ月前の雑誌だ。

マルコは眉を寄せた。どうしてこんなものがここにあるんだ？　誰がこの家に来てるんだ？　それに、この家はかなりきれいに掃除されている。ティルデと母親が今でもときどき様子を見に来ているとか？　ふたりともつい最近ここにやって来て、お茶を淹《い》れたり、雑誌をめくったりしていた？　そして帰るときにこれを忘れていったとか？

マルコは二、三ページ繰って眺めると、テーブルの上に雑誌を放り投げた。そのとき、床の上にくしゃくしゃに丸まったビニールを見つけた。

靴の先で軽く突っつくと、転がった拍子に白く光る物が見えた。マルコはかがんで、ビニールを広げた。それは袋になっていて、印刷されたラベルが貼られていた。〝マリーネ・クリストファスン〟とあり、住所も添えられている。ヴァルビューのストリンベアス通り。

クリストファスン？　ティルデの姓と同じだ。じゃあ、これはきっとティルデのお母さんの名前だろう。そして、ストリンベアス通りがふたりの現住所に違いない。

それは予想以上に大きな家だった。煉瓦《れんが》張りの壁に、風変わりな形の屋根。普通に傾斜した瓦葺《かわらぶ》きの屋根に加えて、二階の壁も屋根と同じように瓦が葺かれている。マルコは、これほど建て込んだ住宅街の家に侵入したことがなかった。身を隠したり、逃亡経路に使ったりできる庭はあっても、隣から家の中が丸見えだ。そういう家に入っても、長くとどまることはできない。マルコは細心の注意を払って生け垣を抜けると、赤いドアの横にあるふたつの郵便受けに駆け寄った。つまり、この家には二家族が暮らしているということだ。上のほうの郵便受けに貼られたラベルに、〝ティルデ&マリーネ・クリストファスン〟と書かれていた。

マルコは深呼吸をして、赤い格子窓を見上げた。そこにヴィルヤム・スタークの義理の娘が住んでいるのだ。しかも、日曜日なので家にいるかもしれない。

呼び鈴を鳴らしたほうがいいだろうか？　でも、なんて言えばいい？

ようやく決心して、呼び鈴の押しボタンに震える指をかけたとき、突然、歩道から、人の声と自転車のギーギーときしむ音が聞こえてきた。本能的にマルコは茂みの後ろに隠れた。笑い声とともに自転車に乗った女がふたり見えてきた。顔は見えない。次の瞬間には、ふたりとも家の向こうに消えていき、車輪の音がとまった。

最初に現れたのは褐色の髪のきれいな女性で、大きなショッピングバッグを持っていた。

「ティルデ、あなた、鍵をすぐ出せる？　ママのは、フリーマーケットで掘り出してきた宝の山の底に埋まっているの」

その後に続いた笑い声を聞いて、マルコは胸のあたりが急に温かくなった。マルコはついにティルデの姿を目にして、顔をほころばせた。微笑まずにはいられなかった。ティルデはとても可憐《かれん》な少女だった。やせていて、背が高く、足も大きいが、鍵を持って手を伸ばす仕草は、まるでバレリーナのように優雅だった。

「ありがとう」錠を開けるティルデに母親が言った。

「どういたしまして」またくすくす笑ってから、ふたりは中に入っていった。

マルコはティルデの顔を心に刻んだ。彼女の顔を覚えておきたかった。彼女のすべてを覚えておきたかった。マルコは彼女の声に心を打たれた。笑い声を聞いただけで、体が熱くなった。

父さんが彼女の父親を殺したことを忘れるな！　マルコは自分を戒《いまし》めた。どんな顔をして彼女に会うつもりだ？　彼女をこの目で見てしまったあとではなおさらそれは難しかった。あのビラを見たときから感じていた漠然《ばくぜん》とした好意が、今は現実のものになっていた。いったいどんな顔をして会えばいいんだ？　何もかも知っていながら、何もしてこなかったというのに。

マルコは茂みの陰からゆっくり立ち上がると、通りに出ていった。色とりどりの家並みを見ると、マルコの心はいっそう暗くなった。

このままにしておくわけにはいかない。勇気を持って行動に出なければ。たとえ傷つけることになっても、ティルデは真実を知る必要がある。マルコにはその責任があった。警察に届けなくてはならない――自分の父親を犠牲にすることになっても。

ヴィルヤム・スタークの家にもう一泊したあと、マルコはティルデの母親のたんすを開け、そのとき着ていたものよりもサイズもセンスもずっと自分に合いそうなチェック柄のシャツを見つけた。そして廊下のコート掛けからウィンドブレーカーを拝借し、地下室に行くと洗い立ての下着と靴下とズボンを乾燥機から取り出した。

マルコは浴室の鏡の前に立ってうなずいた。悪くない。とりあえずこの格好で充分だ。足りないのは小銭だけれど、それが一番難しかった。

スタークの服を売ることはできる。どうせもう必要ないのだ。だけど、今どき古着なんて誰が買うだろう。古い食器や家具と同様、古着もほとんど金にはならない。古いテレビやステレオなんて、なんの値打ちもなかった。

でも、それでよかったのかもしれない。おかげでマルコは、盗んでしまえばいいという誘惑におちいらずにすんだ。服を二、三着勝手に着ていることと、瓶詰めのピクルスを半分盗み食いしたことを除けば、マルコはもう何カ月も盗みを働いていなかった。

マルコは柔らかいカーペットの感触を記憶に刻むために、たっぷり五分間、裸足で家の中を歩き回った。自分の家を持ち、自分の物に囲まれるというのがどういうことか、そうやって肌で感じて覚えておきたかった。

最後にマルコは、もう一度金庫の前に立った。隠れていたときの不安がよみがえってきた。気を取り直して膝をつくと、金庫の扉を調べはじめた。すると、数字とアルファベットの見え方がすべて同じというわけではないことに気づいた。朝の明るい光の中で見ると、文字に濃淡があることがわかった。〝A4〟は真っ黒。〝C4〟はふちがかすれていて、使い古しのマジックで書いたみたいだ。そしてよく見ると、〝C6〟と〝F6〟と〝7〟はどれも書かれた時期が違うことがわかる。この文字はどうやら少しずつ書き足していったもののようだ。マルコは床に座り込んで考えた。このアルファベットと数字の列は、ひとつのコードではなく、同時に複数の何かをコード化しているのかもしれない。

マルコは勢いをつけて立ち上がると、裏口からスタークの家をあとにした。そしてしばらくテラスに立ち、敷石を眺めながら考えた。これから行くところは、歩いていくにはけっこうな道のりになるかもしれない。幸い、物置に自転車が一台あった。それを借りてもいいだろう。自転車に乗るのはずいぶん久しぶりのことだった。

最初に自転車をとめたのは、ブレンスホイの図書館の横だった。マルコはかなりの時間、貸し出し・返却カウンターのそばに座って本を読みながら、図書館に来る人々を観察していた。おとな用の本を借りにカウンターに行く者もいれば、子供用の本を借りにいく者もいる。借りていた本を返しにいく者もいる。マルコは本を返しにきた者を待っていた。返却するときには健康保険証を見せなければならないからだ。保険証をスキャンして、返却したことが記録される。

保険証を無造作に財布に突っ込み、その財布をショルダーバッグの表側の仕切りにしまった、同い年くらいの少年をマルコは選んだ。なんて無頓着なんだろう。その少年は床の上に置いた鞄に見向きもせず、インターネットでの調べ物に熱中している。少年の隣のコンピューターが空くと、マルコはその席に座り、適当にウェブサイトを見ていった。

一時間後、マルコは自転車を、目的地から道を二本隔てたところに置いた。ボーロプス・アレーにあるベラホイ警察署は思っていたより大きかった。人の不安を煽《あお》るような、美しいとはいえない建物だ。その外にも中にも人が大勢いた。

マルコは生まれてからずっと法律に違反して生きてきた。初めて警察署に足を踏み入れてみると、なんとも居心地の悪い気分だった。自分から警察に出向く日が来るとは思ってもみなかった。マルコはびっくりしながら周囲を見回した。意外に静かで、劇的なことは何ひとつ起きていないようだった。きちんとアイロンのかかった水色のシャツと黒いネクタイばかりが目に入る。ほとんどが若い警官だ。監視カメラを避けるために、顔をやや横に向けながら自動ドアから入っていっても、警官たちは見向きもしなかった。

マルコのほかに女がふたり長椅子に座り、順番が来るのを待っていた。ふたりは自転車に乗っていて、ひとりがバッグをひったくられたらしい。中によほど重要なものが入っていたんだろう。女は意気消沈していた。

そんな話を聞くのは、決して気分のいいものではなかった。マルコは長椅子の一番端に座り、自分の順番が来たら伝えるべきことを懸命に暗記した。

ようやく受付カウンターに呼ばれると、アフリカのお守りのようなスタークのネックレスと、尋ね人のビラをカウンターの上に置いた。

受付の警官は怪訝そうにそれを見ていた。

「友だちの代わりに来ました。このネックレスは写真の男性のものなんです」マルコは説明した。その間も、受付の警官の後ろに座って勢いよくキーボードをたたいている、ふたりの警官から一秒たりとも目を離さなかった。

計画ではこう言うつもりだった。このネックレスは友だちが持っていたもので、その友だちはこの男性がすでに死んでいることも、死体の在処《ありか》も知っている。自分は友だちから、誰がそこに死体を埋めたかも聞いた。そして、男性を殺したのもそいつらかもしれないと聞いている、と。マルコは、恐くて自分では来られない友だちの代わりに来たと警官に思わせるつもりだった。そのために図書館で盗んだ保険証をその友だちのだと言って警官に渡すつもりだった。そうすれば、自分の話を聞いてくれると思っていた。そして、マルコは二度と再び彼らの前には現れないつもりだった。

「きみの身元を確認できるものはあるかい？」警官はとても感じよかった。

しまった！　保険証は二枚必要だったんだ！　一枚はマルコの友だち用に、そしてもう一枚は自分自身のために。

「なんのことかわかるよね？」警官は先を続けた。

マルコはうなずいて、カウンターの上に健康保険証を置いた。

警官は保険証をちらりと見た。

「ありがとう、セーアンくん」警官は言った。「だが、われわれはまずきみのご両親と話をしなくちゃいけない。きみはまだ未成年だからね。お父さんかお母さんの携帯電話の番号を教えてくれないか。すぐに連絡をとりたいから。同席してもらわないと、私はきみとはこれ以上話せないんだ」

マルコは脳をフル回転させた。「ごめんなさい、ええっと……駄目だ、覚えていません。うちの親はよく番号を変えるんです。僕の携帯には登録してあるんですけど、友だちの家に置いてきちゃいました」

警官はにっこり笑った。「ああ、いいんだ。よくあることだ。じゃあ、どこにかければご両親と連絡がつくかな？　そこの電話番号でいいよ。職場でも、自宅でも」警官はマルコをじっと見つめて返事を待った。

マルコは黙って退却しはじめるしかないと悟った。

「おい、きみ、どこに行くんだ？」警官はマルコに向かって叫んだ。

そのとき、受付カウンターの奥の廊下から足音が聞こえ、私服警官が入ってきて、カウンターの中の警官に声をかけた。マルコは背筋が冷たくなった。それは三日前にスタークの家で見かけた警官だったのだ。警官とマルコの視線が合った。

「やあ、カール」奥の警官があいさつを返した。

マルコはガラスの自動ドアを急いで抜けて、駆けだした。後ろから呼び止める声が聞こえた。駐車場からも警官がふたり、マルコのほうを見ている。しかし、彼らが状況を把握する前に、マルコはもう建物の端の柵を跳び越えていた。そして、芝生を突っ切り、また柵を跳び越えた。その先の通りを百メートル行ったところに幼稚園がある。そこにスタークの自転車を置いている。マルコは数秒後にはペダルを踏んで、頭に浮かんだ裏通りを次々選びながら、コペンハーゲンの中心部に向かって自転車を走らせていた。

ちくしょう、何もかも失敗だ！　言いたかったことは何ひとつ言えなかった。スタークの死体が埋められている場所も、誰が彼を殺したのかも。おまけに、あの警官に見られてしまった。スタークの家の前にいたところも見られているというのに。

警察はもうマルコを放ってはおかないだろう。これで警察にまで追われることになった。マルコは監視カメラに映っていないことを祈った。

安全な隠れ場所を見つけなくちゃならない。隠れるだけでなく、全員から目を離さずにすむ場所だ――ゾーラが街に放っている追っ手、警察、それにエイヴィンドとカイも。幅木の後ろに隠してある金は絶対に取りにいかなければならない。

イェーイト通りとオー・ブルヴァールの交差点まで来ると、マルコはどちらを取るべきか考えた――ペストか、コレラか。今、一番安全なのはどこだ？　そして一番監視に適している場所はどこだ？　ウスタブローか、シティか？

自転車にまたがったまま、マルコはしばらく考え、そして決めた。五時になるとライトバンがミリャムたちを迎えに市庁舎広場にやって来る。充分に安全な距離を保てば、誰が物乞いをやらされ、誰がマルコ捜索のために街に放たれているかが確認できる。

市庁舎広場に着くと、マルコは自転車を安全にとめておける場所を探した。鍵がなく、盗まれるのは嫌だった。でも、デンマークで最も往来の激しいところで適当な場所などそう簡単には見つからない。

そのとき、アンデルセン城の真横に、改築のために足場で囲われ、シートですっぽり覆われたビルがあることに気がついた。看板に〝インダストリエンス・フース〟と書かれている。大きな建設現場だ。この横でいつもライトバンが来るのを待っていたのに、気に留めたこともなかった。

ここならいい隠れ家になりそうだ……

18

週末、カールはずっと調子が悪かった。正確に言うと、ひどいものだった。土曜日の夜、ミカとモーデンはパーティーを開いた。ふたりが同居を始めた披露宴《ひろうえん》でもあり、モーデンのプレイモービルのコレクションがインターネットのオークション・サイト〈eBay〉で法外な値で売れたので、その金をパーッと使ってしまおうという会でもあった。

「六万二千クローネだぜ！」イェスパが少なくとも十回はそのニュースを繰り返している間、モーデンとミカはカクテルグラスに小さな紙でつくった傘をせっせと飾っていた。イェスパは屋根裏部屋から自分のアクション・マンのコレクションを出してきて、オークションにかけたくてうずうずしているようだった。

あんなものが六万二千クローネだなんて、まったくどうかしている。

そんなわけで、ワインやビール、その他わけのわからない色とりどりの飲み物が、レネホルト公園通りのテラスハウスではいまだかつてないほどどっさりふるまわれた。まだ十時にもならないうちにケンをはじめご近所さんたちはダウンした。深夜まで持ちこたえられたのは、カールを除くと、モーデンとミカ、そしてべろんべろんに酔っ払いながらも元気に歌って踊りまくっている数人のゲイ仲間だけだった。

ぴちぴちのズボンをはき、革の帽子を斜めにかぶった四十代の男のダンスの誘いを数え切れないくらい退《しりぞ》けたあと、カールは穏やかな寝顔のハーディの横を通って体を大きく揺らしながら二階に向かった。

階段の前でモーデンとミカが抱き合ってダンスを踊っている。

「残念でしたね、モーナのこと」ミカがつぶやいて、カールの肩を軽くたたいた。

「ほんとに」モーデンがあとに続いた。「寂しくなるよ」

寂しくなるほど会ってないだろうが。おまえたちがモーナに会ったのは二回だったか？　それに、そんな言葉をかけてもらって、俺が感謝するとでも思ってるのか？

日曜日、すさまじい二日酔いと、口の中に死んだオポッサムが入っているような味を感じて、カールは目を覚ました。深酒を心底悔やんだ。最悪な気分だった。

「おい、カール、シャキッとしろ、情けない」カールは自分に活を入れた。だがなんの助けにもならなかった。頭痛が激しくなればなるほど、はっきりわかってきたのは、ラース・ビャアンや、とりわけモーナ・イプスンみたいな人間は、代々災いしかもたらさない一族の子孫に違いないということだった。

それから二、三時間は毛布をかぶったまま、うだうだしていた。暑かったり、寒かったり、あきらめの境地に至ったり、憎しみをたぎらせたりしていた。

モーナと話をしないと元気にはならないぞ。カールは何度も自分に言い聞かせた――それでも携帯電話に手を伸ばすことはできなかった。そのうちに一階で転がっていた客たちがしだいに昏睡から目覚め、五月の澄んだ空の下に出ていった。

カールは再び眠りに落ちると、新たな週の到来までベッドから一歩も出なかった。

「アサド」カールは呼んだ。「ちょっと来てくれないか」

返事がない。

またメッカに向かって敷物の上でひれ伏してるのか？　カールは時計を見た。いや、そんな時間じゃない。

「アサド！」今度は大声で叫んだ。

「まだ戻ってきていませんよ。ところで、大丈夫なんですか？　突然、記憶喪失にでもなりました？」

カールは目を上げた。ローセが戸口に立って、鼻の頭の皮をめくっている。「戻る？　どこから？」

「スタークの銀行です」

「何しに行ったんだ？」

「アサドは遺産裁判所の人や税務署の人からも話を聞いたんですよ」

まったく、なんでこいつは単純明快に答えるってことができないんだ？　なんでいつもこっちから根掘り葉掘り事情を聞き出さなくちゃならない？

「おまえたちは何を探り出したんだ、ローセ？　ちゃんと顔に書いてあるぞ」

ローセは肩をすくめた。「マリーネ・クリストファスンと電話で話しました。幸い、娘さんと一緒に二日前にトルコから戻ってきたところでした」

「それはよかった。ここに来てもらえそうか？」

「ええ、大丈夫でしょう。たぶん明日には」

「それはそれは。彼女はスタークのことを本当に気にかけているのかね」

「気にかけていますとも。ティルデの検査のためにティルデと一緒に一日中病院にいたんじゃなけりゃ、きっと二時間以内に来ていたと思いますよ。ひと息つかせてあげてもいいじゃないですか」

「わかったよ。だが、アサドが銀行に行ったのとスタークとはどんな関係があるんだ？」

「それはアサドが帰ってくればわかります」

五分後、アサドが息を切らしながら戻ってきた。黒い巻き毛が四方八方に跳ねまくっている。活動レベルが極めて高かったしるしだ。

「カール。ローセがスタークの恋人と話をしたとき、ローセも私も何かおかしいと思ったんです」

へえ、本当かい。俺はそう聞いてもべつに驚かないがな。

「マリーネが言うには、スタークは恋人の娘のティルデのために、とても高い治療費を払っていたんです。失踪までまる五年間。スタークが手持ちの資金以上のお金を出していたことは明らかです」

「スタークは遺産を相続したじゃないか」

「ええ、カール。でも、相続したのは二〇〇八年、彼が失踪した年です。そして治療が始まったのはずっと前の二〇〇三年です。スタークはその治療費として、貯金から二百万クローネ近く超える額を支払っていたはずなんです。さっき銀行で確認してきました。私ははじめ、スタークは借金をして、遺産を相続したときに返済したのだろうと考えました。でも、そうじゃなかったんですよ」

そう言ってアサドは、嬉しそうな顔でカールを見た。新しい興味深い事実をつかんだときはいつもそうだ。カールはため息をついた。まったく、今週の幕開けは最低だ。

「オーケー、じゃあ、ティルデの治療とその費用について、俺にわかるように説明してくれ、ローセ」

ローセは腕を組んだ。ということは、長い話になるってことだ。

「ティルデはクローン病という慢性疾患にかかっています。これは、腸がずっと炎症状態にある病気です。マリーネによると、スタークはとても献身的に病気の経過を見守り、治療に付き添っていたようです。そして、腸の患部を手術で取り除いたりステロイド剤を投与したりといった、一般的な治療ではたいした効果が得られないとわかると、スタークは費用も労も厭《いと》わず、別の治療を受けさせたそうなんです」

「ありがとう。だが、おまえさんは俺の質問を避けて通っている、ローセ。二百万クローネはいつ、どこに登場するんだ？ 二百万ってのは莫大な金だ」

「マリーネの話を聞いていると、どうもスタークは、不治の病とされているこの病気をなんとか治せる方法を見つけることに躍起《やっき》になっていたようです。ティルデはコペンハーゲンだけでなく、フロリダのジャクソンビルの民間病院にも入院していましたし、ドイツではホメオパシーの治療を、中国では鍼《はり》治療を受けています。スタークは豚の腸に寄生する鞭虫《べんちゅう》の卵を飲む治療法にもお金を支払っています。ありとあらゆる治療法を試みたんです。マリーネの見積もりだと、五、六年の間に約二百万クローネかかったそうです」

「二百万クローネ。そんなにかかるはずがない」

「いいえ、カール」アサドは送金の裏付けとなる資料の山をカールに押しやった。「それがかかっているんですよ。スタークの口座からちゃんと引き落とされています」

「わかった。そこから何が推論できる？」

ローセは鼻で笑った。「スタークが世界最強のポーカー・プレーヤーだったとか、アマー島のカジノにめっぽう運の強い常連客がいたとか、そんなところですかね？」

「そんなわけないだろうって聞こえるがな、ローセ」カールはしかめ面で答えた。「だが、本当にそうやって手に入れた金じゃないって証明できるのか」

「それはともかく、スタークは大金を工面して、その出所について誰にも説明せずに治療費に回していたってことですよね？」ローセは言った。

カールはアサドに向き直った。「税務署のほうはどうなんだ？　担当者と話をしてきたんだろう。税務署にはこの収入に関する証拠が残っているはずだ」

「いいえ。税務署には、この期間に収入が増えたことは記録されていませんし、スタークは監査を受けたこともありません。おそらく、税務署は多額の送金については何も知らなかったんでしょう。送金のたびに口座に一時的に金が預けられていただけで、それも送金する額とまったく同じでしたから。おまけに、年があらたまるたびに口座も変えていたんです」

「それに普通のサラリーマンであるスタークは、抜き取り検査の対象にはまずならない。そうだな？」

アサドはうなずいた。「まだあります。スタークが銀行の貸金庫を解約したというのがどうもよくわからないんです。マリーネ・クリストファスンは、スタークが宝飾品を家に持ち帰ったと言いました。なかでも両親の結婚指輪を大事にしていたと。ローセはもちろんすぐに、その宝飾品はその後どうなったのか訊き返しました」

「ええ、するとマリーネはわたしに、自分はその宝飾品をその後は二度と見なかったと断言しました。わたしは彼女の言葉を信じます。だから、泥棒が入ったときも、その宝飾品の盗難届は出されていません。実際に家にあったことを彼女は証明できないわけですから」

「スタークはよその銀行に金庫を借りて保管していたか、それとも売っ払っちまったのかもしれない」

アサドはゆっくりと首を振った。「そうは思いません。マリーネは、宝飾品は実際に家にあって、盗まれていないと考えています。スタークは家のどこかに隠しているに違いありません。マリーネは今でも、スタークがいつか戻ってきて自分で出してきてくれるだろうと信じています」

カールはアサドの眉間のしわが深くなったことに気づいた。マリーネの盲目的な楽観を無意味だと思っているのだろう。

「これでわかったでしょう、カール？」ローセは訊いた。「この事件はひどくにおうんですよ」

ローセの白く塗りたくった顔がLED電球のように輝いている。それが満足感によるものなのか、純粋な熱意によるものなのか、いまだにカールには区別がつかなかった。

「クモの巣みたいに引っかかる事件です」ローセは続けた。「マリーネはヴィルヤム・スタークを愛していて、彼女も愛されていたことは間違いありません。それは娘も同じです。ティルデのためならスタークはなんでもしたでしょう。なのに、スタークは突然、なんの前ぶれもなく消えた。マリーネによると、姿を消す理由なんてまったくなかったのに」

「だったらなぜ、マリーネはスタークが戻ってくると信じているんだ？　姿を消す理由がないのなら、おそらく彼は死んでいるだろう。それなら、もう戻ってこない。ひょっとして、彼女は霊能者か何かか？　いや、彼女がスタークを消したのかもしれない。俺たちが知らないだけで、スタークはアフリカから戻ってきた日に自宅に帰っていたのかもしれない。スタークの失踪前後のマリーネ・クリストファスンの行動については徹底的に調べてあるのか？」

アサドは机の角をいじくりながら、ほかのことを考えているようだった。すると、ローセが答えた。

「家は徹底的に調べられています。犬も使っています。当時、庭に死体を埋めたような跡はありませんでしたし、家の中に修繕した跡もありませんでした。つまり、スタークの死体が庭に埋められているとしたら、二年半前によほどうまく警察の手を逃れたことになります」

「思うんですが」アサドが会話に戻ってきた。「マリーネにとっては、ヴィルヤム・スタークが死んでしまうより生きていたほうが得だったはずです――まあ、スタークが大金を靴箱の中に保管していたなら、マリーネはせしめることができたでしょうけど。問題はまったく別のところにあると思います。スタークはアフリカに数日間滞在すべきところを、予定を早めてデンマークに戻ってきました。なぜです？　何かを売るためでしょうか。ダイヤモンドの違法取引に関与していて、誰かに会うためにデンマークに戻ってきて、その男に殺されたのかもしれません。あるいは事故に遭ったのかも。具合が悪くなって、家の前の湖に落ちたのかもしれません。湖は徹底的に捜索されましたから、それはないと思いますけど」アサドはひと息入れた。「考えられることはいっぱいあります。ですが、重要なことは、スタークが空港を出てから何が起きたかだと思います。そこを取っかかりにすべきです」

カールはうなずいた。「ローセ、次にマリーネと話をするときは俺も同席する。いいな？　それまでに彼女の背景を調べておいてくれ。職場の同僚に話を聞くんだ。それから、スタークの失踪時にティルデが入院していた病院の職員にもな。マリーネとスタークが周囲にどう思われていたか知りたい」

それから、アサドに向かって言った。「おまえは送金の関係書類に目を通してくれ。ひょっとしたら、スタークの依頼でダンスケ銀行が大金を送金したあとに、毎回なんらかの犯罪が起きていた、なんてことがわかるかもしれない。かつて誰もスタークと関連づけなかったような——麻薬とか、強盗とか、密輸とか。あらゆる可能性が考えられる」

「ほかに何か、わたしたちでお役に立てることはあります?」ローセが訊いた。「ケネディ暗殺事件についても調べましょうか?」

アサドはにやりと笑って、ローセをひじで突いた。カールはため息をもらした。

「ああ、もうひとつ、出かける前におまえたちに言っておきたいことがあった。その後で俺はベラホイ署に行って、スタークの家に泥棒が入ったときの担当者に会って話を聞いてくる」

ローセはあきらめ顔でカールを見ている。

「親愛なる諸君。俺は、おまえたちが正真正銘腐った卵をつかんできたと百パーセント確信している。おめでとう、よくやった」

とたんに部屋は静まりかえり、針が床に落ちる音さえ聞こえそうだった。

ガラガラヘビ——ハンスン警部補はいつもそう呼ばれてきた。そしていまだにその呼び名に恥じない行動をとっている。ハンスンは刺すような目でカールを迎えると、久しぶりだな、のひと言もなかった。代わりに、独特のシュッという音が口から発せられた。はるか昔に、カールとハンスンは二週間一緒にパトロールをしたことがあった。その二週間で充分だった。

ハンスンは現在、チンピラが高級車に傷をつけたり、邸宅からごっそり物が盗まれたりしたときに、パトロールカーを派遣する立場にある。スターク家の侵入事件は大量に物が盗まれたとは言えないものの、当時、別の捜査で家が保全対象になっていたため、ハンスンは徹底的な措置をとるよう指示されていた。家宅侵入とスターク失踪との関連を示す状況証拠があれば、確認できるに違いなかった。

「なぜ電話じゃ駄目なんだ？」ハンスンは読んでいる報告書から目も上げずに訊いた。

「おまえがこの事件の担当だとわかってたら、電報を送ってたさ」

顕微鏡で見える程度の笑みがハンスンの口の端に浮かんだ。「報告書を読んでいないのか？　あれは俺が書いて、俺が署名した」

「ハンスンって名前のよくできる男はたくさんいるからな。おまえだとはわからなかった」

ガラガラヘビは目を上げた。「相変わらず口のうまい男だな」

「冗談はさておき、ハンスン。ここにスタークの失踪直後に行われた一回目の家宅捜索の報告書がある。おまえの報告書と比べてみると、家宅侵入の後に何ひとつなくなっていないことにすぐ気づく。おかしいと思わないか？　正直、おまえたちはどのくらい徹底的にスタークの家を調べたんだ？　何か足りないものはなかったか？　靴の箱とか、コルクボードに留めてあったメモとか、物置に置いてあった籠《かご》とか」

「見てのとおり、俺は最初の家宅捜索に立ち会った本部の同僚をあえて連れていった。で、マリーネ・クリストファスンと一緒に家の中を見て回った――徹底的に、と俺なら言うだろう。屋根裏に上がり、引き出しをすべて開け、庭も地下室も見て回った。しかし何ひとつなくなったものはなかった。高価なスピーカーとか、銀食器とか、電動芝刈り機とか持っていこうと思えば持っていけただろうに。だが、すべて残されていた」

「指紋は？」

「なかった」

「てことは、プロの仕業か？」

「ああ、俺たちはそう思っている。報告書にもそう書いた」あとの言葉はかなりそっけなかった。「あいにく、隣の家の女から聞いた犯人の特徴は、曖昧《あいまい》すぎて役に立たなかった。二人組の片方はもう片方より肌の色が濃かったそうだが、アフリカ人やパキスタン人ほど黒くはなかったらしい。トルコやアラブ系でもない。証言としてはまったく意味をなさなかった」

オーケー、それは隣人がハンスンに語ったことだ。問題はカールが隣人からもっと正確な話を引き出せるかどうかだ。

「それで、どういう結論に至ったんだ？　侵入の手口とか理由については？　それについては何も書かれていないようなんだが」

「俺は事実しか書かない、カール。誰もがおまえみたいなメルヘン作家になれるわけじゃないんだ」

「だけど今はおまえは書いているわけじゃなくて、しゃべっているだけだ。なあ、ハンスン、どう考える？　俺は家宅侵入のエキスパートの意見が聞きたいんだ」

ハンスンは姿勢を正して、ライトブルーのシャツをズボンに押し込んだ。どうやら賛辞を受けるのは得意じゃないらしい。

「可能性のひとつは、新聞でスタークの失踪を知って、あそこが空き家だと思い込んだ人間だ。その手の侵入事件は日常茶飯事だからな。死亡記事というのは、家族や親類が家を留守にすると宣伝しているようなものだ。Ｆａｃｅｂｏｏｋでいつ、どこに、いつまで旅行に行っているか自慢するアホもいるしな。出発したとたんに、家の中を空っぽにされちまうよ」

「あるいは？」

「あるいは、何か特定のものを探していた人間だ。俺はこっちのほうだと思っている」

「なぜだ？」

「犯人はまる一時間家の中にいたのに、特定の場所しか荒らしていない。まるで一度下見にきていたようにな」

「なぜそう思うんだ？」

「カール、そうでなきゃ、連中は手当たり次第に引き出しをひっくり返しただろうし、ありとあらゆる物を床に放り投げていったさ。だが、あいつらは狙いを定めて行動していた。マットレスを切り裂き、壁から家具をずらして、後ろに何か隠されていないか確かめている。犯人はこの家について何か知っていたに違いないと考えるのが自然だ」

それこそカールが聞きたかったことだった。カールは礼を言って、ハンスンの部屋を出た。次に向かう先は、スタークの隣人の家だった。犯人の特徴を自分で聞くつもりだった。

だが、それは実現しなかった。

署の受付カウンターに座っている昔の同僚にあいさつに寄ろうとしたとき、入口のドアのそばにいた少年にカールの目が留まった。

その少年の目に見覚えがあるとすぐに気づいた。

しかし、カールが考えている間もなく、少年はいきなりドアに向かって駆けだし、カウンターの警官が呼び止める声も無視して姿を消した。

カールは急いであとを追った。少年が柵を跳び越えて、フルゴース通りの方向に消えるのが見えた。

「待ってくれ！」カールは背中に向かって叫んだが、無駄だった。

「あれは誰だ？」カールは受付にいた警官に訊いた。

警官は肩をすくめて、保険証を差し出した。

「セーアン・スミト」

カールは首をかしげた。「セーアンって顔には見えなかったがな」

「ええ、話し方もセーアンって感じじゃなかったです。少しなまりがありました。大きくなってから養子にもらわれてきたのかもしれませんがね。とにかく両親に電話をかけてみます。あの子が何を言いたかったのかわかるかもしれない。友だちの代わりに届けに来たとかで、これを持ってきたんです」

警官がそう言って指し示したカウンターの上には、一枚のビラと、アフリカのものらしい首飾りが置かれていた。

カールは啞然とした。

「信じられん」そうつぶやくのがやっとだった。

カールは警官の肩に手を置くと言った。「電話はしなくていい。俺が今から家族に会いにいってくる。これはもらっていく」

美しい家だった。北西地区の入り組んだほかの住宅街と比べると、信じられない美しさだ。無秩序な都市計画の象徴みたいな地区に、バラの垣根を巡らせた木組みの家が建ち並ぶ牧歌的な風景が隠れていたなんて、誰が信じるだろう？

しかし、カールが鳴らした呼び鈴で玄関に出てきた女は牧歌的という感じではなく、突然の来客にも慣れていないようだった。

「何か？」女があまりにも不審そうに見るので、カールは自分が伝染病にでもかかっているような気がした。

ズボンのポケットから身分証明書を出して見せても、表情は硬いままだった。

「セーアンくんに用があるのですが。会えますか？」カールは訊いたが、さっき警察署を出ていったばかりなのだから、いないことはわかっていた。

「ええ」母親は不安そうに言った。「なんのご用でしょう？」

そんなはずないだろう！　あの坊主、近くに自転車を置いていたのか。そうでなきゃ、今ここにいるのは不可能だ。「ご心配には及びません。二、三お聞きしたいことがあるだけです」

母親はしぶしぶカールを居間に通し、少年の名前を数回呼んでもらちがあかないので、二階に駆け上がっていった。息子をコンピューターの前から引きはがしているに違いない。いずれにせよ、少年が文句を言いながら母親の後ろについて下りてくるまでにはかなりの時間がかかった。この母親に、うちのイェスパにもお気に入りのおもちゃと手を切らせるよう頼みたいぐらいだ、とカールは思った。

戸口に現れたのは、淡いブロンドの典型的なデンマークの少年で、カールが捜している少年とは明らかに違った。

「これをなくしたんじゃないか？」カールは少年に保険証を差し出した。

少年はためらいがちに受け取った。「どこにあったんですか？」

「こっちが訊きたいよ。どうして持っていなかったんだい。誰かに貸したのか？」

少年は大きく首を振ってきっぱり否定した。

「本当に？　ベラホイ署に三十分前にやって来た少年がそれを身分証明書に使って、友人に代わって届け出たいことがあると言ったんだが、その友人ってひょっとしてきみじゃないのかい？」

「全然違います。財布の中に入れてあったのを、ブレンスホイの図書館で誰かに財布ごと盗まれたんです。誰に盗られたのかも、たぶんわかってます。財布もあるんですか？　財布には百二十五クローネ入っていたんです」

「あいにく財布はない。きみはなぜ図書館なんかにいたんだ？　学校にいる時間だろう？」

少年はむっとした顔でカールを見返した。「僕たちは今、あるプロジェクトのための企画書を作成しているんです。聞いたことないんですか？」

カールはセーアンの母親を見やった。すでに肩の力は抜け、いぶかしそうにカールを見ている。

「セーアン、盗《と》ったやつの人相、特徴を教えてくれないか」

「チェックのシャツを着ていて、デンマーク人には見えませんでした。肌の色は真っ黒じゃなかったけど、白くもなかった。南欧から来たのかも。ポルトガルに行ったときに、ああいう顔をよく見ましたから」

カールは確信した。さっきベラホイ署で、そして金曜日にスタークの家で見たあの少年だ。

「何歳くらいに見えた？」

「さあ。正面から見たわけじゃないから。ずっと僕の隣のコンピューターの前に座っていたんです。十四か、十五ってところだと思います」

カールは図書館が入っているブレンスホイ広場の建物にやって来た。ここに来るのは初めてではない。ずいぶん昔にパトロールカーで駆けつけたことがある。図書館に収蔵されているレコード盤でフリスビーをやっている酔っ払いを逮捕するためだった。そのときに比べると建物は若干きれいになっていた。それでもいまだに、前身の〈ベラ〉という古い映画館のたたずまいが残っている。消えていった数々の名画座同様、ここもスーパーマーケットと銀行の支店に取って代わられ、二階が図書館の分館になっていた。

「それならリスベトにお訊きになるといいわ。ときどきうちの館長の代理でここに来ている職員です」貸し出しカウンターの図書館員が言った。「その時間帯にここにいましたから」

その図書館員がやって来るまで十分以上待たされたが、その価値はあった。

リスベトは文字どおりきらきら輝いていた。ひと目見た瞬間に体中のバッテリーが充電されるような女性だった。女盛りで、自信に満ち、驚くほどまっすぐこっちを見つめてくる。モーナがあんな馬鹿げた提案を本気で考えているなら――ま、いずれ戻ってくるだろうが――この図書館に来るのはこれが最後でないことは確かだ。

「病気で欠勤する人が多い時期なので、ときどき手伝いに来ているんですよ。ここの手伝いを始めてまだ一ヵ月だけど、なんでもするわよ、というところをついみんなに見せたくて。お待たせしました」

確かに、カールの思ったとおりの女性だ。

「お尋ねの少年のことですけれど、その子のことならあなたよりも知っているかもしれません。ただし、このブレンスホイの図書館で彼を見かけるとは思いませんでしたけど」

「では、よそで何度か会ったことがあるんですか？」

「ええ。わたしはダグ・ハマーショルド・アレーにあるウスタブロー図書館の副館長なんですが、何カ月も、彼はそっちのほうに毎日来ていました」

カールは笑みを浮かべた。情報といい、このリスベトに会えたことといい、いいことずくめだった。「すばらしい。名前はわかりますか？」

「いいえ、残念ながら。確かに毎日来るんですが、時間はまちまちでした。そして来ると決まってすぐに座って本を読むか、コンピューターで何かを調べていました。でも、本を借りたことはないんです。ですから、証明書の呈示を求める必要もありませんでした」

カールは耳を傾けながら、青い瞳から放たれる、打ち解けたまなざしの奥にある真意をくみ取ろうとした。俺を誘っているのか？　それとも少年との遭遇に驚いたことを示したいだけなのか？

「すばらしい子ですよ。同僚もわたしも、あの年頃であれほど知識欲のある子にはお目にかかったことがないって語り合っているんですよ。あの子が棚に本を戻したあと、読んだものをチェックしていった同僚がいるんですけど、いい運動になったって言ってました」

おもしろいことを言う！　彼女はあの少年を気に入っているようだ。

「それで、このブレンスホイの図書館では、彼は何をしていたんです？」

「ただやって来て、そこに座って、しばらく技術系の雑誌を読んでから、コンピューターのほうに行きました。どのくらいそこに座っていたかはわかりません。わたしは途中で交代しましたから」

「あなたがふだんおられる図書館のほうに、スリの苦情は寄せられていませんか？」

リスベトは面食らっていた。「どうしてそんなことを？　あの子を疑っているんですか？　そんなこと、わたしには想像もつきません！」

カールにはそれで充分だった。想像できないと言うなら、彼女が抱いている少年のイメージを壊したくはなかった。

そこでこう言った。「さっき、あなたが言っていたウスタブロー図書館の好奇心旺盛な同僚の方に会ってお話をうかがいたいんですが。少年が読んでいた本をチェックしていた方に。今、図書館におられますか？」

「リーセロデは産休をとっています。でも、連絡先は調べられますから、少し待っていてください」

カールはリスベトがぴちぴちのスカートで尻を軽快に振って歩く姿を目で追った。ああ、困った。モーナが今夜さっさと電話をかけてきて、機嫌を直してくれと頼んでくれたらいいのだが。

リーセロデ・ブレクスは実際に妊娠していた。より正確に言うと、その腹の大きさたるや、口に出して言おうものなら、ひどい男性優位主義者呼ばわりされること間違いなしだった。

カールが訪問の理由を告げると、リーセロデはとてもショックを受けたようだった。家の中はすでに、生まれてくる赤ん坊のための準備が整っていた。棚の上には紙おむつの袋がっており、部屋の隅には電池で動くモビールの付いた天蓋付きの揺りかごがいつでも使える状態で置かれている。リーセロデ・ブレクスは、生まれる前に準備してはいけないなどという迷信には惑わされない女性のようだ。

「あの子が何もやってなきゃいいんですが。本当にかわいい子なんですよ」リーセロデはそう言って、せり出した腹を軽くたたいた。「もしあの子の名前を知っていたら、このお腹《なか》の子にその名前を付けたいくらいです」

カールは微笑んだ。「ご心配には及びません。われわれが少年を捜しているのは、われわれにとって重要な情報を持っているかもしれないからなんです。ある失踪事件に関することです」

「まあ、たいへん」

「同僚のリスベトさんによると、あなたはときどき彼が読んでいたものを確かめていたそうですね」

「ええ！　だって、信じられないほどたくさん読んでいたんですもの。それに、あの子は気づいていませんでしたけど、わたしたちはあの子に夢中だったんですよ。なぜか人の心を惹きつける子でした」

「何を読んでいたんですか？」

「実にさまざまなものを。しばらく学校の授業に関する本を読みあさっていたかと思えば、子供向けの職業百科から、大学の入学資格に関する本や予備校のパンフレットまで読んでいました。デンマークとデンマーク人に関する本を読んでいた日もあります。社会学とか、国内政策とか、デンマークの現代史とか。それから、正書法辞典、オペラの手引書、デンマークの紳士録、ロマに関する本、法律制度、生物や数学の本も棚から取っていました。あの子の好奇心はとどまるところを知らないって感じでした。あの年頃の少年にはかなり珍しいことです。文学や小説も読んでいました。古いデンマークの作家のものを。それなのに一度も本を借りたことはないんです」

「なぜ借りなかったんだと思います？　不思議でしょう？」

「わかりません。でも、普通の子ではありませんでした。あの子にはどこか移民のようなところがありました。典型的な移民の少年には見えませんでしたけど。もしかしたら、ロマかもしれません。家では本を読ませてもらえないんじゃないかって、わたしたち言ってたんです」

「ロマですか？」

「ええ、きれいな茶色の肌と褐色の巻き毛からそう思ったんです。もちろん、スペイン人やギリシャ人かもしれませんけど。ただ、言葉のなまりが違っていたんです。どちらかというと、アメリカ人のような発音でした」

「なるほど」

「でも、驚いたのは、そのなまりが徐々になくなっていったことです。週を追うごとにデンマーク語が上手になって、語彙《ごい》もどんどん増えていきました。なんでも自分の中に吸収していくように見えましたよ」

「彼はおとなと一緒に来たことはないんですね？　では、仲間がいるとか、何かのグループに属していることがわかるような、そんな特徴は見受けられませんでしたか？」

「いいえ、わたしの知る限りそんなことはありません」図書館員は反射的に両眉を上げた。おそらく腹の中で赤ん坊が手足をばたつかせたのだろう。「とにかくかわいい子でした」

「今でもウスタブローの図書館に来ているかどうかご存じですか？」

「ええ、来ていますよ。わたしは毎日、職場の友人と話していますから。でも、先週は来なかったんじゃないかしら。なんなら、実際に図書館に行ってご自分で訊いてみてください」

19

「ビャアン、その通りだ。確かにベラホイから証拠品を持って帰ってきた。俺たちは今、ヴィルヤム・スタークの事件に取り組んでいる」

マークス・ヤコプスンの暫定後任は首を縦に振ったが、本当は横に振りたかったようだ。いかにもビャアンらしい。この男は死んでも心の内を見せないだろう。だが、カールはビャアンを知っている。

「よかろう」とビャアンはまた心とは裏腹の返事をした。「ベラホイ署のハンスンによると、きみはその証拠品とやらを勝手に持ち帰ってきたそうだな。それが不適切な行動だということはよくわかっているはずだ。その物件は彼らの管轄内で起きた家宅侵入事件と関連があるのだからな。違うか、カール？」

「ハンスンは、日が長くなってくるとごちゃごちゃ言うんだよ。これは、二年半前から行方不明になっている男の事件だ。もうガラガラヘビの専門ではなくなっている。だが、あいつがあのヘビみたいな目で、どうしてもこのアフリカの首飾りとビラを見たいんなら、こっちに来ればいい。喜んで見せてやるさ。早い話が、この事件は俺が引き継いだ」

「引き継いだ？　立派な口をたたくじゃないか、カール」ビャアンは歯を見せて笑った。自分ではいいと思っているのか知れないが、笑顔の似合わないやつだ。「きみは、その少年にすでに二度会っているんだったな。一度目はヴィルヤム・スタークの家の前で、そして二度目がベラホイ署。二度とも逃げられたんだろう？　よくそれで引き継いだなんて言えるもんだ。ま、きみらしいがな」

「嫌みならたくさんだ！　少年とはいずれ連絡をつける。がたがた言うな。あとは時間の問題だ。今、あんたが話している相手は、あんたのとろい兵隊とは違うんだ」

ビャアンはマークス・ヤコプスンの机の前で姿勢を正した。間違った男が間違った机についている――これ以上の間違いはない。

「誰と話しているのか、きみこそよく考えるんだな、カール。だが、まあ、今回は見逃すとしよう。本題に戻る。考えたんだが、そろそろ特捜部Qも人事異動すべきだ。もちろん、きみにはこの先も特捜部Qの責任者でいてもらう。それははっきりしている。しかし、この二年間、われわれの仕事と重なる部分も多く、マークスと私は邪魔されているように感じることもあった」

カールはぐいと身を乗り出した。

どういうことか聞かせてもらおうじゃないか。

カールはまだ怒りで震える手で、湿った干し草のにおいがするドロッとしたお茶の入ったカラフルな茶碗をアサドから受け取ると、正体不明の飲み物を見つめて途方に暮れた。毒薬のように見えるが、においに比べれば見た目はまだましだった。

「落ち着いてください、カール」アサドは言った。「われわれはこれまでと変わりません。特捜部Qは三階には引っ越さないし、私がビャアンさんの仕事をするようなことにはなりません。私が話をつけますから」

カールは顔を上げた。「はあ？　おまえ、正気か？　そんなことがおまえにできるって？　遠慮なく言わせてもらうが、どうしてそんな力があるんだ？　あいつの家の留守番をしたからか？」

アサドは一瞬目をそらせた。まるで、もう少しで自白しそうになったことを悔やんでいる犯罪者、さもなければ恋をしていることを認めたがらない少年だ。

「とにかく私にまかせてください、カール。ビャアンさんは私の話を聞いてくれると思います」そう言って、アサドは探るように微笑んだが、そろそろ言い逃れられないのはわかっているのだろう。

アサドの顔にいたずらっぽい笑みが広がった。ラクダ話の時間だ。カールはアサドのやりそうなことは心得ていた。

「自分はダチョウだと思い込んでいたラクダの話を思い出してください。びっくりしたラクダが、ダチョウみたいに砂に頭を突っ込んだものだから、目に砂が入ったっていう話があったでしょう」

カールは首を横に振った。これまでおまえから聞かされた与太話に登場するラクダだけで、サハラ砂漠はとっくにあふれかえっているだろうよ。

「何が言いたい、アサド？」

「簡単なことです。自分は何者かを知り、自分がすべきことに忠実でいる限り、砂が目に入るような危険を冒さなくてすむんですよ」

「ご忠告をどうも。だが、俺はラクダじゃない。それを忘れるな、アサド。ちなみに俺は、ダチョウやラクダの知能がいかほどのものかは知らない。だが俺には、おまえこそが砂に頭を突っ込んでいるように見えるよ。なあ、そろそろ俺に話す時期だとは思わないか。なぜビャアンは、おまえみたいな、どこからともなく現れ、なんの経験もないと言っている男をここに置いたんだ？　なぜおまえは、普通なら長年の経験を通じて身につけるような能力を、あっという間に示すことができたんだ？　その答えを知りたければ、誰に聞けばいい？　おまえか、ビャアンか？」

アサドは眉を寄せた。カールは、アサドがズボンのポケットの奥でこぶしを握っていることに気がついた。

「なんなんです、これ？」ローセの鋭い声が響いた。「ビリビリしちゃって、高圧電流の中にいるみたいなんですけど」

カールはしぶしぶローセに目を向けた。「ラース・ビャアンのアホが、今後アサドを自分の助手にして、俺たちを三階に移動させるって言いやがるんだ。そしたらアサドのやつ、そんなことにならないように自分がビャアンを説得するって言うんだよ。だから俺は、どうしてそんなことがおまえにできるんだって訊いたところだ」

ローセはうなずいた。「それで、あなたはなんて答えたの、アサド？」

アサドのズボンのポケットのふくらみが消え、茶色い瞳に輝きが戻った。少なくとも集中尋問からは逃れられたってわけだ。くそっ。

「ビャアンさんと私には共通の過去があって、そのせいで私に親切にしてくれるんです。私たちはある仕事を通じてアラブで知り合いました。それ以上は話せません。どうしようもないんです」

「言えないのか、それとも言いたくないのか、アサド？」

「ええ」アサドはそれしか言わなかった。

十五分後、カールの電話が鳴った。リスからの電話で、アサドが今ラース・ビャアンのところに来ていて、尊敬すべきマーク警部補殿がお忙しくなければ、ご足労だが話に加わってもらいたい、ついてはローセも連れてきてもらいたいとのことだった。

「アサドとビャアンの件、わたしは気に入りません、カール」ローセが階段を上りながら言った。「あなたはどんな気分です？　あのふたり、いったい何があるんでしょう？」

カールは目をむいた。こいつ、今、俺の気持ちを訊いたのか？　そりゃ、記念すべき日だ。カレンダーに印をつけておこう。

「俺は……」とカールが言いかけたところで、ローセが遮った。やはり変わっちゃいない。

印をつけるのはやめだ。

「わたしは気分悪いです」

そう言って、ローセは黙りこくった。

ビャアンの周辺はこの二時間でずいぶん様変わりしていた。リスをはじめとする数人の職員で棚と戸棚に奇襲攻撃をかけたらしい。どこもほとんど空っぽになっていて、今は職人が壁に巨大なホワイトボードを取りつけている。そこはマークス・ヤコプスンがいつも犯罪現場の写真を貼っていた場所だ。

アサドが座っている椅子は、本部長のオフィスの近くから取ってきたものに違いない。本部長の同意を得ずに取ってきたのだとしたら、おもしろいことになるぞ。

「アサドと少し話をしたんだが」ラース・ビャアンが口火を切った。「彼は私の申し出を受ける気がないようだ」

アサドは上機嫌でうなずいた。ふん、そりゃ素敵な申し出とは言えなかっただろうからな、とカールは思った。だが今は、誰から何を聞いても何も考えられる状態ではなかった。二日酔いのせいでまだ頭がガンガンしている。

「私はアサドの人生プランを邪魔するつもりはない――ちなみに、きみたちの業務を邪魔するつもりもないんだ。ただ、きみたち三人に思い出してほしいんだが、特捜部Qは私の管理下にある。したがって、私は地下で進行していることをチェックする必要がある」

カールはローセを見やった。すでに全身から棘《とげ》が突き出ている。

「きみたちも民間企業を見て知っているだろうが、大きな会社には各課の効率に目を配っている、いわゆる業務管理者がいるものだ。うちの場合、効率を考えなくてはならない要素はふたつある。まずは事件解決率だ。ありがたいことに、この点においてはきみたちの部はそこそこよくやっている」

こんなアホは串刺しにして、フライにしてやってしかるべきだ、とカールは思った。そこそこよくやっているだと？ 過小評価にもほどがある。だが、カールが口を開く前に、ローセが先んじた。「捜査部Aのボスの聞こえが高いあなたが、特捜部Qの主任捜査員になったら、そりゃあすばらしい成果を上げるでしょうね。目に浮かぶようです」そう言うと、ローセはアサドのほうに回りこんで怒鳴りつけた。「それから、アサド！ あなたどうしちゃったのよ？ いつのまに、立っている女性に席を譲ることもできないほど偉くなったわけ？」

相当なショックを受けたのだろう。アサドの眉が飛び上がった。

「さて」ローセは椅子に座ると息を吐いた。「これで同じ目の高さになったわ、ビャアンさん。こういうことにもおいおい慣れていただかないと」

「だが、その一方で」ラース・ビャアンは平然と先を続けた。「きみたちの人件費が規定に沿っていない。気づいたんだが、きみたちの一時間あたりの仕事量は、この三階のわれわれの二倍にもなっている。これはあらためなくてはならん。そこでこのたび、そのあたりのことに少し目を光らせる業務管理の担当者を雇うことにした。きみたちもすでに知っているゴゴードン・タイラーだ」

カールはがくりと頭を垂れた。ゴードン・タイラー？　業務管理？　そんな者がうちに来るのか？

「ばかを言うな、あんなひょろっひょろの男にうろちょろされてたまるか。まだくちばしが黄色いガキじゃないか。だいたい大学は卒業したのか？」

「彼は法学課程をほぼ修了した。しかも成績はトップだ。すぐに正規採用になった」

「まさか。本気か。いや駄目だ」カールは両手を振ってはねつけると、あとずさりしながら部屋を出ようとした。「すぐにあいつを送り返せ。今、俺たちにはそんなことに関わり合っている暇はない」

そのとき、カールがどんなに想像力を働かせてもまったく予想できなかったであろうことが起きた。

「そう言わずに、とにかく一度試してみましょうよ、カール」とアサドが言ったのだ。

「彼はそれほど悪くないかも」とローセまでもが言った。

チェックメイト。これ以上何を言ってもしようがない。

カールはコップの中の泡を見つめながら、ラース・ビャアンと話をしてから頭痛薬をいったい何錠コップに投げ入れたか、思い出そうとしていた。

この手の薬は飲み過ぎると腹が痛くなるが、その代わりに元気になれる。すでに充分にハイな状態であることを感じながら、カールは語気鋭くローセとアサドに言い渡した。

「ラース・ビャアンのことも、ゴードン・タイラーのことも何も言うな、わかったな？　俺は爆発寸前だが、今はあれこれ言っている時間はない。さあ、始めてくれ、ローセ。頼むから手短に、かつ正確にな」

ローセはうなずくと、液晶画面のスイッチを入れた。さっきのごたごたは、これっぽっちも気にしてないようだった。

「さて、これがベラホイ署の監視カメラの映像です、カール。少年が中に入ってきましたけど、顔はカメラからそむけていますね」ローセはビデオを止めて、灰色の画像をじっと見た。ガラスのドアの上からカメラにとらえられた人の姿だ。

アサドとカールは画面に顔を近づけた。

「アラブ人のようには見えません、カール。バルカン半島でもないですね。耳の位置がかなり上のほうですから」

おかしなことを言う。バルカン半島の人間の耳は、下のほうについているのか？

ローセがふたりの横に立った。「黒っぽい巻き毛、ラテン系みたいだわ。年齢はそんなにいってないわね。何歳くらいだと思います、カール？」

「十四、五に見えたと聞いた。だが、もっと若い可能性もある。南の人間は早熟だからな。服装についてはどう思う？」

アサドは微笑んだ。「このシャツは私の叔父さんが着ていてもおかしくないです」

「その通りだ。こんなシャツは十年、いや十五年前に会社員がよく着ていたものだ。いったいどこでこんなものを見つけてきたんだろう？」

「古着屋じゃないですか？」アサドが言った。

「それなら、もっと別の服を選ぶだろう」

「古着の回収箱から、たまたま一番上にあったものを取ったとか？」

「それはあるな」そう言って、カールは画面を指さした。「なぜ彼は顔をそむけているんだと思う？　それになぜ、盗んだ保険証を身分証明書に使ったんだ？」

「答えは簡単です」アサドが言った。「自分は持っていないからですよ」

アサドの推測はうなずける。カールもそう考えていた。「あるいは、脛《すね》に疵《きず》もつ身だってことだな」

アサドは眉を寄せた。「脛って脚のことですよね、カール？　脚のけががなんの関係があるんですか？」

カールはため息をついた。「そういう言い回しがあるんだ、アサド。俺はこの少年が何かまっとうでないことに関わっていたのかもしれないと思っただけだ」

ローセはメモ帳を手に取り、何かを走り書きした。「彼が今、自分の保険証を持っていないのなら、デンマークに住民登録されていないか、親が保険証を保管しているかのどちらかです。わたしは後者ではないと思います。少年を見ればわかります。だから、前者だとメモしておきます」

「この少年がロマである可能性についてはどう思う？」カールは尋ねた。

三人は顔を画面に近づけた。だが、少年の服装と顔立ちにはそうとは確信が持てない要素がかなりあった。ロマ、フランス人、東南ヨーロッパ人――どれもありえる。

ローセは映像を進めた。「ほら、ここであなたが入ってきたと同時に、後ろへ下がっています、カール。彼はあなたの顔を知っているんですよ」

アサドの顔の笑いじわが深くなった。「あなたのことが好きじゃないようです、カール。ほら、走って逃げた！」

「確かに。ヴィルヤム・スタークの家で一度会ったことを覚えていたってことだな」

「スタークの家のまわりをうろついたり、尋ね人のビラとアフリカの首飾りを警察に届けにきたりしたってことは、この失踪者に関心があるってことですよね。スタークを知っているんでしょうか？　この子、街で体を売っているのかしら？」

カールとアサドは驚いてローセを見つめた。

「どうしてそんな目で見るんです？　ない話じゃないでしょう、裏の顔を持っている男が不幸な結果を招くことは。アフリカの話をしたときに、スタークが子供に性的興味をもっていた可能性があるって、わたし、言いましたよね。だって、やっぱり変でしょう。よりによってこんな男の子がこの事件に関心を持っているなんて。そこは認めないと」

「ローセにかかったら、そこらじゅう、怪しいことや、異常なことだらけですね」アサドは言った。

「こんにちは！」突然、後ろから声がした。ゴードンのお出ましだ。敵方の海域に突き出た潜望鏡のように戸口にそびえ立ち、意地の悪そうな目をカールたちに向けている。

「今、忙しいのよ、ゴードン」ローセが説明した。

「それなら喜んで見学させてもらいますよ」

見学だと！　空気が読めないのか？

「何か用かね？」カールは尋ねた。

「ええ、実はそうなんです。今、アンヴァイラーの事件を検討していたんですが、被害者の夫に対してもう少し厳しく追及できたんじゃないかって気がするんです。報告書によると、特に……」

「さっさと消えて、ゴードン」ローセが遮った。「わたしたちはとっくに別の事件の捜査に入ってるのよ」

するとゴードンはにっこり笑って人差し指を上げた。「一番いいのはね、かわいいローセ、まずひとつを片付けてから、次の……」

「ゴードン、まわりを見なさい。わたしたちはもう別の事件の捜査をしているの。アンヴァイラー事件は終わったのよ。解決済みなの、わかんないの？　カ・イ・ケ・ツ・ズ・ミ。わかった？」

「もう、ローセ、怒ったきみってなんてすてきなんだ！　きみのすべての魅力がそのかわいい顔に一気に凝縮されたみたいだ」

いいかげんにしろ！ カールはこぶしを握った。まだ続ける気なら、一発食らわせるぞ。

アサドがくっくと笑いはじめて、この場を救った。カールはローセを見やった。爆発寸前だと思っていたが、ローセは意外にも不安そうな顔をしていた。

カールは立ち上がり、背筋をめいっぱい伸ばした。確かに身長ではこの生意気な若造に負けるが、体重なら相当勝っている。

「ごきげんよう、ゴードン」カールはそう言うと、モーナがいつもほめてくれた、そこそこ割れた腹筋で力まかせに部屋から押し出した。

ゴードンが廊下の壁にぶちあたる音に続いて、ドアが閉まる激しい音が響くと、廊下の端にいる修繕業者が電動ドリルのスイッチを切った。

アサドの目がいたずらっぽく光った。「ローセが好きでたまらないみたいですね。ひょっとしてローセもそうだったりして？」

ローセは目をそらした。それが唯一の反応だったが、それでも言いたいことは伝わった。

とにかく、カールは自分なりに解釈した。

「さて、続けるか？」カールは素知らぬ顔で訊いた。「俺が書き留めたことを言うぞ。スタークに残された家族はいない。母親が死んだとき、スタークは何百万という遺産の単独相続人になった。しかし、それ以前から、実際に所有していた額をかなり上回る金を使っていた。われわれが調べた限りでは、失踪時に負債はなく、失踪以来、口座に目立った動きもない。税金の滞納はなく、取りたてて言うほどの生命保険もなく、家のローンは払い終えている。

法律違反もなく、大学の成績も優秀だ。隣人の評判もいい」カールは視線を上げた。「それなのに、どうして彼は消えたのか？　セックスがらみか？　敵はいたか？　ギャンブルの借金があったのか？」

「ギャンブルの借金じゃないです」アサドが言葉を挟んだ。「なぜお金の問題で殺されなくちゃならないんですか？　お金ならどっさり持っていました。返せばすむことです。風が吹いていなければ、凧《たこ》は揚《あ》げません」

やれやれ。こいつと話をしていると、ときどき、字幕が入ればいいのにと思う。

「まあ聞いてくれ」カールは続けた。「俺たちはまず、スタークのアフリカ出張の謎を解かなくちゃならない。ローセ、明日までに、スタークの口座残高通知のコピーをすべて俺に渡してくれ。おまえたちが集めた興味深い資料もすべてだ。アサドと俺はその間に外務省に行って、スタークの同僚と上司に話を聞いてくる。その後はもうここには戻ってこないかもしれない。それから、ゴードンに関しては、ローセ、仕事と私生活は分けろ。それがおまえさんのためだ」

ローセは、予想通り、石炭色に縁取られた目から稲妻を二、三回放った。だが、カールは動じなかった。いいから、頼んだことをやってくれ。

色男とか女泣かせとか、そんなふうに言われたことはまずないだろう。目の前に座っているのは、そんな男だった。顔は青白く、髪は真っ白で、歯が汚い。その魅力を温度計で測ったとしたら、零度前後といったところだ。それでも、男は結婚指輪をはめている。女房はよほど見る目がないのだろう。

「ええ、ヴィルヤム・スタークが突然姿を消したときは驚きました」とその男は言った。それは妙に冷たく聞こえた。「ここの職員はみんな、今でも不思議に思っていると思います。いや、不思議というより、当時も今も当惑しています。スタークはとても有能で、多くの人に好かれ、非常に信頼できる男でしたから、まったく予想できませんでした」

「あなたは上司ですが、彼とは親しかったんですか？」アサドが尋ねた。

馬鹿なことを訊く。レニ・E・イーレクスンのような男と誰が親しくつき合えるって言うんだ？　想像もつかない。

「特に親しかったわけではありませんが、互いに好感を持っていたとは言えます。上司として、彼にはとても感謝していました」

「彼のアフリカでの任務について聞かせてもらえませんか？」カールは促《うなが》した。「われわれが資料を読んだところでは、バカ族の村の開発援助プロジェクトの件でカメルーンに出張したそうですね。ですが、報告書からは出張の正確な理由がわからないんです」

「彼はプロジェクトが予定通りに進んでいるかどうかを見にいったんです。アフリカ人を現地責任者に採用すると、進捗状況をときどき見にいく必要がありましてね」

「この出張は通常の業務だったんですか、それとも何か特別な事情でもあったんですか？」

「通常の業務です」

「彼は帰国を予定より一日早めていますよね。それは普通のことですか？」

上司は微笑んだ。「いいえ、普通ではありません。実際のところはわかりませんが、なんとなく見当はつきます。きっとあの暑さにうんざりしたんでしょう。仕事が早く片付いたのなら、無駄に汗をかく必要はないですからね。もちろん、推測にすぎません。ご存じのように、彼は報告書を書く前に姿を消してしまいましたから」

「報告書といえば、スタークさんのファイルを見せていただきたいんですが——それと、彼が使っていたコンピューターはまだありますか？」

「あいにくありません。うちではデータは中央サーバーに保存されていますし、スタークの机はとっくにほかの者が使っています」

「彼のノートパソコンも、最後の出張時の荷物も出てこなかったんですか？」

「そうした事実があれば、まず私の耳に入っているはずです」

「スタークさんに何か問題を抱えているような様子はありませんでしたか？　情緒不安定になっていたとかは？」

イーレクスン局長は下敷きの上の万年筆を数センチ動かした。おそらく忠実に勤務してきた二十五年間、ずっと使い続けてきたもののひとつだろう。

「不安定？　ええ、まあ。実際、あれ以来、私は何度もスタークにうつ病の傾向はなかったかと自問してきましたよ」

「なぜそう考えるようになったんですか？　病欠が多かったんですか？」

レニ・E・イーレクスンは笑みを浮かべた。「スタークが？　いいえ。あんなに責任感の強い人間は知りません。一緒に仕事をするようになってから、一度も欠勤したことはないと思います。ですが、明らかに滅入っているというか、ふさぎ込んでいる様子が見受けられるようになりました。同居していた恋人の娘の病気のせいだと思います。それに、なんとなく恋人との関係がぎくしゃくしているような印象も受けました。一度、目のまわりにあざをつくって出勤してきたことがあります。勘ぐるわけじゃありませんが、最近の女性はなかなか思い切ったことをしますからね」

カールはうなずいた。レニ・E・イーレクスンが思ったように、スタークはときおり、妻に麺棒でたたかれていたような男だったのかもしれない。

「実際、最後の数カ月は仕事を続けるのがつらそうでした」イーレクスンは続けた。「それで、私はうつ病の可能性を考えるようになったんです」

「だから、ヴィルヤム・スタークが自殺したとしても、あなたは驚かないと？」

イーレクスンは肩をすくめた。「自分以外の人間のことはわからないものです」

＊

レニ・E・イーレクスンは内心パニックにおちいっていた。目の前に警官がふたり座っている。あまりにも現れるのが早すぎる。奇襲をかけられた気分だった。警察に与えてもいい情報、与えてはならない情報の見極めもまだできていなかった。くそっ、おまけにスタークが恋人に殴られていたなどとほのめかしてしまった。目のあざなんて容易に調べがつくことだ。そんな作り話は絶対に控えなくてはならない。

尾ひれは少なければ少ないほど、調べられることも減り、ほころびが生じる可能性も小さくなる。しかし、スタークが詐欺を指揮していた役所側の張本人だったかのようにでっち上げた話を、今、この警官たちに聞かせたら、スタークの私生活からは関心をそらせられるだろう。書類は巧妙に、かつ根本的に改ざんしてある。確かな証拠として通るかもしれない。

ただ、そうなればカーアベク銀行のあのふたりが渦中に巻き込まれ、すぐにレニを名指しで非難することは確実だ。それに、なぜ今になって書類を警察に呈示するのかという説明も避けられない。ちくしょう。なぜもっと早く準備しておかなかったんだろう。こうした〝新たな書類〟が突然出てきた説明を適当に用意しておくべきだった。今頃になって見つかったなどと言えるだろうか？　いや、見つかったのなら、なぜ警察にすぐ届けなかった？　当然、そこは追及されるだろう。

レニはふたりの警官を見つめた。ひとりひとりに対して不安を覚えているのではない。この状況がレニを不安にさせるのだ。

デンマーク国際開発事業団《DANIDA》の仕事で辺境の地に出張したときにも、同じような気分になったことがある。絶えず弱点を探している目に、ぐるりと囲まれているような気分だ。砂漠で武装したソマリア人に囲まれ、ゆらめく炎を前にして葦《ヨシ》のマットに座っていたときと同じだ。誰かがレニから注意をそらすと、待っていたように別の誰かがその後を引き継ぐ。常に新しい前提のもとに議論が展開する。こうした状況はレニの得意とするところではなかった。

今のところ、デンマーク人の警官が主導権を握っている。明らかに上役であり、この会見の終了を告げられるのもそっちのほうだ。だからレニは、このデンマーク人に集中しなければならない。小柄なアラブ系の男は加勢する役回りだ。その人なつっこい目や笑顔には、別の状況なら安心させられていたかもしれないが、丁寧な物腰の裏になんとも言えない冷酷さがうかがえる。その昔、突然現れたライオンの群れが、平和に草を食《は》んでいたインパラの群れを襲うのを見たことがある。ちょうどそのインパラの気分だった。

「自分以外の人間のことはわからないものです」

「スタークさんから、特別な関係のある場所や人の話を聞いたことはありませんか？　自宅、恋人、その娘さん以外に」デンマーク人が訊いた。「逃走先として利用するか、そこで生涯を閉じる可能性がある場所に心当たりはないですかね」

　なんて答えたらいい？　レニ・イーレクスンは思案に暮れた。適当にでっち上げれば、それで引き上げるだろうか？

　レニはアラブ人のほうを見やった。すると、心の内を見透かすレントゲンのようなまなざしに、レニの考えは芽のうちに摘み取られてしまった。

「いいえ、あいにく。スタークは個人的なことは話しませんでした」

「さっき、スタークさんと親しくはなかったと言いましたが、彼の家に行ったことはありませんか？」突然、アラブ人が訊いた。

「いいえ、私は仕事と私生活は混同すべきではないという考えでしてね」

「では、同僚の変わった点についてもご存じないですか？」

「変わった点ですか？」レニはあえて押し殺したような笑みを浮かべた。「みんながみんなどこか変わっているわけではないでしょう？　いや、デンマークの公務員として働くには、変わっていては困るんじゃないでしょうか」

しかし、この手の陽動作戦はこのふたりには効果がなかった。

「私は特に、スタークさんの性的な興味についてうかがいたいんです」アラブ人が続けた。

レニ・E・イーレクスンは息をのんだ。アドレナリンが全身を駆け巡る。こんな質問が出るとは予想もしていなかった。よし、これで逃げられる。このおかしな小男が自由への鍵を差し出してくれた。

ただし、渡りに船の質問だったことを感づかれてはならない。

レニは意識的にしばらく黙っていた。それから、口ひげをなで、老眼鏡を鼻の先端にずらした。軽く深呼吸をする。机の上で両手を組み合わせ、答える用意が整った。すべていつも通りに——困難な予算交渉に入るときと同じだと思え。

「詳しいことは知りません」レニは口を開いた。そしてアラブ人に申し訳なさそうに微笑みかけてから、警部補に目を向けた。「ですから、もし捜査が行き詰まったり、私の勘違いだったりした場合は、大目に見てください。申し上げたように、われわれは個人的に親しかったわけではないんです」

ふたりとも、目の前にまかれたパン屑に近づいていくハトのようにうなずいた。ここに来たのはこの餌のためだ。それにようやく手が届く。彼らの顔にそれがにじみ出ていた。

「スタークは性的嗜好に関するある問題に悩んでいたんだと思います。つまり……」レニは咳払いをした。「彼はパートナーとはきっと普通の生活を送っていたんでしょう。ですが、一緒に海外に出かけた折に何度か、彼の視線が癇《かん》にさわることがあったんです」

警部補は首をかしげた。「癇にさわった？」

「はい。不愉快だったんです。幼い少年に向ける目が。特にバングラデシュで気になりました」

ふたりの警官は互いに目を見合っている。真剣なまなざしからすると、餌に食いついたのかもしれない。関心をそらすことができたのかもしれない。

「あなたは、彼が少年と親しくしていたところも見たんですか？」

「気をつけろ、レニ、確信があるようなことは言うな！　レニは自分を戒めた。

「さあ、どうでしょう。確かなことは言えません」

「どういうことですか？」

「いつもずっと一緒にいたわけではありませんから。ですが、覚えているのは、たとえば私が店の中に入って、スタークが外に残るといった状況になると、少年と意味ありげな視線を交わしていたのを見たことはあります」

アラブ人は、もみあげが無精ひげに変わるあたりを掻いている。「しかし、彼が少年を部屋に連れていくのは見たことないんですね？」

「ええ。ですが、彼はひとりで出張することも多かったですからね」

「すなわちあなたは、ヴィルヤム・スタークが小児性愛者で、少年に関心があったとおっしゃるんですね。あなたの部下に、スタークの出張に同行した経験があって、今の推測を裏付けられるような人はいますか？」今度は警部補が尋ねた。

レニ・E・イーレクスンは両手を上げてはねつけた。身ぶりを添えることによって語りすぎずにすむこともある。

「まずいないでしょうね。スタークは私と一緒でないときは、ひとりで出張していましたから。ですが、どうぞご遠慮なく、彼の部署でお訊きになってください。私があなた方に何か間違ったことを言ってしまわないうちに」

＊

カールとアサドは警察本部の地下室に向かっていた。「外務省まで行った甲斐があったな。だが、帰り道では無口だったじゃないか、アサド。俺の気のせいか？」

「いえ、何もかもが腹に落ちなくて。イーレクスンの話はとても妙でした」

「〝腑に落ちない〟だ、アサド」

「ふ？」

「いや、いい。おまえの言う通りだ。イーレクスンの口からおかしな話がたくさん出てきたな」

アサドは微笑んだ。「入れ歯も一緒に飛びだしてこなくてよかったですね。見ましたか？」

カールはうなずいた。「なんかみっともない入れ歯だったな」

するとアサドがさっと片手を上げ、ふたりは立ち止まった。その音は地下の廊下の端、ローセの部屋のあたりから聞こえている。真昼間に、大勢の警察官が働く神聖なる国家機関で耳にするとはよもや思わない音だ。

「ローセはコピーを取り終えたようですね」アサドはそう言って、目を白黒させた。

なんなんだ、これはいったいどういうことだ。

ふたりはローセの部屋のドアにそっと近づいていった。すると、中から聞こえてきたのはリズミカルに壁に物が当たる音と、それにシンクロした低いうめき声、そしてときおりローセが発する大胆な金切り声だった。

「ビデオじゃありませんよ、カール。本当にヤッてます」アサドがささやいた。

カールは廊下の反対側にある階段に目をやった。今、誰かが下りてきたらどうするんだ！またたく間にスキャンダルになり、何カ月も好奇の目を向けられることになる。シティ署のクリスマスパーティーでの奔放《ほんぽう》っぷりが、すぐにまた蒸し返されるだろう。ローセは質問攻めにされ、せっかくここまで努力して得た名声はあっという間に地に堕ちる。

「まったく、勤務時間中にこんなことをしていいわけがないだろう」カールは首を横に振りながら言った。

「いや、気持ちイイみたいじゃないですか」

カールはアサドを見つめて、深いため息をついた。こういうときに、警察学校に行ったか行かなかったかがわかるものだ。

「ローセ!」カールは怒鳴ると同時に、ドアを自分でも驚くくらい激しくノックした。一瞬のうちに沈黙が垂れ込め、すぐにまた部屋の中は騒々しくなった。何が起きているのかは容易に想像がつく。

「安心して出てこい、ゴードン、殴りはしない」カールは低い声で言うと、多少の罪悪感なり、恥じらいなりを顔に浮かべた男が出てくるのを待った。だが、その予感は物の見事にはずれ、くしゃくしゃの髪に満足げな笑みを浮かべた、ひょろ長い男が部屋から出てきた。悔いている様子はみじんもなく、むしろ勝利の喜びに酔いしれている。ゴードンは数日も経たないうちに獲物を仕留め、そのうえ、こんな破廉恥《はれんち》な行為がお咎めなしにすむことをちゃんと知っていた。残念ながらゴードンは正しい。こうした問題が生じたとき、ビャアンに同僚を突き出すようなことをしないのがカールだ。それが仇《あだ》となった。

ただですむと思うな、この若造! カールは小躍りしながら去っていこうとするゴードンをねめつけた。すると、この馬鹿は、カールの目の前でなんともさりげなくベルトを直したのだ。この行為はそう簡単には忘れられないだろう。そして、さらに一分後に、ローセが登場した。

「あら、戻ってきたんですか？」ローセは驚くほど泰然として自分の机に着いた。「そのま家に帰るんじゃなかったんですか？」

カールは部屋を見回した。机の上の書類はわきへ押しやられ、靴が壁の前に倒れている。テーブルの上には赤ワインの空き瓶が一本とグラスが二個置かれている。

「勤務時間中に飲んだのか、ローセ？」

妙にリラックスした様子でローセは肩をすくめた。「ほんのひと口です」

「それから、ゴードンだが、あいつはもうここの一員になっちまったのか？　俺はそんなこと認めていないからな。はっきり言っておく」

「一員？　とんでもない！　彼はちょっとわたしに手を貸してくれているだけです」

ローセはくすくす笑い出し、アサドはカールの後ろで笑い転げそうになっている。

ここ最近、おかしなことばかりだ。

「俺たちは車を取りに戻ってきたんだ。これからアサドを定期検査に連れていく。それと、おまえさんに言っておこうと思ってな。明朝、外務省に行って、ヴィルヤム・スタークの同僚に、スタークの行動で何か変わった点がなかったか訊いて回ってくれ。どういうことかわかっているな」

「わかりました」ローセは素直に了承した。文句を言って騒ぎ立てることもなかった。セックスには思いがけない効果があるものだ。

「それはいいニュースだ、アサド、おめでとう」

カールはアサドの肩を抱いた。

「検査はすぐに終わりました」

「そうか、これでおまえは自由の身だ。すっかり元通りになるぞ、アサド、それにしてもよかった！」

カールはあたりを見回した。できることなら、この王立病院の廊下を忙しそうに行き来している白衣のスタッフを、全員抱きしめてまわりたかった――看護師も、医者も、介護士も。
二、三カ月前、アサドの脳にはまだ生命に危険を及ぼすほどの腫れがあった。それが今、ほぼ消えているという。
最後の血腫が消え、顔面筋と言語中枢と脚の神経がまた元のように機能するようになるのは時間の問題だ、と医者は言った。病院のリハビリ訓練をするのも悪くはないが、アサドの場合、仕事に少し散歩を加えれば充分なリハビリになるらしい。要するに、もう病院には来なくていいとのことだった。

そういうわけで、ふたりは上機嫌で病院のカフェテリアに向かい、カールはコーヒーとデニッシュをのせたトレーをアサドに差し出した。

「それで、ダグ・ハマーショルド・アレーの図書館員と何を話してきたんですか？」アサドが訊いた。

「少年が次に現れたらすぐに電話をくれることになっている」

「じゃあ、もうすぐ会えますね、カール……」

アサドは話を中断し、カールの腕に手を置くとそっと隅を指し示した。

トレーや汚れた皿をのせた台の向こうに、ほかでもないマークス・ヤコブスンが座っていた。カップを両手で包み、じっと前を見つめている。

先週までマークスは上司だった。だが急に、それまでの人生に別れを告げた。今はまだ、新しい人生が見通せていないように見える。


結局、今日は並大抵の厄日よりもさらに完璧な厄日だった。そう思いながらカールは帰宅した。

「よく頑張ったじゃないか」カールは家に入るなり、モーデンに賞賛の言葉を贈った。まさに奇跡だ。数時間こすったり、拭いたりしたら、こんなにもきれいになるものなのだ。マウノリエン通り七十三番地は、飲めや歌えの大騒ぎなどなかったかのようにぴかぴかに磨き上げられていた。

「うちの色男の調子はどうだい？」カールはハーディの背中にいい香りというよりは体によさそうなにおいのするオイルを擦りこんでいるミカに尋ねた。

「ハーディが乗り気なので、補助金とかいろいろ使って、できることはすべてやってみることになりました。目標はハーディを車椅子に乗せるということで全員の意見が一致しました。

何か補足することはあるかい、ハーディ？」ミカはハーディのむき出しの尻を威勢よくたたいた。

「尻をたたかれるのはいいもんだが、それを感じられたらもっといいのにと思うよ」

カールはしゃがんで、ハーディの目をのぞきこんだ。涙ぐんでいる——今日は波瀾万丈《はらんばんじょう》な一日だ。

「おめでとう、相棒」カールはハーディの額を軽くたたいた。

「ああ、まったく嬉しいよ」ハーディはしばらく黙って気持ちを落ち着かせると、「ミカは信じられないくらいよくやってくれるんだ」と声を震わせながら言った。

カールは立ち上がり、ハーディの背中をぐいぐいマッサージしている筋骨隆々の男に向き直ると、唇をぎゅっと閉じた。なんて言えばいいのかわからなかった。罪悪感にずっと苛まれてきたために、その罪悪感は今やカールの体の一部になっていると言ってもよかった。それなのに突然、ハーディの苦痛がやわらぐ見込みが見えてきたという——それはすなわち、カールの救済でもある。そのことをまず頭の中で消化する必要があった。

カールはほっと息をつくと、汗まみれになってハーディと格闘している上半身裸のミカを抱き寄せた。

「ありがとう、ミカ」カールは言った。「ほかに言うべき言葉が見つからない。ありがとう。本当にありがとう」

「ゲッ、何やってんだよ、オッサン」階段の上から声がした。「あんたまで敵に寝返ったのか？　てことは、もうこの家では俺ひとりってことだな。ホモの波に乗らないのは！」

いかにもイェスパらしい。常にひそかに様子をうかがっている、バチルス菌のようなやつだ。

「おふくろが電話してくれってさ」義理の息子が言った。「ばあちゃんの見舞いに行かなかったら、おふくろに数十万クローネの借りができるんだって？　いったいなんでまた、そんな馬鹿な協定を結んじまったんだよ、オッサン。酔っ払ってたのか？」

イェスパは完全におもしろがっている。見ればわかる。

「ま、言う通りにしたほうがいいぜ。グルカマルとのことで、かなりストレスがたまってるみたいだからさ」

「へえ、どうしたんだ？」

「もうずっと前から結婚式のことばっか、言ってるんだけどさ。インドで式を挙げなくちゃならないとかなんとか。それがまた延期になったらしいんだ。俺が思うに、もう式を挙げる見込みなんてないな」

「どうして？」

「知らね。おふくろが言うには、グルカマルが店で襲われてからずっと抱えている問題のせいらしい。だけど、おふくろは物事の全体を正しく見られたためしがないからな。だってさ、グルカマルにあんな小さな店をおふくろと分け合うだけの度量があると思う？　絶対無理、無理」

カールは深いため息をついた。とにかく、ヴィガがスーツケースと十五個の段ボール箱と一緒に、突然この家に戻ってこないことを祈るばかりだ。

「ハーディの体のことは聞いたか?」カールは話題をそらした。

「ああ、聞いた。役所かどこかのおばさんたちがワサーッとうちに押しかけてきたときに、俺もいたからね。三時間もここにいたんだぜ。ところで、ばあちゃんのこと、忘れんなよ」

「代わりに行ってくれないか、イェスパ?」

「嫌だよ。ばあちゃんはすっかりどうかなっちまってる。俺が誰かわかってるかどうかも怪しいもんさ」

「そこをなんとか頼むよ」

「しょうがねえな。でも、やっぱり行かない」

「いいだろう。おまえにその気がないなら、強硬手段に訴えるしかないな」

「おいおい、俺を脅すのか、オッサン。怖いねえ。警察の若いのを二、三人助っ人に呼んでこようなんて思ってないだろうな。マスコミが飛びつくぜ。やりたきゃ、どうぞやってくれ!」

イェスパはくるりと背を向けて立ち去ると、冷蔵庫に頭を突っ込んだ。「それはそうと、オッサン」イェスパがキッチンから大声で言った。「屋根裏にアクション・マンのコレクションを取りに入ったんだけどさ、あんたがあそこに置いているあの怪しげな箱はなんなんだ? なんで開けられないようにしてあるんだよ?」

カールはきょとんとした。何を馬鹿なことを言ってるんだ?

「なんのことかさっぱりわからん」カールは言い返した。「箱なんて俺は知らない。おまえの母親の物だろう」

20

携帯電話が鳴ったとき、タイス・スナプはウィスキーのソーダ割りを飲みながら、黄昏《たそがれ》に染まるヤシの木を眺めていた。後ろにはネグリジェ姿の妻がいる。忙しい一日の終わりの短いセックスに、ふたりとも満足していた。頭は空っぽになり、全身の筋肉が弛緩していた。だから、電話に出て話を聞いたときには下半身に冷水を浴びせられた気分になった。

タイスはテーブルにグラスを置いた。「どういうことだ、レニ？ そんなことをしておいて、電話一本ですむと思っているのか？」タイスは怒鳴った。「きみが自分の株券を売却するときは、必ずわれわれに知らせるという取り決めじゃなかったのか？ ましてや、部外者に売るなんて言語道断だ」

「取り決め？ 多すぎて全部守るなんて不可能だ。それより、きみの話をしようじゃないか。きみの秘書に聞いたんだが、今、リーサと一緒にキュラソーにいるそうだな。そう聞いて、もちろんその理由を考えた。きみは、私のサインを偽造した委任状をMCB銀行に持っていくつもりじゃないかとね。いや、ひょっとしてすでにそうしたんじゃないかともね。そこで、銀行が開き次第、電話をかけて、きみが何をやったのか訊いてみてはどうかと思ったんだ。

キュラソーの当局も関心を持つかもしれない。そっちの刑務所はファーストクラスとは言えないらしいが、きみにはそんなことはどうでもいいのかもしれないな」

タイスはテーブルから足を下ろした。「とにかくどこにも電話はするな、レニ、わかったな? この件に関しては、私は唯一の味方だぞ。その関係が変わることをきみは望んでいないはずだ」

「いいだろう、タイス。私はそれが知りたかったんだ。さて、きみが私に対する友情を保証したところで、提案がある。私の株券を速やかに茶封筒に入れて、日の出とともにUPSの宅配便で私宛てに送ってくれ。そして、送った証拠に伝票をスキャンするか、写真に撮るかして、私にメールで送るんだ。封筒を発送してから十分以内にだ。そちらの時間で十時十五分までに、きみからなんの音沙汰もなければ、私はMCB銀行に電話をかける。わかったかね?」そう言って、レニは電話を切った。

タイスはあっけにとられていた。レニが暴君さながらに周囲の人間を支配しようとすることは知っていた。だが、こんな反乱を起こす勇気があるとは思ってもいなかった。

タイスは携帯電話を持ったまま、夕闇の中で鳴くセミの声を聞いていた。後ろで妻が誘うように口ずさんでいる歌は聞こえないふりをした。タイスはグラスをつかむと一気に飲み干した。デンマークは夜だが、そんなことはかまっていられなかった。ブラーゲ゠スミトには睡眠をあきらめてもらおう。

電話に出たのは、予想していた老人の声ではなく、若いはつらつとした声だった。タイスは息をのんだ。ブラーゲ＝スミトはいつの間に、なんでも屋のこの癇に障る秘書にプライベートの電話まで取らせるようになったんだ？　ブラーゲ＝スミトはこのアフリカ人の男を、古き良き植民地時代の伝統に倣《なら》って、いまだに〝ボーイ〟と呼んでいる。どの使用人に対してもそうした態度をとり続けてきた。だが今や、最もあくどいビジネスの話までこの男に聞かせてもよくなったのか？

「わかりました。イーレクスンは手を引いたということですね」ブラーゲ＝スミトの秘書は言った。「予想はしていましたが、ここまですばやく、しかも攻撃的に立ち回る男だとは思っていませんでした。とにかく、彼の〝撤退〟に備えておいてよかったです。そういうことなら、その件は数日のうちに片が付くでしょう」

この瞬間に、タイスの周囲から風景も音も消えた。ヤシの木は闇に沈み、波の音は途絶え、バルコニーの下でコウモリを数えていた青白い顔のオランダ人は、消しゴムで消されたように見えなくなった。「例の少年は捕まえたのか？」タイスは息を止めた。

「いいえ。ですが、見つかりました」

「つまり、まだ捕まえてはいないんだな。誰が、どこで見つけた？」

「ゾーラの子分が、土曜日に。もう少しだったそうです。ともかく、まだその辺に潜伏していることはわかりました」

「そこにずっといるとは限らないじゃないか」

「連中は少年を知っています。頭のいい小僧で、粘り強い。ゾーラたちは総出で追っています」

「それでも、見つけられなかったら？」

「ご安心を。私が人を入れます。プロの人間を」

「なんのプロだね？」

「簡単に言ってしまえば――兵士です。走れるようになったその日から、隠れたごみを見つけ出し、掃除する訓練を受けてきた者たちです」

掃除？　なんという言葉を使うんだ！　そうやって人を殺すことに慣れていくのか？　言い方を変えることによって。

「東欧の人間か？」

電話の向こうで笑い声が起きた。「違います。あいつらではすぐに目についてしまいますよ。私が街に放つのは、目につくようでつかない者たちです」

「どんな連中だ？　きちんと知っておきたい」

「元少年兵です。リベリアやコンゴ出身の正真正銘のプロです。どんな環境にも順応し、東欧人のような人目を引くような行動はしない。そして、眉ひとつ動かさずに人を殺すことができる。冷徹で敏捷《びんしょう》。まるで機械のようです。敵に回さないほうがいいですよ」

「もうデンマークに来ているのか？」

「いいえ。ですがもう向かっています。お目付役の女がひとり付き添っています。みんなから〝マミー〟と呼ばれている女です」秘書は笑った。「〝マミー〟だなんて優しそうに聞こえるかもしれませんが、だまされないように。彼女も内戦で腕を磨いてきたひとりです。座右の銘《めい》は――〝情けは無用〟。べたべた甘えさせてくれる母親とはまったく違います」

タイスは背筋が冷たくなった。少年兵だと？　想像もつかない最悪の事態だった。しかも、自分もその中にいるのだ。いったいどこまで人は堕ちていけるのだろう？

「オーケー」タイスは言った。ほかに適当な言葉が見つからなかった。「レニのことはどうする？」

「それはまた別の方法で解決しなければならないでしょう。幸い、彼の居場所はわかっています。まずは少年からです。物事には順序が大事です。特に事が殺人となると」

「ああ、それはわかる」タイスはそう答えたものの、心中では、ほんのわずかでも話を理解することに抵抗があった。「今、ブラーゲ＝スミトと話せるだろうか？　キュラソーの株券のことで急いでいる。あと数時間のうちに解決しなければならないんだ」

「もうお休みになっています」

「それを承知のうえで言ってるんだ。緊急の用でなければ、地球の反対側からこんな時間に電話なんかかけるはずがないだろう？　どうしても指示を仰がなくてはならない」

「では、少しお待ちください」

数分後、ブラーゲ＝スミトのしわがれた声が聞こえてきた。いつもより機嫌は悪かったが、よく聞こえた。

「レニ・E・イーレクスンにキュラソーの株券を送る必要はない」ブラーゲ＝スミトは簡明

にその理由を説明した。もしもイーレクスンがキュラソーの銀行に電話をかけて詐欺を告発した場合は、タイスが当局に自ら出頭し、すべての手続きはきちんと行われており、イーレクスンの委任状は本物であるということを納得させればいいことだと。そして、イーレクスンが今になって委任状を託したことを後悔しても、どうにもできないと言えばいいのだと。

「そっちの時間で十時十分前までにイーレクスンに電話をかけて、株券を発送した際のUPSの伝票を送ると言ってやれ。到着を遅らせるために封筒の中に何か入れて、税関に止められるようにするんだ。ビニール袋に小麦粉を入れたものとかな。そして最後に、イーレクスンにきっぱり言ってやれ。面倒を起こしたら、高くつくことになると。まだ自分のオフィスにいるだろう」

＊

その夜、レニ・E・イーレクスンは寝つけなかった。タイス・スナプと話をしてからずっと考えていた。自分がますます蚊帳《かや》の外に置かれていくことがわかり、すっかり弱気になっていた。職を追われ、自分の運命をコントロールできなくなった気分だった。もしもキュラソーの株券を彼らに取られてしまったら、何が起きてもおかしくなかった。ルイ・フォン、ムボーモ・ジェム、ヴィルヤム・スターク、そして捜索中の十五歳の少年まで殺せるのなら、レニのことも容赦しないはずだ。ただし、彼らが株券の横領に失敗すれば、レニはこの先も安泰でいられるかもしれない。

すべてはキュラソーの銀行が開いたときにかかっている。この突然の緊迫感のせいで、眠気が吹っ飛んでしまった。

レニは長い時間、落ち着かない気分で部屋を歩き回ったあと、地下室に下り、隠してあったスタークのノートパソコンを取り出した。それからずっと、薄暗い中で画面をにらんでいた。

ふたつのユーザーアカウント。ひとつはパスワードを必要とせず、中身はとっくにチェック済みだ。そしてもうひとつのアカウントにはパスワードが必要で、簡単には開けそうにない。

何度もメモに目を通した。スターク、スタークの恋人、そしてその娘に関するあらゆるデータが書かれている。それらを組み合わせたり、省略したり、補足したりしながら、とっかえひっかえ試している。もうこれ以上考えつかないところまできていた。

ヴィルヤム・スタークは計画性をもって仕事をこなす人間だった。レニは、スタークが自分となんの関連もないパスワードを選ぶとは思えなかった。だが、どんな関連かがわからない。

結局、もう一度、パスワードが不要のユーザー画面に切り替えて、スタークのメールの整理方法をじっくりと眺めた。やはり、それも手順に従っていることは明白だった。まず、テーマ別に分類され、次に名前、そして日付で整理されている。

スタークは仕事熱心な男だった。家でも仕事ができるように、自分の仕事に関連のある文書やデータを役所のサーバーからすべてこのノートパソコンにコピーしていた。メールの送信時間を見ればその勤勉さがうかがえる。真夜中や早朝に送信しているメールがたくさんあった。どうやら、あまり睡眠を必要としない男だったようだ。

レニは伸びをした。今頃になって眠気が襲ってきたが、寝ている時間はほとんどなかった。三時間後にはオフィスにいなければならない。そこで、キュラソーに電話をかける必要があるかどうかがわかる。電話をかけずにすむことを、レニは願っていた。そうなれば、タイスとブラーゲ＝スミトのふたりと腹を割った話し合いをするチャンスが作れるからだ。

レニは眠い目をこすりながらパソコンのファイルにもう一度目を通し、スタークの母親のことや、恋人の娘の治療、そしてスタークが数年前から参加しているチェスの試合に関する情報をメモに書き足した。

レニはこうした情報のほとんどに目を通した気がしていた。だが、この中に答えがあるとは限らない。確かに、昔していたことや、思い出に残っていることにちなんでパスワードを選ぶ者は多い。登った山の名前とか。映画〈市民ケーン〉では、新聞王ケーンが「バラのつぼみ」という言葉を残して死んだ。誰にもその謎めいた言葉の意味はわからなかった。観客だけが最後に、遺品が煙となって消えるとき、ケーンが幼い頃に使っていた古い橇《そり》に〝バラのつぼみ〟と書かれているのを目にする。

スタークの場合、どんな言葉が考えられるだろう？

レニ・イーレクスンは催眠術にかけられたように空白のパスワード欄を見つめていた。まるでそこに命があり、コードがひとりでに姿を現すかのように。

さあ、早く出てこい！　もしパスワードを見つけ出せなかったら、あきらめるしかない。公式には存在しないパソコンを持って、サポートサービスを受けにいくのはまずい。

しかし、そもそもプライベートなユーザーアカウントの裏に何が隠されているというのだろう。知る必要のないものかもしれない。レニを危険にさらすような情報が入っているとは限らないのだ。単に裸の女の写真とか、個人的なメールを保存しているだけかもしれなかった。

レニは疲れ切った首すじを伸ばし、数回深呼吸をすると、最後にもう一度パスワードの入力を手順に沿って試みた。まず、スタークの母親の名前を入力し、次に母親の個人識別番号、その次に母親のイニシャルと個人識別番号。これを逆順にしたあと、思いつく限りの組み合わせを試し、最終的に母親をリストから削除した。

その後、チェスの世界チャンピオンの名前――ルイ・ロペス、エマーヌエール・ラスカー、ボビー・フィッシャー、エフィム・ボゴリュボフ、ベント・ラーセン、アナトリー・カルポフを試した。さらに、チェスをキーワードにしてネット検索した結果をすべて試した――有名な試合会場とか、チェス用語とか、それをデンマーク語と英語の両方で入力してみた。

すべてはずれだ！　こんなことをしてもうまくいくはずがない。干し草の山の中で針を探すようなものだ。

レニは歯がゆい思いで頭を左右に振ると、時計を見た。そして妻が起きていないか耳をそばだて、外の天気を確かめると、再びパスワード欄に向き合った。

仕事以外に、ヴィルヤム・スタークにとって意味のあることとはなんだろう？　レニの知る限り、この男の人生にはチェスと、ともに生活している恋人と、その娘しかなかった。だが、その関連で思いつくパスワードはすべて試した。

もっと昔のことではないだろうか。

愛称、記念日、初めてのデート、初めてのキス。他に男にとって大事なこととはなんだ？

レニはマリーネ・クリストファスンと娘のティルデの名前を選んで、考えられる限りの組み合わせを試してみた。

何が一番重要だった？　娘の病気か？　娘を助けることが何より大切だったのではないか？　スタークが死ぬ前に関心を持っていたのは義理の娘の健康状態だけだった。治療がわずかに効を奏したとスタークが語るのを、その粘り強さに感心しながら聞いたことがあった。

レニはメモを見て、あまり期待せずに、〝クローン病〟と打ち込んだ。

すると画面が開き、地平線に朝日が昇るように、ティルデの何気ない一瞬をとらえた写真が現れた。単に〝クローン病〟と入力しただけだ。大文字か小文字で揃えたわけでもない。それだけで約束の地にたどり着くことができた。

画面の前で目をみはっていると、階上で大儀そうに浴室に向かうスリッパの音と、不機嫌そうにドアを閉める音が聞こえてきた。オーケー、まだ十分ないし十五分はある。そうしたら、パソコンを閉じて、たったいま起きたように振る舞わなければならない。さもないと、妻のうんざりする質問に延々とさらされる。

レニはデスクトップ画面のファイルにざっと目を通していった。すべて二〇〇三年から二〇〇八年に作成され、几帳面に分類されている。その中のいくつかをクリックして中を見てみたが、興味を引かれるものはなかった。ほとんどが医学的な研究論文や、世界中の医師や患者の家族とのメールのやりとりで、抗議文や金の無心のメッセージもあった。ティルデの医療記録や検査結果の要旨もまとめられていた。そのすべてに義理の娘の病気を理解し、なんとかしてやりたいという必死の願いが現れていた。

そして〝ドキュメント〟フォルダを開き、スタークが危ない情報を保存していないかを調べはじめた。バカ・プロジェクトの資金流用について知っていたことを示す内容のファイルだ。おおかたの職員はスタークの失踪を知って途方に暮れていたが、レニが途方に暮れたのは、スタークが計画通りにカメルーンで失踪しなかったからだった。スタークはなぜ予定を切り上げて帰国したのか。カメルーンで何かが起きたに違いない。レニはスタークをよく知っていた。おそらく、あの男は何かを察知して、すぐさまそれに反応したに違いなかった。

妻がドアをさっきより静かに開け閉めし、スリッパを脱いで裸足で歩く音が階上から聞こえてきた。そろそろ上にあがらなくてはならない。

レニは開いていたいくつかのウィンドウを閉じ、〝ドキュメント〟フォルダの中の残りのファイルにざっと目を通していった。すると、名前のないファイルがひとつあることに気づいた。

あと五分はあるだろう。レニはファイルをクリックした。すると二十個以上のサブファイルが現れた。その中にタンザニア、モザンビーク、ケニア、ガーナといったアフリカの国名がついたものがいくつかあった。他のファイルには〝Cnctnmn〟、〝Bestks〟、〝Contrc〟、〝pol1〟、〝pol2〟、〝pol3〟といった謎めいた名称が付いている。

レニは一瞬とまどった。ここに出ている国のいくつかは、とうの昔に援助が打ち切られており、その他の国もここ数年は大きな問題が生じて、まともな成果が得られない国として分類されている。

レニは〝Cnctnmn〟というタイトルのファイルをクリックした。スタークはこのファイルの中に、その略称のとおり「連絡先《コンタクトマン》」のデータを保存していた。急いでリストに目を通していった。多くの名前が赤線で消され、他の名前に書き換えられている。そのほとんどは、失踪のずっと前に書き込まれたもので、レニが知っている名前ばかりだった。

次のファイルを開いた。〝Contrc〟はもっと複雑に見えた。

レニは眉を寄せた。階上で妻が、クローゼットの扉を大きな音を立てて開け閉めしている。今日は自分に似合った服が見つからない日らしい。

レニはファイルの中の協定《コントラクト》のいくつかが、省から家に持ち帰ることができない機密文書であることを知った。だが、それが協定書の全文かどうかをチェックするために最初のファイルを開けてみると、驚いたことに、それは本来の協定書に追加された補遺だった。

なぜこの協定に補遺があるのだろう？　まったく普通では考えられないことだ。そして次のファイルを開けた。そこにもやはり、協定書そのものではなく、補遺が保存されていた。次々とファイルを開いていくと、スタークは少なくとも二十五件の協定に補遺を作成していることがわかった。どれも臨時の送金を指示する文書で、かなり大規模なプロジェクトばかりだった。そして、その予算の責任はスタークが負っていた。

金額を合計すると、二百万クローネを超えている。外務省で公金を横領していたのは、レニだけではなかったのだ。

信じられない！　最も信頼のおける、最も誠実な部下だったヴィルヤム・スタークが、開発援助プロジェクトから計画的に資金を流用し、国家から二百万クローネもの大金をだまし取っていたとは！

レニは頬を緩めた。いつのまにか妻が下りてきて、いつものようにまくし立てている。だが、そんなことはどうでもよかった。とうとうやった。これで事態は好転する！

この二十四時間で、実際にいくつかの策を講じた。警察にはヴィルヤム・スタークが小児性愛者であるように思わせた。タイス・スナプにはキュラソーの株券の件で圧力をかけた。そしてたった今、最も決定的な手段を手に入れた。万が一のときは罪をなすりつけてしまおうと思っていた男が、本当に脛に疵を持つ身だとわかったのだ。身代わりに選んだ男は、実際に、腐敗したバカ・プロジェクトの陰で糸を引く黒幕であってもおかしくないような人物だった。道義的責任を欠いた男が、外務省から多額の金をだまし取っていた。姿を消す理由としては充分だ。

レニの運はまだ尽きていなかった。

（下巻へつづく）

本書は、二〇一四年七月にハヤカワ・ミステリとして刊行された作品を文庫化したものです。

7人目の子（上・下）

Det syvende barn

エーリク・ヴァレア
長谷川 圭訳

〔「ガラスの鍵」賞受賞作〕誰かぼくたちをもらってくれますか？　児童養護院の一室で撮られた7人の幼子の写真。それが載った古い記事とベビーソックスの入った封筒がデンマーク国務省に届き、省の長官は怖れを抱く。彼自身、養護院の秘密を隠しており……北欧最高のミステリ賞を受賞した心揺さぶるサスペンス

〈5〉のゲーム

Fünf

ウルズラ・ポツナンスキ
浅井晶子訳

ザルツブルク近郊の牧草地で女性の他殺体が発見された。遺体に彫りこまれていた座標が示す場所には、切断された片手と奇妙な手紙があった。刑事ベアトリスとフローリンは乏しい手がかりから真相を追うが、犯人は警察の裏をかき、ついにはベアトリスに直接呼びかけてくる。オーストリアのベストセラー・ミステリ

ハヤカワ文庫

六人目の少女

Il suggeritore

ドナート・カッリージ
清水由貴子訳

〈バンカレッラ賞／フランス国鉄ミステリ大賞／ベルギー推理小説賞受賞作〉森で見つかった六本の左腕。それは連続少女誘拐事件の被害者たちのものだった。しかし、六人目の被害者がわからない……そして警察の懸命の捜査にもかかわらず少女たちの無残な遺体が次々と発見される。イタリアの傑作サイコサスペンス

ハヤカワ文庫

弁護士の血

スティーヴ・キャヴァナー
The Defence
横山啓明訳

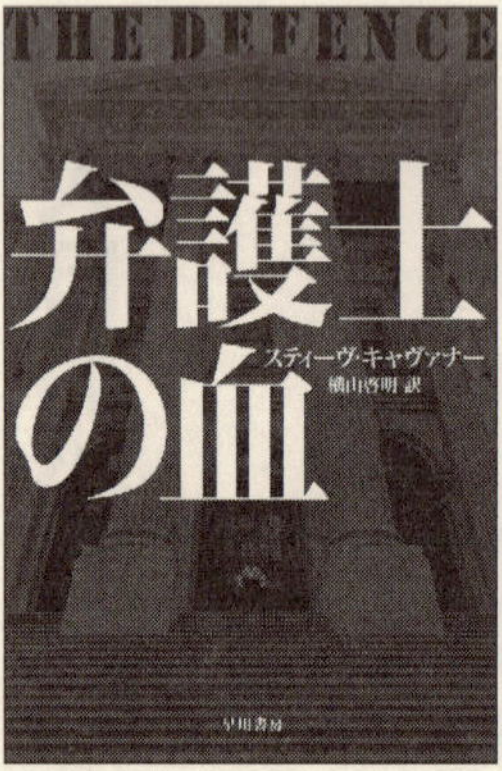

有能な弁護士だったフリンは、苛烈な裁判闘争に擦り切れ、酒に溺れた。妻と娘は彼から離れ、自身は弁護士も辞める。その彼の背中に押しつけられた銃。「法廷に爆弾をしかけて証人を殺せ、断れば娘を消す」——ロシアマフィアの残虐な脅迫。自分はどうなってもいい、娘のために闘う決意をした男が取ったのは……

解錠師

The Lock Artist

スティーヴ・ハミルトン

越前敏弥訳

〈アメリカ探偵作家クラブ賞最優秀長篇賞／英国推理作家協会賞スティール・ダガー賞受賞作〉ある出来事をきっかけに八歳で言葉を失い、十七歳でプロの錠前破りとなったマイケル。だが彼の運命はひとつの計画を機に急転する。犯罪者の非情な世界に生きる少年の光と影をみずみずしく描き、全世界を感動させた傑作

二流小説家

The Serialist

デイヴィッド・ゴードン

青木千鶴訳

〈映画化原作〉筆名でポルノや安っぽいSF、ヴァンパイア小説を書き続ける日日……そんな冴えない作家が、服役中の連続殺人鬼から告白本の執筆を依頼される。ベストセラー間違いなしのおいしい話に勇躍刑務所へと面会に向かうが、その裏には思いもよらないことが……三大ベストテンの第一位を制覇した超話題作

ハヤカワ文庫

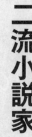

妻の沈黙

The Silent Wife

A・S・A・ハリスン
山本やよい訳

二十年以上連れ添うトッドとジョディの生活に、ある日亀裂が入った。トッドの浮気相手が妊娠したのだ。浮気相手との結婚を考えるトッドと、すべてを知り沈黙するジョディ。二人のあいだの緊張が最高潮に達したとき、事件が起きる……誰にでも起こりうる結婚生活の顛末を、繊細かつ巧妙に描いた傑作サスペンス！

ハヤカワ文庫

訳者略歴　関西大学文学部ドイツ文学科卒，英米文学・ドイツ文学翻訳家　訳書『特捜部Q―キジ殺し―』『特捜部Q―Pからのメッセージ―』（以上共訳）『特捜部Q―カルテ番号64―』エーズラ・オールスン（以上早川書房刊）他

HM=Hayakawa Mystery
SF=Science Fiction
JA=Japanese Author
NV=Novel
NF=Nonfiction
FT=Fantasy

特捜部《とくそうぶ》Q
―知《し》りすぎたマルコ―
〔上〕

〈HM㊳⑤-7〉

二〇一六年六月二十日　印刷
二〇一六年六月二十五日　発行

著者　ユッシ・エーズラ・オールスン
訳者　吉田《よしだ》薫《かおる》
発行者　早川浩
発行所　株式会社早川書房

郵便番号　一〇一‐〇〇四六
東京都千代田区神田多町二ノ二
電話　〇三‐三二五二‐三一一一（大代表）
振替　〇〇一六〇‐三‐四七七九九
http://www.hayakawa-online.co.jp

（定価はカバーに表示してあります）

乱丁・落丁本は小社制作部宛お送り下さい。
送料小社負担にてお取りかえいたします。

印刷・星野精版印刷株式会社　製本・株式会社川島製本所
Printed and bound in Japan
ISBN978-4-15-179457-5 C0197

本書は活字が大きく読みやすい〈トールサイズ〉です。